As damas do vento

Bernard Giraudeau

As damas do vento

Tradução de
ANDRÉ TELLES

EDITORA RECORD
RIO DE JANEIRO • SÃO PAULO
2008

CIP-Brasil. Catalogação-na-fonte
Sindicato Nacional dos Editores de Livros, RJ.

Giraudeau, Bernard
G435d As damas do vento / Bernard Giraudeau; tradução de André Telles. – Rio de Janeiro: Record, 2008.

Tradução de: Les dames de nage
ISBN 978-85-01-08168-1

1. Romance francês. I. Telles, André. II. Título.

08-3261 CDD – 843
CDU – 821.133.1-3

Título original francês:
LES DAMES DE NAGE

Editoração eletrônica: Ô de casa

Impresso no Brasil

ISBN 978-85-01-08168-1

PEDIDOS PELO REEMBOLSO POSTAL
Caixa Postal 23.052
Rio de Janeiro, RJ – 20922-970

"Existe uma coisa mais importante que a lógica,
é a imaginação."

Alfred Hitchcock

À minha dama do vento

Posso ver o dossel das árvores como ondas imóveis às quais apenas o vento da montanha dá uma vida de mar escuro. Ele arrasta brumas enlanguescidas que o sol nascente acaba sempre por inflamar. Mais adiante há um grande rio e, bem mais além, o mar, o verdadeiro, o infinito, que às vezes desenha-se como um rasgo de luz para sublinhar o indefinido do céu. Gosto deste lugar como de uma escala de paz. Sou um nômade que decidiu radicar-se, permanecer aqui em cada instante das lufadas. Escuto o pássaro, um canto na página de silêncio. No fim do dia, há o canto das vozes do vale, isoladas como notas aleatórias. Aprendo a esperar, o instante, a chuva, os dias vindouros, a noite, a primeira estrela, o fogo para as refeições e para aquecer as noites. Espero sem impaciência, vivendo o instante como uma eternidade. Para aumentar essa felicidade, há o inesperado daquela vida lá do alto, as súbitas rajadas do vento que anunciam a tempestade. Há então uma queixa áspera das cascas feridas, um falatório precipitado da folhagem sob as asas escuras das nuvens, e regalo-me com um punhal de fogo, por trás dos véus de água. Parece-me que estes instantes não podem acabar. Todas as noites, antes do afogamento solar, sento-me sobre o tronco deitado que obstrui o atalho. Tenho então, como o guarda-noturno, a sensação de proteger um território.

1

Eu era pequeno, sentado na beira da cama escutava o que falavam, que a alma era mais importante que o corpo, o espírito também, enfim ambos. A alma, o espírito, era tudo igual, era o que diziam. Eu escutava. É o corpo que morre, não é alma nem o espírito, minha avó dizia. O corpo não passa de um invólucro sem importância que desaparece com o tempo, mas a alma é eterna. Ela vagueia pelo universo. Lá no alto, desvencilhada do corpo, ela é a luz perfeita. Eu escutava olhando da janela Amélie, que tinha 13 anos e brincava com a irmãzinha na calçada. Ela era bonita com sua alma escondida no corpo. Eu não sabia se sua alma era bela, perfeita, luminosa. Eu não a via. Mas Amélie era para mim o que havia de mais bonito no universo. Seu corpo era perfeito e ela era minha luz. Tinha um pescoço espaçoso para receber beijos e cabelos louros, delicados, nos quais às vezes, quando ela aceitava, eu escondia meu rosto. Seus olhos verdes me davam arrepios e eu gostava do jeito que ela me olhava acariciando minha face. Ela não caminhava, antes dançava, deslizava. Ondulava lentamente como uma espiga. E, quando meu pai falava com ela, ela ficava vermelha. Um dia, fingindo dormir, deixei minha mão sobre sua coxa. Era rija e quente e eu sentira uma dor na barriga que me fazia bem. Minha avó repetia: "É por isso que não precisamos ter medo da morte, o corpo não é nada, ele se dissolve, mas a alma continua e nos encontramos todos para a ronda eterna das almas."

Eu escutava sem dizer nada. Pensava apenas naquele corpo junto ao qual eu não poderia mais acariciar-me, aquele corpo que me permitia colocar minha boca sobre sua blusa no lugar onde seus seios apontavam. Está calor, ela dizia. É, estava calor. Ela ria. "Por que está chorando?", perguntara minha avó. "Por que chora esse pirralho?" Minha mãe havia entrado. "Por que está chorando?" O que eu poderia ter respondido? Que estava pouco me lixando para a alma de Amélie, que ela era perfeita e que sua alma não era nada comparada ao seu tornozelo, que era o mais belo tornozelo do colégio Pierre Loti? Eu chorava. Era uma dor imensa e irreprimível. Eu não queria imaginar que o corpo de Amélie pudesse se dissolver. Era impossível, ela era eterna. Mas eu não falei nada de mais, dizia minha avó, e me abraçara contra seu casaquinho cinza todo áspero. Através das minhas lágrimas eu via a cabeleira de Amélie, seu dorso curvando-se sob o peso de sua irmãzinha. Vergava como uma espiga. Eu as ouvia rindo. Gostaria de não estar colado no peito flácido da vovó, no seu casaquinho cinza, naquele cheiro indefinível dos fins de vida. Ela é que ia se dissolver, disso eu tinha certeza. Eu morria de vontade de pousar minha boca nos ombros morenos de Amélie, beijar seu pescoço, enfiar em suma meu rosto em seus cabelos, instalar minha mão sobre sua coxa quente, dela tudo confiscar e acima de tudo não deixar escapar a alminha que se escondia naquela luz perfeita que era Amélie. Amélie alma e cama.

Foi por essa época, acho, que senti uma vontade fervorosa de escrever ao mundo, não às pessoas, não, ao mundo.

"Caro mundo...", escrevi diversas vezes aplicadamente, em meu caderno do colégio, esse início promissor de uma carta cujo teor eu não conseguia sintetizar, cujo sentido ainda me escapava e talvez nunca me viesse a ser revelado. Era de uma grande ingenuidade, mas eu queria escrever ao mundo. Era um impulso de uma criancice desconcertante. Às vezes eu me instalava no quintal de terra preta do pântano e ficava a escutar os choupos e os frangos-d'água, ou então no cais diante do mar aberto, com um bom vento na cara, e lá eu recapitulava o que ia escrever-lhe. Coisas a dizer ao mundo, ah, eu tinha. Caro mundo... Uma voz como um tiro de espingarda terminava sempre por me perguntar o que eu estava fazendo, em que estava pensando, minha mãe, um colega, a vizinha. Eu respondia: "Nada." Nunca teria me atrevido a dizer que pensava no mundo com aquele desejo louco de lhe escrever uma carta, uma carta de fé e amor. Quem teria compreendido que eu queria os braços do sol para enlaçar a terra e abraçar o mundo? Eu já percebia muito bem que isso era enfático, mesmo que ainda não conhecesse a palavra. Presumia igualmente a inutilidade dessa correspondência sem endereço. Em que está pensando? Em nada.

Venha almoçar. Havia sobre a mesa uma carta do meu pai, que estava na Argélia. O mundo dele, por sua vez, éramos nós. O que o papai faz? Guerra! Guerra contra quem? Mamãe permanecera por um instante no vazio, e descontou no "inimigo". Ele faz a guerra contra o inimigo, pronto! Quem é o inimigo? Ehh... pessoas que não querem ser francesas. Meus olhos permaneciam grudados na carta de papai com sua caligrafia esmerada, redonda, perfeita.

Mais tarde, nas geleiras do Tronador, na fronteira entre o Chile e a Argentina, eu assistia ao sol nascer sobre a cordilheira andina e à lua do outro lado, a qual se aproximava do tamanho daquele antes de imergir no Pacífico. Eu ofegava com um bafejo de cristais, os grampos numa neve eterna. Lá também, eu quisera escrever ao mundo. Como era belo, meu Deus! Portanto, convinha dizer-lhe. Esquecemos sempre de dizer que amamos.

Caro mundo... Mas como escrever-lhe com luvas de alpinismo? Um barulho de algo se fissurando e um cheiro de enxofre nos haviam aconselhado a nos escafeder para o vale dos homens. Paredes de gelo desmoronavam e o vulcão talvez fosse explodir de raiva. Eu decidira salvar a minha pele pela qual a montanha mostrava apetite e deixara a carta para mais tarde. Houve outras oportunidades, naturalmente, mas havia sempre um incidente para me desviar dessa relação epistolar que eu queria manter com o mundo. Era um terremoto na Armênia, uma inundação em Bangladesh, um massacre em Ruanda, a fome na Somália, sempre alguma coisa, o suficiente para me fazer esquecer essa boa resolução que era a de escrever ao mundo. Caro mundo... Uma noite, um pouco triste, quis inclusive escrever à humanidade. Cara humanidade... A folha branca me observava, esperando a continuação. Acho que eu esboçava uma careta. Ela estava paralisada.

Anos mais tarde, reencontrei Amélie. A diferença de idade diminuíra, eu tinha 20 anos, ela, 26. Está me reconhecendo? Claro, ela me disse. Tomamos um café. Conteilhe sobre aquele dia em que eu tinha chorado. Ela olhou para mim. Era o mesmo olhar com olhos verdes, de morrer.

Compreendi que ela queria que eu pusesse minha boca em seu peito, minha cabeça em seus cabelos e minhas mãos sobre suas coxas. Amei-a como criança, como homem, como nunca mais amei. Amélie, leito da minha alma, eu lhe dissera. Ela rira. Um dia ela se dissolveu numa água clara. Era um cristal de esmeralda congelado. Ela recolhia estatuetas chinesas nos destroços de uma embarcação, um junco do século XIV. Guardei uma bonequinha de jade e marfim. Acaricio-a no meu bolso.

Continuei a crescer sem ela, naturalmente, com esse dom com que ela me agraciara desde a infância, essa descoberta incessantemente renovada do amor. Ao longo de toda a minha vida, amei as nucas esguias, as mulheres como girândolas e o segredo dos grãos nas espigas. Ela me havia despertado pequeno, e me iniciado aos 20 anos. Ela prolongava-se em mim até esse dia. Guardei da infância, e de Amélie, eles estão ligados, o amor pelo desconhecido a desbravar, além do medo na barriga como um gozo. Não é amor pelo exotismo, como diz Le Clézio, as crianças não possuem esse vício. Não, é a felicidade imediata, sensual, de uma ruela de vilarejo africano, ou andino, é respirar perfumes estranhos e às vezes identificados, aspirar como um puro-sangue as vastas planícies, atacar as escarpas montanhosas sob as nuvens, é a hortelã silvestre na madrugada, o cominho esmagado, o capim fresco recém-ceifado. Preservei esse prazer de ir ao encontro dos primeiros fulgores das charnecas esfumadas, as beiras de mar ainda violáceas abandonadas pelas hordas humanas. Gosto das silhuetas das árvores, da elegância das ramagens no meio das pradarias, das sombras sobre as dunas saarianas, das aldeias flutuantes sobre os lagos cambojanos. Daria todas as suítes do Carlton por um acampamento e uma fogueira de lenha seca, pela água fria na concha das mãos a respingar sobre o torso nu, pelos calafrios de felicidade diante das auroras. Nada apagará nas carteiras escolares a espera sonhadora pelo domingo seguinte com a promessa de um mergulho nas folhagens de outono ou a de se drogar com os primeiros aromas, reencontrar os colegas de cachecóis azuis para raspar a lenha verde e atear fogo às cascas.

Qual foi a criança que não se deliciou ao tremer, à noite nas ribanceiras relvadas, esperando o *dahu,* * não cantou para instilar-se coragem diante dos monstros do imaginário, venceu o medo caminhando valentemente em direção às sombras? Uma noite, encolhido numa reentrância de sílica invadida pelas sempre-vivas e infestada de pulgas-da-areia, juro que acreditei no desembarque dos contrabandistas nas praias do Atlântico. Vi o barco rasgar os reflexos da lua e deslizar sobre a onda até o pé de um gigante de sotaque russo. Lanternas varriam furtivamente as dunas no encalço dos importunos, para os quais não haveria misericórdia. A espuma nos pés dos piratas era fosforescente. Um Long John Silver dava ordens com rudeza e manipulava um grande cutelo. Um sujeito com uma venda empunhava uma espingarda. Perscrutava as dunas, detendo-se na nossa direção, como se houvesse farejado carne de caranguejo ainda vivo. Ainda que fosse um guri, Deus do céu, era preciso eliminá-lo, se mostrasse o focinho. Olho vivo, pessoal, perigo, ele cuspia baixinho mas suficientemente alto para ser ouvido, alguma coisa me diz que talvez não estejamos sozinhos esta noite. Dimitri detectou um

---

**Dahu*: espécie de bicho-papão francês. (*N. do T.*)

acampamento do outro lado das dunas, moleques, ele disse. Se eu puser as mãos neles, afogo-os como gatinhos. No capinzal, agarrávamos a areia como podíamos, suplicando pela sorte. Os salafrários desembarcavam os caixotes com sussurros inquietantes e carregavam seu tesouro para um Renault 4L, com os faróis todos apagados, que parecia se confundir com o do nosso chefe. Assim que os piratas desapareciam, com o coração disparado, voltávamos para nossas barracas com um olho na retaguarda, prometendo voltar o mais cedo possível para furar o casco revirado na areia a fim de impedir qualquer retirada por parte dos bandidos. Na noite seguinte, atacávamos os hediondos imbecis com uma bravura exemplar, estimulada o dia inteiro pela boa ação a realizar e uma moral inatacável. As crianças precipitavam-se como um só homem sobre os piratas de teatro e a trama terminava com a avalanche dos pirralhos e as gargalhadas dos adultos.

Hoje, sinto a mesma excitação ao pé de uma escadinha estreita, como a da minha avó, que levava ao misterioso sótão onde se amontoavam os tesouros inúteis. Lá estavam os mistérios da vida de antes, amores extintos, a marca dos gestos esquecidos nos objetos amados, os cheiros mortos nas partículas de luz. Um dia, descobri, atrás de uma arca e de teias de aranha que eu afastara não sem repugnância, fotos em parte roídas pelos camundongos, cópias desbotadas pelo esquecimento, amarelecidas pelo sol da clarabóia, com pedaços apagados, brancas, e nas quais uma adolescente séria, elegante, está sentada numa poltrona campestre segurando um chapéu. Era bonita, um tanto empertigada. Faltavam-lhe um braço e um pedaço do chapéu. Eu permanecera um longo momento na paz do santuário, a contemplar o passado daquela futura velha senhora. Manipulava-a lentamente no tênue facho de luz, até presumi-la com vida, ou com um sorriso que teria me feito chorar. Lembrava Amélie, vagamente, mas um pouquinho, de toda forma. Falei com ela como nunca me atrevera a falar com Amélie.

Dormi com ela e no dia seguinte perguntei à minha avó quem era aquela menina que eu encontrara no sótão. Ela examinou o retrato com um sorriso triste. Sou eu, meu neto. Fiquei sem voz olhando estupidamente para aquela aberração, o que ela tomou por uma estupefação maravilhosa. Aquela menina que poderia ter sido Amélie também brincara, com seus peitinhos nus estremecendo sob a blusa, pulando amarelinha, com os cabelos a acariciar o pescoço, as coxas quentes e aquele cheiro de hortelã. Vovó tornara-se uma velha senhora, com casaquinhos rotos, um cheiro ácido e um buço que me fazia sempre hesitar em beijá-la. Era terrível imaginar que Amélie também ficaria daquele jeito, mais tarde, claro, muito mais tarde, mas, não obstante... Eu acabava de ir para a cama com uma menina que era minha avó. Eu estava horrorizado. A infância tem o mérito sublime de permanecer apenas curiosa pela vida. Sente magnificamente sua beleza e toda decepção é um imenso sofrimento. Por que está chorando? Por que chora o pirralho? Vai dizer a verdade... Fugi para o fundo do quintal, para a cabana, lá onde eu me refugiava para alcançar secretamente a trilha de barro molhado, por entre as urtigas, que conduzia à floresta proibida, ao riacho escuro sob as frondes, ao pântano onde chafurdavam para sempre as crianças desobedientes. Que delícia, a desobediência...

Quem me ensinou a obediência me envelhecendo para satisfazer o olhar dos outros? Quero ser desobediente e desafiar a razão. Não enxugue minha testa de onde brota o suor e deixe minhas roupas colarem na pele na noite tropical. Não apague as fogueiras de raízes secas, gosto da fumaça acre. Deixe-me rasgar as solas sobre a lava preta dos vulcões, pelejar com regozijo em meio à poeira lunar de Atacama e os fragmentos de mica das terras calcinadas. Embrenhe-se pelos atalhos das tribos ifugaos na umidade verde, até as palafitas das choças. Assimilaremos o rosto amarfanhado dos velhos silenciosos a escutar o insuportável galo filipino. Voltarei para uma carícia amorosa, para colocar a mão sobre o rochedo até a aspereza salvadora a fim de me içar até o topo e contemplar o mundo. Não mudei, passei do universo da infância ao dos homens com as mesmas regras, a mesma curiosidade. Eu estava fascinado pela esteira de espuma do barco nos canais escuros dos pântanos, como fiquei mais tarde, no oceano, pela dos cargueiros. Nada pode me fazer esquecer as noites no tombadilho com a música das ordens murmuradas adivinhando a proa rasgar o azul-escuro.

Mas isso nada seria se não houvesse medrado, em minha infância, no fundo do quintal, a vida como uma espiga, uma energia clara, uma proposta de amor com uma risada que era a música dos anjos. Eu não sabia o que era um anjo, mas imaginava-o dessa forma, um anjo de olhos verdes, seios como pássaros e tornozelos a serem infinitamente acariciados, um anjo que nunca seria como a vovó, jurei. Isso nada seria se uma Amélie não atravessasse um dia seu caminho, se você não procurasse ver na aldeia de terra vermelha o dorso açoitado de uma mulher, surpreender o gesto em arco colhendo uma fruta ou o olhar escapado de um véu, se no meio das crianças brincando não houvesse uma garota que um garotinho sentado numa pedra afaga com os olhos como o tesouro mais precioso do universo. Viajei incansavelmente a fim de tentar pressentir seu olhar e filmar o mundo nela e em volta dela. Ela era a vida e a minha infância. Filmar, foi o que desejei fazer, para saquear, para nada perder, para represar a infância, para preservar algo do olhar dos homens e do instante.

Era ingênuo e presunçoso, como colher sob a telha deslocada o raio de sol com a mão e enfiá-lo entre as páginas de um livro. Acreditar que eu podia congelar o momento, engessar a autenticidade de um rosto, de um ato, era ridículo, ainda que às vezes eu houvesse tecido belas histórias, mas elas não eram *senão* histórias, contos, esboços de vida. Eu agarrara apenas borboletas que perdiam seu pólen nas malhas da rede à espera do alfinete do colecionador. Eu alfinetava instantes. Gostei de fazer isso, mas olhei para o mundo exclusivamente pela estreita janela da minha câmera. Gostei de trapacear com o vivido, inventei, recosturei, esculpi de outra forma a realidade sugerida. Ocultei uma parte do essencial. Filmei o instante sem jamais o viver. Tinha medo de perdê-lo.

Eu era testemunha. Difícil colocar o coração em imagens. Entretanto, às vezes também era isso, a poesia, o outro olhar, o jogo das palavras, conglomerados que eram o próprio sentido. Eu viajara rápido demais, devorara o mundo vorazmente, com medo de nunca ter tempo. Tempo para quê? Aqui onde estou, tenho tempo, agarrei-o e deixei-o escoar no seu ritmo próprio, tardiamente, admito, mas precisei desse tempo todo. Enquanto eu já me afogava na precipitação com um frenesi preocupante, Amélie me contara, como a uma criança teimosa, a história do tempo acorrentado. Escrevera isso quando dava aula para as crianças levadas.

"Um dia, o homem prendeu o tempo numa corrente. Colocou-o em seu bolso, consultando-o de tempos em tempos. De tempos em tempos. Depois quis o tempo acorrentado a seu pulso, julgando assim domesticá-lo e dominá-lo. Mas foi o tempo que acorrentou o homem. Ele se esqueceu de ler as sombras, de reconhecer os sinais. Desaprendeu o que sol lhe ensinara. Foi assim que se tornou prisioneiro do tempo. O homem, antigamente, fazia com ele o que bem lhe aprouvesse. O tempo ficava ali à toa. Era só pegar. O homem contemplava-o. Tinha tempo, e o tempo era livre. O homem não dependia do tempo e o tempo não dependia dos homens. Mas o tempo, preso dessa forma no seu pulso, confinado nos relógios, pôs-se a girar em círculo como numa jaula. Imprimiram-lhe algarismos para não perdê-lo. Não convinha perder tempo. Era no que o homem acreditava.

"Este terminou por correr desesperadamente atrás dele, daquele, naturalmente, que ele acorrentara. O outro não se mexera, continuava lá esperando e via o homem passar em frente a ele correndo sem olhá-lo, sem parar para tentar vêlo, uma vez que tinha os olhos fitos em seu pulso. Ele perseguia o outro tempo, aquele que ele inventara, um tempo cego, cruel, substituível, um monstro irascível, virtual, que termina por matá-lo. Foi assim que o homem tornou-se mortal. Antes, ele dormia para morrer gastando o tempo, deixando-se embalar por ele. Era um último casamento. Sabendo que o tempo era imortal, acompanhava-o sem pavor, para o outro lado da vida."

Eu sorrira, divertido. Hoje, aqui onde estou, tenho o mesmo sorriso e te amo por isso também, meu amor. Gostaria que você visse essa luz dourada sobre as gramíneas. Coletei um fóssil, uma conchinha misteriosa que o mar sedimentou há milhões de anos. Agora, tenho tempo para digerir os silêncios desse filme, tempo para escolher as imagens e de nada me arrepender. Vou matar as saudades, contar histórias, só isso.

Meu nome é Marc Austère, como o escritor, com a diferença de um acento muito grave e um *e* final. Nenhuma similitude, portanto, com o roteirista de *Uma cortina de fumaça*. Tenho orgulho de me chamar Austère, acento grave, *er-eu*... porque a rima rica que ocorre imediatamente aos poetas é "*mystère*". Uma tarde modorrenta, na escola primária, na esteira de um questionário no quadro-negro de uma matéria que eu não engolia — química — e a propósito de uma fórmula com a qual eu digladiava sem sucesso, meu professor fez a turma inteira rir com: "A química para Austère é realmente um impropério." Embora a rima fosse pobre, ri também, tenho muito bom humor...

Em outra ocasião, a respeito de outra fórmula, no momento em que a turma ia emendar em coro: "... é um impropério", o jovem professor antecipara-se aos alunos, completando: "A química para Austère é realmente um mistério." Aquilo me encantara, aquele homem era realmente formidável. No recreio, chamavam-me de Marc Mistério, eu ficava deslumbrado, podia ser o nome de um herói de quadrinhos. Assinava então M.M., como *Aime, Aime**. Mistério era o da química, e a química o da vida,

*Do francês. "Ame, ame".

e eu, Austère, estava por inteiro nesse mistério da vida, e ainda estou. Houve aquela química, aquela maravilhosa alquimia às vezes, mas também misturas incompatíveis, espectros, quase invisíveis, de amores idealizados, miragens de amor, ao sabor dos encontros.

2

No correio, entregaram-me um embrulho tosco, amarrado com um barbante reciclado com nós a não acabar mais. Havia selos do Senegal, cabeça do presidente e mulher com pilão. Cortei o barbante e, nas páginas do *Soleil*, havia uma sacola de plástico "Chez Diam, delicatéssen".

Uma tal de Maïmouna Ba enviava-me os papéis do meu amigo Michel Coche, desaparecido dois meses antes lá pelas bandas de Matam, no Senegal, com seu relógio de pulso quebrado embrulhado numa página do jornal que noticiava o campeonato de luta em Foundiougne e a inauguração da escola Léopold Senghor em Kaolack. Num pedaço da Guiné, havia o diário de Michel, suas notas, as febres dos últimos anos. Já fazia meses que eu não tinha notícias dele, e, estranhamente, por ocasião de sua última partida, ele me entregara textos sob a forma de cadernos. Na capa, escrevera com caneta pilot: "O vento nasce em Matam." Ele me parecera cansado e não esqueci o que me disse ao se despedir: "Minha impotência me oprime, excesso de raivas inúteis, ternuras caladas. Todas essas vontades inacabadas, esses desejos sufocados, essas curvas imperfeitas. Como improvisar sua vida metodicamente?" Descobriram meu endereço no verso do envelope posta-restante que eu enviara para Michel, em Bakel. Numa carta estabanada, uma caligrafia solar me explicava que meu amigo morrera de esgotamento, tentando lutar contra um vento louco. Aquela Maïmouna contava-me fragmentos do encontro deles e terminava assim a carta: "Michel corria atrás do vento para domá-lo. Deixou-o furioso e o vento o matou. Ainda possuo cartas dele bastante 'avariadas', que irão virar pó se eu as tocar, e outras com manchas de chuva."

Fui até lá, até as bandas de Matam. Já conhecia as margens do rio, por havê-las registrado abundantemente durante uma filmagem sobre a escravidão e o comércio de marfim no século XVIII. Não sei o que Michel fora fuçar ali, um lugarejo empoleirado em penhascos de areia com ruelas de palmeiras. Saberia mais tarde. Não há nada em Matam senão areia e um sol que bebe a mais ínfima gota d'água. *Matama*, pagar em espécie, era o que exigiam os guerreiros fulas que vinham vender seus escravos, capturados durante pilhagens em remotos vilarejos da Guiné. Michel também pagara sua loucura à vista. Amava o rio, conhecia-o, de Bakel a Saint-Louis, melhor que qualquer canoeiro. Ele era o filho branco de Fouta Toro, amigo dos Toucouleurs e dos Sarakolés, mas seu recanto favorito era Podor, com seus casarões coloniais, suas lojas, as grandes árvores resvalando seus galhos nas águas do rio, as crianças brincando nos cais abandonados por entre cujas pedras as raízes insinuam-se e às quais antigamente eram amarrados as gabarras e o bergantim da Companhia do Senegal. Uma flotilha de canoas acompanhava-os como peixes-piloto para catar as migalhas. Ninguém é inocente. Nem mesmo eu, ele dizia.

Ele ficava sentado imaginando o que deveriam ser aqueles comboios que se aproveitavam da vazante para subir o rio, à vela, impulsionados pelo vento oeste, até a ilha marfínea, e, mais tarde, a Matam e Bakel, por ouro e escravos. Sem vento, ancoravam ao largo, em frente, e os negros rebocavam as embarcações até os tridentes. Três meses de trabalhos forçados para todos e retorno com a cheia. Os árabes molestavam os barcos, pilhavam ou cobravam taxas exorbitantes. Michel quis que eu fizesse um filme sobre aqueles tempos em que a cavalaria moura ofuscava a da França, em que a heresia dos homens brancos não tinha horizontes. Ele vivera lá com as rolinhas do deserto, sob as acácias e nas águas do Djoudj que desciam até a Língua da Barbária e o grande Atlântico. Voltava lá com freqüência, e, dessa vez, ficara. Quando cheguei a Matam, era noite.

Fui dormir nos Bakhine, um assentamento modesto, mas limpo. Estava em casa. Com sua mulher, cozinhamos um *caldu*, arroz com peixe. Estavam *just married*. Mine resplandecia com seu pedaço de *zan* nos braços. Fiquei na área "night-club", revivendo a eterna ocupação de beber para explorar a noite e não acabar nu em sua choça, sozinho, estirado na cama, os braços atrás da nuca, sonhando ver uma silhueta feminina erguer o mosquiteiro.

Sob a choça musical, como a chamava Bakhine, havia um branco, os olhos afogados de cerveja, tentando dançar como as gazelas, uma ruandesa traumatizada, naufragada ali misteriosamente e que bebia para não ver mais o mundo como ele era, e músicos instalados no capinzal que continuavam o *shoot* com batidas de possuídos a colidir com o espaço. Dois negros elegantes haviam chegado cumprimentando educadamente, como dois notáveis que eram, dois notáveis que se largavam agora na pista após terem alinhado os grumetes. Três brancos que se consideravam negros punham em prática seu curso de dança africana com bastante aplicação, esperando que um corpo ali presente desejasse o deles. Um velho pintor apaixonado pelo mundo e pela cerveja sonhava com um centro cultural internacional na choça de Bakhine. E, no meio de tudo isso, sentada no colo da mãe, Simone, a magnífica neta dos meus anfitriões, maravilhosamente desenhada, era a promessa do mundo. Mine embalava-a amorosamente e eu não via senão elas.

Ao amanhecer, eu estava na pista com restos de grumetes espalhados pela terra e só pensava nele, Michel. Conto sua história como a presumi, com o insondável mistério das terras africanas. Michel voltara para Mama, eis o que as cartas me informavam.

A aldeia fula ficava na beira do rio. Ela ia morrer. Criara Michel em Saint-Louis quando ele era criança. Era boa para tudo, até mesmo para fazer amor com o pai dele. Iniciara Michel. Tinha sido seus primeiros desejos. Quando ele foi para a França estudar, só retornou quando o pai morreu, e Mama, inútil, voltara a viver em sua aldeia perto de Matam. Às vezes ele aparecia, quando dava a volta ao mundo para escrever e contar. Aquela vez era a última, Mama estava de partida. Trouxera na véspera um pouco de açúcar e um saco de arroz como sempre, algumas moedas e um tecido de Paris. Colocara o pano banal sobre o peito nu, descarnado, de Mama.

Há uma suave lassidão envelhecendo na savana. A vida, às vezes, extingue-se, sem dor. Ali, meninos atiram pedras. As rolinhas alçam vôo, mas o laço vigia. Ainda sussurram de medo, estremecem ao expirarem. A criança também habitua-se à morte. Segura o corpinho quente na mão. Observa aquele pescoço tão fino e o torce entre os dedos, a penugem do peito colada na palma da mão. A morte é transparente.

Michel estava sentado na porta da choça, uma porta sem porta, apenas um retângulo de luz que mudava de forma com as horas. O corpo de Mama não queria mais sol, apenas a lua ainda era suportável, como uma lanterna dos mortos diante da choça. Estava deitada de lado na penumbra com uma das mãos apertando a do homem branco, como para reter a vida. Mão que era uma tenaz, pensou Michel, um torno de uma força insuspeitada, a das trevas. Ele estremecera. Mas não passava de uma mão solitária, sem corpo, que buscava a luz. A morte esperava na choça e Michel olhava a vida. Uma jovem mulher estava sentada sob um pé de tamarindo. Havia uma frágil sombra. Manchas de luz dançaram em seu rosto. Um dedo de sol acariciava seu pescoço.

A voz de Mama desgarrou-se até ele.

— Ela não está à venda, Babo.

— Não quero comprá-la, Mama, ouvi muitas coisas sobre ela.

— Nem todas as palavras são as certas.

— Diga-me as palavras certas, Mama. Eu gostaria de escrevê-las.

— Você quer engessar a palavra, Babo. Aqui, nada se escreve, tudo se conta. A palavra sobrevive e se diverte. Ela dança de aldeia em aldeia e volta com outras palavras.

— Fale-me dela.

A jovem parecia distante, ausente, inacessível. Mama permaneceu em silêncio por um longo momento. É isto o infinito, ele pensou. Quando tudo é silêncio, imóvel, sem vento. A morte. Apenas a luz no rosto da jovem mulher era a vida. Recoste a cabeça na almofada velha, Mama. O cabrito respira alto em seu ouvido, um coração vivo e meigo contra o pergaminho de sua face. Você não sente mais sede. Exauriu-se a fonte de vida. E ele, ali, sabendo-a moribunda. Ele desvia o olhar. Pensa em sua boca quando ela se abria para ele. Sente seu sexo crescer, o velho. À beira da morte, às vezes, a vida é mais intensa. Por sobrevivência, talvez. Está tão longe o amor, Mama!

Michel lembrava-se da casa em Saint-Louis, com o quintal, a sombra da varanda, os cômodos escuros, vedados ao sol, postigos fechados, para enfim repousar o olhar, fugir do ofuscamento. Sua mãe morrera quando ele tinha 4 anos e seu pai trabalhava no hospital. Era um médico que viera da metrópole com uma ardorosa vontade de encontrar na farmacopéia africana os remédios que o Ocidente ansiava por descobrir. Tinha uma grande admiração por Schweitzer, o filantropo, o homem de ciência e o músico, e tentava imitá-lo nessas três frentes. A mais delicada era a da música, que sua obstinação levava-o a tocar diariamente num pequeno piano invariavelmente desafinado cujas dissonâncias era preciso aceitar. Michel, que gostava muito do pai, perdoava de bom grado seu amadorismo e a mediocridade do instrumento. Todavia, o genitor melômano terminara por imprimir no filho a propensão ao silêncio, e Michel detestava o piano.

Mama voltara tarde para casa. Tinha 40 anos, ao que dizia. Teve 40 anos até sua partida, 15 anos depois. Era viúva, tinha três filhos que trabalhavam na manutenção da ponte Faidherbe. Mama era uma toucouleur magnífica, de uma graça que era a luz da casa. Deslizava de um cômodo para o outro com grande elegância e autoridade. Michel tinha 12 anos, percebera rapidamente que aquela que já chamavam de Mama era a dona oficiosa do seu pai e que este último tinha muita sorte. Michel crescia, feliz. Nem as meninas da escola, brancas sem-sal, altivas mas logo encabuladas, nem os jovens wolofs da rua Neuville, que tentavam a sorte olhando os *tubabs** de soslaio, ombreavam com a presença de Mama. Quando ele tivera seus primeiros desejos, fora vadiar na feira, ver as fulas. De volta em casa, era Mama quem observava-o buscando surpreender um gesto evocativo, um abandono. Ele gostava de refugiar-se no banheiro de baixo, havia um porta-papel higiênico com um corpo de mulher africana. Esta usava um vestido de papel cor-de-rosa. Apertando o rosto, o corpo subia e revelava sua nudez. Era Mama que ele despia todos os dias. Sonhava vê-la assim, na indiscrição da solidão.

Foi o que aconteceu uma hora que o pai estava na savana. Na penumbra, viu Mama arrumar o seu bubu e seus dois seios generosos, já pesados, que ela não escondeu na presença de Michel. Ele estava na porta, incapaz de fazer meia-volta, dividido entre o medo e a excitação. Ela observava-o calmamente, sem surpresa. Está com medo de quê, Babo?, murmurara. Ainda não conheceu mulher? Espie se quiser, mas não faça escondido. Aproxime-se. O que ele fez. Pode tocar neles, se quiser. O que fez também, delicadamente, tremendo enquanto ela deixava cair seu pano. Mos-

*Palavra genérica que designa os brancos na África central e ocidental. (*N. do T.*)

trou-se desajeitado, um pouco afobado, ela o acalmou. Deu-lhe um tempo. Havia culpa, mas também o gozo do que ele julgava ser uma proibição. Na África, não existem os tabus dos brancos, Babo, só a religião para inventar uma coisa dessas. E meu pai? Ela olhou para ele sorridente. Está feliz? Sim. Então, seu pai ficaria contente de vê-lo assim. Mas é bonito partilhar um segredo. Ele também tem os dele. Não sinto ciúmes das mulheres brancas que ele encontra. Tenho sorte, sei disso. É um grande homem para mim.

Assim, tudo foi dito e Babo aprendeu o amor. Guardou esse segredo por muito tempo. Adorava aquela pele perfeitamente lisa cujo perfume ele jamais esqueceria. Mama passava óleo no corpo, de manhã e à noite, com uma mistura de flores que ela preparava. Se eu não fizesse isso, teria uma pele de serpente, Babo, as pretas nem sempre têm a pele suave, o sol curtiu o couro e convém amaciá-lo. Michel sempre apreciara os perfumes, mas aquele de Mama perturbava seus sentidos. Ele me falava deles com freqüência, quando respirávamos algo parecido ele me dizia: isso poderia ser o perfume de Mama, mas é um subproduto, uma reles imitação. Michel dizia que a primeira coisa que recebia do outro era seu cheiro. O amor com Mama era isso também, o cheiro, com a seguinte particularidade, que ela lhe dissera antes que ele a penetrasse, não, Babo, você tem o direito de acariciar, mas não pode entrar. É um segredo que eu guardo para o seu pai. E Babo olhava, fascinado, aquela porta violeta na penugem. Mama sentia prazer com suas carícias e as retribuía massageando-o com óleo até que ele gozasse sobre ela e eles contemplassem juntos seu sêmen claro na barriga de Mama. Às vezes, ela engolia seu sexo e dizia que seu esperma tinha gosto de amêndoa. Era sempre simples o amor com Mama, nada mais natural, um prazer que talvez Michel nunca voltasse a sentir. Ele me confessara não haver penetrado senão pouquíssimas mulheres e que procurava aquelas capazes de lhe dar prazer como Mama, fora do ventre, mas que adorava admirar o sexo delas. Isso devia ser a imagem da porta violeta, e eu achava que Mama, ao lhe oferecer o amor, talvez lhe houvesse fechado uma parte do essencial.

Um dia, Michel foi embora para a França e Mama passou o bastão. Só voltou a Saint-Louis para os últimos dias de seu pai. Mama vagava em silêncio pelo casarão com atenções de uma delicadeza infinita. Sentia-se pesarosa e grata por aquele a quem amara e que sempre a considerara sua companheira. Michel não saíra da cabeceira. Enxugava o rosto do pai, que sofria muito e que ele não reconhecia mais. Segurava sua mão e a de Mama. Mama tinha uma lágrima presa na face, uma jóia de luto que permanecera pendurada e que Michel teria querido beber. O pai sussurrara-lhe para amar a África e nunca esquecer Mama.

Uma noite, ele pedira a Michel para se afastar um pouco a fim de cochichar umas palavrinhas para Mama. Ela mantinha a testa colada na de seu pai. Michel, pela porta entreaberta, vira a mão de Mama crispar o lençol, depois subir para a face do enfermo. Ela o beijara, olhara longamente, depois saíra do quarto reprimindo um soluço. Ele chamara Michel para dizer-lhe para ir dormir, que Mama o velaria. De madrugada, quando ele voltou ao quarto, seu pai havia se ido. Mama colocara dois hibiscos vermelho-sangue em seu peito e flores de jasmim que aromatizavam o recinto. Abraçou Michel e assim ficaram até o sol irrigá-los a todos os três em sua plenitude.

O pai recusara o repatriamento a expensas do Estado, preferindo um cantinho no setor dos brancos do cemitério. Mama pegara no braço de Michel para acompanhar o corpo. Havia muita ge–nte. Os brancos haviam se postado na frente, logo atrás de Mama, sem que lhes perguntassem nada, e Saint-Louis fazia-se presente, grata ao médico que adotara como seu aquele país e tanto fizera por ele. Michel chorava muito e Mama consolara o menino alto e magro.

A infância de Michel terminava aí. Ele jamais esqueceria aqueles anos de uma meninice sacudida pela sensualidade, pela paixão pelos mistérios, pela pobreza também. Jamais esqueceria os aromas, o de Mama e o das feiras, as fogueiras de manguezal, as risadas sem fim de Dialo e Moussa, a quem nunca mais voltara a encontrar, os olhos de Aïssata que ele amara secretamente, sem jamais tocá-la, antes que Mama lhe mostrasse seus seios. Chorava as escapadas pelas areias da Língua da Barbária, as subidas do rio de canoa a vela até a ponte Faidherbe, as conchinhas e as continhas coloridas sobre a duna das pérolas. Chorava o olhar tão meigo de seu pai, o piano de segunda, as sonatas arranhadas de que ele fugia asilando-se na rua para ver a dança das mulheres com suas bundas que elas rebolavam sob gritos de alegria e excitação. Ia rastejar sob o calor, engolir a poeira do deserto.

Mama não quisera ficar na casa que Michel lhe deixara. Desejava apenas um pedaço de terra por ali, na aldeia de sua infância, para encerrar seus dias. Você é jovem, Mama. Não o bastante para você me cortar ao meio. Riram até as lágrimas. Isso estava escrito na história e Michel fechara os olhos para ler o que restava em seu coração.

A velha amante também devia se lembrar. Tudo pairava num suave torpor.

— Fale-me dela, Mama.

— Ela não é o que você vê.

Ele mirou a escuridão, depois a mão esquelética ao sol que roçava na sua.

— O que voa sem nunca pousar, Babo?

— Não sei, Mama.

— Todas as crianças daqui sabem.

— Não sou mais criança.

— Sim, mas já soube. Você esqueceu. O que voa sem nunca pousar?

Silêncio.

— O vento, Babo.

— É, o vento, Mama. Estou lembrando.

O branco de olhos azuis sorriu. Pensava em suas anotações, seus cadernos, naqueles fragmentos de história que pilhava aqui e ali. Mama seria uma longa história.

A de Michel assumia a fisionomia da garota do pé de tamarindo. Ela não está à venda. Ele punha-se a lastimar o fato.

— Maïmouna nunca pousa — sussurrou Mama. — Ela é a senhora do vento. Você acha que ela está ali, sentada, mas ela está muito longe, Babo. Ela não é daqui. Fula, sim, mas ninguém sabe de onde. Ninguém lhe pergunta. Às vezes, como hoje na praça, quando nada se mexe, sequer a rolinha, sua tanga estala e se enrola em volta dela. A poeira esvoaça e rodopia como milhões de borboletas. É ele que vem procurá-la. Às vezes inclusive a despe e ela assim fica, nua, os olhos fechados até o poente. Seu corpo permanece aqui, mas a outra Maïmouna está com ele. Quando ele a deixa em paz, às vezes ela me conta. É ela que o acalma quando ele se transforma em harmatão, abarrotado de areia, quando ele encapa as cores, apaga o dia, anuvia os espíritos.

Ela fala com ele e ele transforma-se em brisa marítima tingindo a espuma, os panos das mulheres, o azul do céu, as nuvens e os rendados. É ela que mistura as risadas das crianças sob as acácias. O branco trocara a mão de Mama pela caneta e anotava as palavras de Maïmouna reinventadas por Mama. Estava habituado com as histórias africanas. Não se espantava, não sorria das crenças, escutava. A mão de Mama procurava novamente a sua e ele parara de escrever para observar a jovem mulher. Mais tarde, quando sentiu os dedos da velha abandonarem os seus, voltou-se e afagou-lhe carinhosamente a testa. Mama dormira. Ele se levantou para ir ao encontro de Maïmouna. Agachou-se junto dela. Estava profundamente perturbado pela sua presença. Sentia-se envolvido, acariciado por ela, que não se mexia e lhe sorria. "Maïmouna, a asa do vento", dissera Mama.

— Ela vai morrer — ele disse.

— Sim, ela vai para onde o vento não existe, onde nada mais se mexe.

Ele pensava no Nirvana, lugar onde nada mais sopra. Lugar de paz. Paz talvez, mas fora da terra, fora da vida, fora dos humanos.

— Sopro é vida, e o de Mama está para se esgotar. Mama sentirá falta disso, do vento.

Assim ficaram até a noite. Quando ela se levantou, leve, aérea, ele sentiu um roçar de asas: ela estava comprida, grácil, vergada como um longo *bow*, um arco de caça. Não deixou nenhuma impressão no vermelho da terra.

Maïmouna interpelara-o sem tocá-lo.

— Aonde vai? — ousou perguntar-lhe.

Ela voltou-se com elegância, felina, e nele deteve um longo olhar febril. Era ao mesmo tempo cândida e atrevida. Tinha um pescoço comprido, uma boca que mal se entreabria. Esboçava um sorriso que era simultaneamente um convite, uma provocação e uma ordem. Era inacessível. Ele bebeu seu rosto com um deleite sofrido. Não se esqueceria daqueles traços puros, sensuais, perfeitamente desenhados. Aonde fosse, eles estariam presentes. Ela desapareceu nos reflexos do rio, deixando uma sombra. Ele se lembrou de ter lido em algum lugar: "Quando você a beijava, ela se contorcia como uma hélice, arqueava-se projetando a bacia para a frente para capturá-lo à sua revelia, era uma eclusa mordente, recortando sua vida em lâminas inúteis."

Não arredou pé até a morte de Mama. Maïmouna instalava-se sob a árvore de tamarindo. Fazia-lhe um sinal para que se juntasse a ela. Ele obedecia. Ela falava do vento. Ele ficava com ciúmes, furioso, genuinamente magoado. Como alguém podia ter ciúmes do vento? Ela era intocável, infinitamente bela, de uma doçura insuportável. Ele chorava quando ela partia com aquela mesma ordem silenciosa para que ele não a seguisse e que o deixava com os calcanhares pregados no chão.

Uma noite, Mama sentiu frio e estendeu uma das mãos ao céu para desprender uma nuvem escura com a qual se cobriu. O pajé narrou a vida daquele corpo antes do último sopro, enquanto Babo fitava a nuca delicada, infinita, da íbis negra que estava à sua frente. Velaram Mama, em seguida trasladaram-na para o cemitério de areia. Ele rememorava aquele dia em que ela deixara cair seu bubu, aqueles dias que ela lhe dera, aquele perfume cujo segredo ela carregava mas que sempre o obsedaria. Procurou a mão de Maïmouna, para chorar e apertar a vida, mas ela desaparecera. Procurou-a na aldeia, nos poços, nas beiras de rio. Vasculhou as canoas, as caminhonetes, mas não a reviu. Babo, o branco, continuou suas viagens. Aonde quer que fosse, o rosto de ébano ou lívido de Maïmouna observava-o. Ele dormia com ela e todo sopro vinha dela. Havia o véu de poeira no esperma da aurora, os pés descalços sobre a terra seca, o silêncio das praias.

"Teu corpo me envolve, me pacifica e me maltrata. Procuro-te, Maïmouna, onde o vento sopra."

Vasculhou a invisível memória na concavidade das dunas e sob os potes de barro, nas sombras cinzentas, indefinidas, congeladas sobre o sol claro, no sol difuso por trás das brumas, no calor dos ventres, no bulício da vida. Michel voltava para África, para o seu seio de poeira, para o feitiço irresistível do invisível, ao qual sucumbe aquele que aceita.

"Nov. 2003, Mauritânia: Casuarina, cabelos de mulher por entre os penhascos. Desertos a pente fino até encontrar a marca dos primeiros homens.

Vento de esquecimento que apaga na areia os passos dos extraviados."

Numa das margens, rabiscara, quase ilegível: "Sinto frio. Rasgo algumas páginas ineptas para fazer fogo." Alguns anos mais tarde o corpo de Babo foi encontrado num sambaqui. Ele perambulara pela terra no encalço do vento destruindo todos os reflexos que não eram Maïmouna. Procurara apaixonadamente na lama do rio, nos arrozais estéreis, nas aldeias de choças vazias, até atrás dos diques dos portos de Bakel e Podor. Perdeu-se por um vento de fogo, aquele que racha as bocas e rasga as gargantas das crianças refugiadas sob a lona. Era um chergui, um siroco, um simum do Irã talvez. Podia ser também o cansim do Egito, que resseca corações e lábios, e, por que não, aquele vento de banquisas com lascas de gelo. Pouco importa, o vento matara-o em algum lugar perto do rio lá para as bandas de Matam.

Foram encontrados apenas seus cadernos, anotações e o relógio de pulso, que ninguém roubou porque marcava a hora de sua morte. Maïmouna guardara-os zelosamente até decifrar meu endereço. Tudo lhe foi entregue. Foi o que foi dito. Quem descobriu aquelas páginas e as levou para a filha do vento? Ninguém sabe. Dizem também que ela decorou os textos como preces, depois os fez chegar a mim. Havia páginas arrancadas cujo teor e pedaços "avariados" eu nunca viria a conhecer. Maïmouna segurava delicadamente na palma da mão borboletas de papel, as páginas que Babo rasgara. Com a outra mão, expulsava o invisível. Reconstituí como pude os frágeis quebra-cabeças que curiosamente ele conservara como remorsos.

"Outubro de 2002: Vento nas superfícies cristalinas que confundem os reflexos até o abstrato."

Ela amava as palavras, e era ela, às vezes, quando a luz baixava, que lia para mim sem olhar para o que Michel escrevera:

"Novembro: Grand Canyon. Ele desgasta com paciência a rocha sanguínea do Colorado. Ele rodopia como um dervixe, infinitamente, até a loucura dos trogloditas."

Ela mastigava essa frase sem dificuldade, gulosamente. Repetia-a como uma criança, com felicidade, até perder os sentidos.

— Por que Babo escreveu todas essas linhas?

— Não sei, Maïmouna, para que você as lesse um dia. Ele escreveu isso para você e para que saibam quem é você.

— Sei, é por isso que aprendo as palavras, elas são minhas. Amo sua música. Canto-as quando meu bubu esvoaça.

"Agosto de 2003, Hammerfest — 70km além do círculo polar: havia um pólen de luz sobre a cidade fria, agulhas de madrepérola fincadas na lua.

Março de 2004, Santorim: Transparência que redesenha as formas da terra e invade o vestido das garotas com dedos desconhecidos, técnicos, infindavelmente."

Ele dizia que apenas Maïmouna domesticava o vento. Ela segurava-o nas palmas de suas mãos para acalmá-lo, amansá-lo. Às vezes, irritava-se e os homens rezavam a Éolo por seus moinhos destroçados.

"Maio de 2004: Nos ascendentes, águias da Estremadura tiram fino por entre as velas multicoloridas dos homens-pássaros."

Eu tinha comigo a caixinha de metal na qual Maïmouna colocara os fragmentos "avariados" das cartas de Babo e as borboletas de papel que ela recolhera nas páginas do *Soleil*. Ainda tenho seu olhar sobre meu ombro, meu pescoço. Queria ter capturado sua mão pousada no tecido azul, mão de bronze. Ela me escutava com uma surdez desconcertante e nos olhos um brilho fulvo, feiticeiro. Eu seria capaz de soçobrar na letargia daquela choça, não pensar em mais nada, não fazer nada a não ser vislumbrá-la na eternidade das noites e de dia contemplá-la caminhando até o poço.

Eu copiava algumas passagens para reconstituir os elos perdidos. Sentia seu bafejo. Quando me voltava, ela parecia alhures. Se eu insistisse e encontrasse seus olhos, ela caía na risada, uma risada que me deixava gelado. Talvez tenha sido essa risada que me salvou. Ela nunca deu aquela risada com Babo. Ela devia saber, pressentir suas vítimas e enviar esse sinal como uma nevasca que obrigasse você a se encoscorar e nada deixar do coração que pudesse temer esse frio. Somente então ela desviava o olhar. Houve uma noite insólita, a última, uma noite como um mar opressivo com vagas de silêncio numa longa maré. De manhã, quando engoli o sol, ela partira, e não a segui.

Parti novamente para o Níger, na fronteira do Mali, para filmar o lugar de que falam Bowles e Barceló, o Anel do Níger, e sobretudo rever Jo em Gao, para lhe anunciar que haviam encontrado Michel. Decidi passar por Bakel, atravessar o Mali, Uagadugu e alcançar a fronteira para algumas imagens extras e para respirar aqueles aromas intensos que Michel amava. Deixei meu olhar perder-se sobre as praias e as brumas de areia, sem nostalgia alguma, sem tristeza. Michel era um viajante cansado. Finalmente escolhera um fim sem realidade, um fim sonhado para uma última viagem na tentativa de localizar aquela, sempre invisível, que o levara a olhar o mundo de outra forma que não a que ele tinha. Era por isso que nos entendíamos, e o amigo chileno que me esperava para o Natal seguinte, lá em cima entre os aimarás, não chorava. Ele cantaria o poeta Coche e diria em voz alta e potente às montanhas andinas: "Há seus passos sobre as neves de nitrato dos cemitérios de Atacama entre as pedras da lua sobre as terras estéreis dos elevados platôs. Há cinzas pesadas sobre os ombros que ele carrega até o sono das lavas antes do sopro matador, incandescente, carregado de fósforo."

Eu deixara a aldeia de Mama perturbado com Maïmouna e com o que ela se dispusera a me dizer ou inventar. Nunca irei saber. Sei apenas que não convinha que eu ficasse, que, a despeito de sua aparente ingenuidade, não havia um pingo de inocência nos olhos de Maïmouna. Ela tinha alguma coisa que envolvia você, pedia para você ficar ali, perto dela, sem que ela nunca fizesse nada. Eu lera Babu e presumira cá comigo que tudo, subitamente, podia me escapar e que o desconhecimento daquela terra das origens era uma armadilha. Maïmouna era a fascinação da África e no entanto Michel crescera lá, pés descalços na vaza do rio. Vira o sangue dos galos sobre os corpos doentes, ouvira os pajés, suspeitara dos poderes que lhe escapavam, respeitara o oculto, mas mergulhara. Como medicina para aquele nomadismo, não lhe restava senão partir novamente.

Nenhum de seus textos fora publicado porque nada nunca se consumara e nunca ele terminaria nada que fosse afora esta vida. Havia apenas aceitado ser diagramado numa brochura que reunia alguns de seus poemas, uma edição limitadíssima para iniciados. Não passo de um copista, dissera Michel. Ele tinha consciência de que seu imaginário era oriundo da memória de um mundo vivido em comum, o da história dos homens desde as origens. Invejava Rimbaud antes dele, que compreendera tão jovem, o Rimbaud copista que fora pisotear a terra áspera, ávida de homens sem memória, e que Michel admirava profundamente por esta coragem, por esta porção assumida do vulgar do homem, um comerciantezinho de segunda, um birosqueiro, um traficante que sorria para a morte.

3

No Anel do Níger encontrei a sensualidade das nucas, da espera. Lá, a mulher branca perdida na escuridão guarda o segredo, o saber subvertido por outro conhecimento. Às vezes, havia também a sombra de Maïmouna. Eu amara sua coxa apenas vislumbrada, jamais inocente, úmida. Michel, merda, você sabia, você, que nessas terras áridas há um desestímulo à impaciência e que o homem apressado morre, exposto num sambaqui, morre sem compreender, o rosto queimado, o sangue escuro como lava. Permaneci em Gao, na beira do rio, para "visitar" a imperatriz. As irmãs da missão em que ela nascera adoravam os prenomes célebres. Joséphine usava-o com categoria, era fula, alta, esbelta, sem o menor ângulo incisivo. Tinha uma elegância inimitável e uma franqueza desconcertante. Bem-dotada, obtivera uma bolsa para estudar na França. Sentia saudades do rio Níger e voltara para ensinar no ginásio de Gao.

Joséphine nascera num dia de junho, sem data precisa, e a decana de Saint-Joseph decidira que seria um 18, em homenagem a De Gaulle. Em duas ocasiões, fui até Gao pelo prazer de ouvir suas histórias e tocar sua pele. Era disso que gostávamos, das histórias e da pele de Joséphine. Ela era nosso refúgio e, nos momentos difíceis, aquela que apaziguava. Ela via e falava o certo. O colégio de Gao suspendera seus salários e ela voltara à beira do rio para criar um pequeno assentamento, ao lado do qual estavam instalados uma choça-escola e o dispensário da missão Saint-Joseph, reduzida a três irmãs imortais, assoberbadas pelas tarefas. Haviam abençoado os céus pela volta de Joséphine, que dava uma parte das aulas, refeições do meio-dia incluídas, de acordo com a assiduidade dos alunos e a freqüência em seu estabelecimento.

Eu estava sentado como sempre naquela poltrona de palmeira trançada, com almofadas de leopardo que os turistas adoravam e eu também. Com Michel, nós a havíamos ajudado um pouco.

— Você tem terras no L'Iguane.

— Terras de areia, Jo.

— Não, é também sua casa.

— Minhas terras são o prazer de olhar as crianças na água espadanarem luz, vê-las escutar você contando suas histórias e ouvi-las rindo quando você ralha com elas.

Eu imaginava Michel naquele lugar, perdendo-se na contemplação do ritmo preguiçoso das águas pesadas e enferrujadas. Tivera Michel, por um único instante, aquela plenitude que eu sentia perto de Jo, sem a sombra de Maïmouna, diante daquela aparente eternidade da terra e das águas, com aquele gozo de ser, apenas ser, aquela serenidade depois da qual poderíamos morrer sem medo algum?

— Quando ele veio me visitar, ele já estava bem longe, Marc, longe demais para que eu o alcançasse e ele pousasse. Ele ficava sentado aí olhando horas a fio para o outro lado do rio, com espinhos de acácia no peito. Havia terminado sua viagem, esgotado pelo impossível. Ele dizia que o perigo era a precipitação, por exemplo a felicidade. Uma felicidade precipitada é uma felicidade estragada. Não convém antecipar o destino, sob o risco de se decepcionar. O perigo da viagem está na bulimia, na sede do conhecer. Convém deixar a viagem para o espanto, e ele não soubera.

Michel deve ter feito o balanço de sua vida, de seus instantes de felicidade frágil, suas paixões, suas covardias, sobretudo quando o haviam afastado da possibilidade de um grande amor, da desconhecida que ele procurava, que ele procurava em Maïmouna e para quem escrevera:

"Meu amor é selvagem, múltiplo. Ele é esta gravura na alcova perfumada, este corpo e este rosto assombreados por sedas azuis, esta voz sussurrada, esta canção espremida no tumulto. Ele é o nascimento do dia e entrevejo sua marca nos panos estampados, seu reflexo nos espelhos vazios. Ele é esta dor deliciosa da espera, este soluço perplexo, esta carícia quente, esta silhueta grácil na beira do rio, este rosto de argila nos bambuzais. Meu amor é este vento insubmisso, esta profundidade marinha, uma alga no ponto mais forte da correnteza. Ele não tem nome, ele é mulher ao largo do cotidiano, mulher oferecida e livre. Avistei-o no Oriente por trás de uma lua de papel vegetal, naquele jardim fechado onde morrem as rolinhas, naquele banco, onde espero. Tudo isso até Maïmouna, na pior das hipóteses."

Era sua vida, da qual não tinha certeza de ser o ator principal, mas a testemunha desse impostor que lhe escapava. Eu voltava a pensar em Alvaro Mutis, em *A neve do almirante*, que dizia: "Porque no fim das contas, todas essas profissões, todos esses encontros, todas essas regiões deixaram de ser minha vida. A ponto de eu não saber quais nasceram de minha imaginação e quais fazem realmente parte da minha experiência. Graças a eles, tento em vão escapar de algumas de minhas obsessões, que tecem a última trama, o destino evidente de minha conduta no mundo."

Michel queria, como ele, trocar uma felicidade semelhante à de seus dias de infância por uma vida voluntariamente curta. Parecia sempre procurar esses momentos privilegiados do tempo da inocência, e, vasculhando as águas sonolentas de sua vida pregressa, subiam bolhas nas quais adivinhava um rosto atento, o seu, um rosto a quem prometiam uma viagem que ele jamais fizera. Em todo caso, dizia estar aprendendo a desconfiar da memória. "Existe um rio no qual me banho todos os dias da minha vida, a nostalgia." Talvez fosse preciso viver sem lembranças, aí mora o segredo. Para isto, seria preciso aprender a viver na vacuidade mental, como os monges tibetanos ou os grandes iogues, o que nem ele nem eu considerávamos a felicidade definitiva.

Poucas coisas nos diferenciavam, havíamos abraçado a terra como a uma pedra, machucando-nos. Eu só relaxara o abraço porque na minha infância, e mais tarde, na minha juventude de homem, um anjo passara, Amélie, e porque ela continua aqui dizendo para eu me sentar nessa pedra, respirar, abrir os braços e o coração. Ela me apontou o caminho do amor e nunca duvidei dela. Michel não tivera Amélie, ou não a reconhecera. O amor lutava de florete, desprotegido, e ele era o rei da esquiva. Titubeava em amar o que estava ali, bem próximo a ele, demasiado próximo, talvez. Eu me identificava com isso. Ele se assustava e dirigia seu olhar para amores de alhures, sempre mais distantes, e projetava-se incessantemente numa outra viagem.

A exemplo dos povos da Sibéria, onde cada um procura sua própria melodia, um ritmo próprio, que o ponha em harmonia com o universo e o invisível, consigo mesmo, ele julgava que cada homem devia procurar sua nota certa e tocá-la. Era essa nota que ele não encontrava.

O velho Samba trazia dois sucos de gengibre. Recolhido em Saint-Joseph quando nascera, ficara por ali. Jo adorava-o e, quando ela viera instalar-se ali, ele se colocara à sua disposição e tornara-se indispensável. Ela não imaginava mais L'Iguane sem ele. Uma garotinha quase nua acocorava-se na beira do rio. Estava fascinada por um turbilhão no qual uma casca de árvore não terminava de rodopiar. Ela tentava agarrá-la, mas a madeira escapava incessantemente. Minha câmera estava na mesa. Jo deteve o meu gesto. Deixe, disse ela. De pé atrás de mim, ela fitava a sobremesa para além das ribanceiras de barro, sua mão no meu pescoço. Eu gostava desse gesto carinhosamente recorrente que me deixava qual uma criança depois de uma birra, esgotado. Ela me confessou que tinha sido loucamente apaixonada e ciumenta. Foram dias de tortura dos quais ela mesma fora o carrasco. Auto-análise de Jo Traoré, ou Sélavy. Michel havia sido seu grande amor e era com ela que ele devia ter ficado. Ela estava muito perto sem dúvida, e, embora houvesse aberto a porta violeta para ele, ele nunca detectara a evidência. Ela tampouco soubera.

— Eu queria ter tido um filho dele, um mulatinho, vê a tolice.

Eu estava espantado com essa confissão, mas continuei calado. Havíamos vivido em Paris anos deliciosos e despreocupados graças a Jo, e nossa liberdade era ela.

— Sente saudades quando olha o rio, Jo?

— O Níger não é o rio de Michel, é a vida; mesmo que a água que por ele escoa já seja passado para os povos a montante, é meu presente. Esse canoeiro é a vida do instante, Marc.

O homem tentava alcançar a outra margem. Colocou o pé no capim alto e amarrou tranqüilamente sua canoa. Aqui tudo acompanha o tempo, velocidade abolida. Quem se mexe, incomoda. A ameaça do vazio captura então o branco preocupado fora de suas referências. Deixa o chumbo leitoso pousar em sua nuca e a umidade viscosa colar em sua pele. A opressão, densa, instante escorraçado por uma cerveja bem gelada, retorna, surda e eficiente.

Isso ameaçava aquela calma profunda, aquela paz adquirida: o esquecimento. O pé não deixa marcas no laterito. É preciso uma feroz curiosidade para sair desse torpor, mas, se o olho trabalha no cultivo das fisionomias, na descoberta dos horizontes arenosos, das cerimônias ocultas, então a África desperta e dança com a poeira. Ela não é apenas uma tagarelice matinal, uma presença súbita, é um grito, um testemunho das origens. O riso esconde a violência, a vida seduz a morte. O deserto obriga ao essencial, o olhar se perde. Não existe mais fronteira para o imaginário. Apenas às vezes, à noite, as sombras desenham formas identificáveis sobre a duna, e o pensamento extraviado retorna ao capril dos homens.

— Jo, não dá para engolir que, diante desse espetáculo, os do deserto, os ascetas, os eremitas alucinados, os profetas, permaneceram inabaláveis diante da miragem feminina, da sombra morena entre duas dunas, das nádegas de areia ao infinito, dos seios de sílica sob a abóbada celeste, e que seus sonhos não passavam de luz divina. Diga-me que eles também foram fustigados pelo gozo e que, de manhã, misturado ao orvalho, seu esperma era uma prova disso.

Jo rira, depois com uma sombra dissera que Michel também devia ter gozado dolorosamente, sozinho, com o pouco de si que deixava na areia, um pouco de sua razão a cada vez.

— Quem é essa Maïmouna? — perguntara Jo de supetão.

— Não sei.

— Bonita?

— Demais.

Adivinhei um sorrisinho amargo que eu não podia ver.

— As fulas são ferozes, não é mesmo? Ela não era o vento, mas uma hiena. Danada de negra.

Voltei-me para olhar para a nossa Jo, fula do Mali, que não era nem danada nem hiena e que chorava.

— Estou falando besteira, é a primeira vez.

Peguei sua mão rindo, e ela sentou-se no meu colo como uma criança. A menininha nos fitava, com o rosto luminoso. Ela fez um sinal.

— Maïmouna era apenas a inacessível felicidade de sua viagem precipitada, acho que essa moça não existe. Há homens que amam apenas as mulheres mortas, sua lembrança, uma imagem, o outro lado delas, invisível, que eles querem explorar como o mundo, sem descanso, para compreender. Um dia, num bar em La Rochelle, eu tinha 20 anos, um sujeito citou Claudel, que eu nunca lera: "Não devemos compreender, devemos perder conhecimento."

— Venha perder conhecimento — murmurara Jo. Eu a seguira dentro da choça. Cantava-se para o lado de

Saint-Joseph, um coro de crianças. Íamos fazer amor como uma missa.

Com imagens ribeirinhas, o canto das mulheres, mãos perdidas sobre os panos, falatórios, vozes de velhos por trás das chamas e o que restava do diário de Babo, voltei com a firme intenção de fazer um documentário sobre Michel. Jo tinha ido comigo até Bamako. Queria livros e torneiras para L'Iguane. Sentia-se à vontade tanto em literatura quanto em hidráulica. Samba iria ocupar-se dos dois excursionistas holandeses que definhavam numa das choças de L'Iguane. Cozinhavam apenas arroz de galinha sem galinha e tinham grande dificuldade para escapar do feitiço. Iriam embora quando a maconha acabasse, não havia nenhum fornecedor na área. Jo e eu reservamos um quarto no Hotel de Paris apenas para uma trepada e eu lhe prometera não voltar nos próximos 15 anos.

— Escreverei seus comentários sobre Michel e você virá buscá-los.

Ela nunca escrevera os textos porque eu nunca consegui fazer um documentário sobre ele. Nunca retornei às bandas de Matam.

4

Paris teve o desplante de me receber com uma procela. Caía gelo moído, uma grande raiva pela qual eu não era responsável, e eu já sabia que não esperaria a primavera para encontrar a felicidade. Não era grudado na traseira de um caminhão que expelia dióxido que eu iria encontrá-la. Isso era um pesadelo para quem ainda tinha o gosto do gengibre na boca e o bafejo de Jo na nuca. Via-me prisioneiro, pés e mãos atados, num táxi parisiense pilotado por um senegalês no exílio, às seis horas da tarde no inverno. O periférico, como uma longa serpente, expelia gritos com centelhas assassinas, amarelas e úmidas, e as motocicletas loucas sulcavam como lanchas por entre as carrocerias reluzentes. As cores amarravam-se, esticavam-se até arrebentar com mucos vermelhos nas pontes de ferro e no cimento calcinado. Eu via rostos lívidos despedaçarem-se em cristais por trás dos pára-brisas.

O motorista tentara amenizar a transição perguntando-me se as férias haviam sido boas, mas eu hesitava em contar que fizera amor após um enterro numa choça "luxo" de Jo Traoré Sélavy e que me agradaria muito voltar para lá. O que fazia aqui aquele negro, baforando carbono e rindo da agitação branca? Na Bastilha, manifestação e repressão braba. O que há? perguntei. Uma manifestação, senhor. Sim, eu vi, mas quem se manifesta? A Frente Nacional, senhor.

Isso não é nada bom para vocês! Não é bom para ninguém! Paguei o motorista e voltei a pé. Mochila no ombro, filmei caras simpáticas cheias de ternura que me dissuadiam energicamente de desistir. Esses sujeitos têm o olhar adulador e ficamos realmente tentados a lhes obedecer. Camuflei-me num vão de escada panorâmico e observei aleatoriamente. Nada disso, ela estava no meio dos cassetetes, à paisana, soberba sob a chuva e uma faixa reivindicando nada menos que Le Pen Presidente. Foi um choque e tanto. A soldadinha loura me escondera o essencial.

Eu estava em Sarajevo para rodar um filme. Lugar curioso para filmar a beleza do mundo. A guerra terminara parcialmente havia seis meses, a máfia tomava o poder e as minas continuavam a explodir nos quintais. Foi uma filmagem em cima de túmulos frescos. Eu havia percorrido a costa dálmata alguns anos antes, de Split a Kotor, passando naturalmente por Dubrovnik. Ainda me lembrava que os hotéis eram alemães, a beleza das garotas aquém da minha expectativa, que o produtor delegado sérvio tentara me extorquir e que eu me consolara fazendo imagens suntuosas, ásperas, das ilhas do vento, como eu as chamava, desse rendado de rochas que se banha no Mediterrâneo, de certos rostos que sempre amei, quando repórter, para construir histórias, reinventar a vida, deixar eclodir o que eu presumia de um povo e de um país que as aparências haviam camuflado. Se não houvesse feito isso, eu teria voltado com as fitas virgens, mas queria filmar tudo, até mesmo o invisível. Dessa vez, eu ficara sem dinheiro antes de poder enquadrar. Vagara pelo asfalto e, diante dos muros esculpidos à la Kalachnikov, deambulara ao longo do Miljacka, o que era raro, até a ponte dos namorados, depois por Sniper Alley e o parque Kosevo.

Havia fios amarelos no capim seco, minas aleatórias, tábuas de madeira fincadas no solo: Milankovic 1976-1996. Não existia mais inocência. As fachadas eram máscaras atormentadas, hediondas, com amplos esgares escancarados para um céu puro, salivando como hoje papel de parede. As casas tinham os olhos perfurados, lâminas de vidro através das órbitas. Os telhados esgotados jaziam nos quintais que o exército, os vizinhos, os tios haviam minado com os brinquedos da morte. Encaixei-me na rotina dos demais. Fui beber vinho croata diante das mesquitas da velha cidade turca, olhar as garotas que riam como para expulsar a guerra, garotas que achei bonitas dessa vez. Devia ser aquela alegria, aquela vontade de viver mais que qualquer um, uma vez que livre do massacre, que me agradava, aqueles rostos que carregavam com altivez a mocidade sobrevivente e que respiravam aquela primavera de Sarajevo, todo o pudor desabotoado.

Ora, quem é você? Croata, sérvio, montenegrino, esloveno, servo-croata, bósnio, bósnio-sérvio, bósnio-croata? Sou daqui, isso é tudo! Sou do vale das casas explodidas sobre campos cultivados pelo morteiro. Moro num prédio a céu aberto, que dá para o vazio, é assim desde a guerra. Sobrevivência no país bósnio. Sarajevo, emudecida finalmente, extenuada pelos abalos, profundamente aflita, perplexa, transformada num gigantesco cenário. A morte ceifara tudo. Não havia lugar para desespero, aqui. Um fim de tarde, tive que correr debaixo de um temporal, uma chuva quente e grossa. Abrigado sob uma arcada remanescente, eu esperava o milagre, e ele veio. Um carro preto da embaixada da França passava à minha frente numa poça d'água. Freou um pouco adiante, de surpresa. A porta abriu-se revelando uma mulher do exército francês. Ela correu para mim, luminosa no céu escuro.

— Marc Austère?

— Sim.

— Eu estava atrás do senhor.

— Como sabia quem era eu?

— Vi-o na embaixada. Eu não era convidada do jantar, mas segurança. Se o senhor deseja filmar outra coisa que não o asfalto, sair dele é muito perigoso. Estou encarregada de acompanhá-lo.

Ela era sargento, o uniforme caía-lhe bem. Era loura, bem bonita. Era uma soldadinha estranha, uma espécie de Marlène conquistadora e frágil. Com ela, vi Gorazde no fim da estrada, torturada, como um ponto de interrogação. Trâmites de uma vida em Sarajevo... Sarajevo como um eco. Ficamos nos entretendo com esse jogo dos desejos recém-esboçados, essa sensualidade sem a qual a vida não passaria de uma banquisa, e a arte, de uma ascese estéril. Eu não podia imaginar vir a Sarajevo unicamente para trabalhar, depois partir missão cumprida. Aquela cidade e aquelas pessoas mereciam outra atenção, ela também.

Ela permanecia deliciosa, insegura, quase manhosa. Tínhamos bebido um vinho italiano de terceira, um rótulo falsificado, que acabáramos por achar de primeira com a hora tardia e as frases de duplo sentido. Ela estava adorável com aquele olhar dourado que têm os olhos verdes, a cabeça curvada, leviana, o movimento paralisado, o tempo de fotografar o esquecimento e o abandono. Detinha o tesouro de um passado tumultuoso, hesitante. Exibia a elasticidade de um animal e sugeria liberdade. Parecia, nesses instantes, uma onda feliz, esgotada, diria Camus, morrendo na praia. Era mulher das turbulências e procurava um abrigo. Era sorridente e dolorosa ao mesmo tempo, isto é, *dolorridente.*

Eu fazia sempre de maneira a reconhecer os rostos, não ser "o estrangeiro". Entre estes, hesitantes, perplexos, fechados, ávidos... o seu de *dolorridente.* Deixei-lhe um bilhete no dia da partida: "Beijo-a, mulher de um momento na Bósnia-Herzegovina, mulher de um almoço, a beber na borda de cristal. Mulher de lábios maduros, impacientes, mãos de algas das noites lácteas."

Eu pensava em Michel, que escrevera isso para uma outra, para Jo. Não fiz senão enxertar Bósnia-Herzegovina. Eu não vira em seus olhos dourados a lâmina afiada, fria, era fora da carne. Julgava saber ler as possíveis seqüências no olhar das mulheres, em seus gestos, em suas negações mesmas. Pois bem, você não viu nada, caiu como um grumete que era quando navegava. Não viu no espelho verde senão a projeção de uma Marlène em guerra, impetuosa, ardente à noite e maleável de dia, com uma sagacidade que você admirava e que não era senão um estilete hoje sacado da bainha. Bye-bye, Marlène.

Rua Vieille du Temple, minha caixa de correio estava entupida até a boca e vomitava envelopes inúteis. O pequeno estúdio sob os telhados estava glacial, aqueci-o com a calefação no 6, um nescafé fervendo, uma suéter felpuda. Destrinchei a correspondência como caça, sem prazer, despi as cartas sem desejo, com a fúria de terminar com aquilo, e me enfiei embaixo do cobertor do sofá-cama. Logo despenquei, sem resistência, com um peso delicioso, em abismos que o eram menos. Michel agonizava sobre um sambaqui estendendo-me uma mão que eu não conseguia agarrar e Jo, junto com L'Iguane, afastava-se no meio das águas, sorrindo para mim. Estava sendo carregada por uma cheia súbita do Níger, sua choça-barco soçobrava. Ia desaparecer. Não sei onde eu estava para vê-la assim, só conseguia assistir, impotente, à partida da minha amiga. Não é o Níger, Marc, ela gritava, é o rio nostalgia. Agradeci ao telefone, que houve por bem interromper aquela viagem esquisita. Não gosto das sestas de inverno, acordo com uma terrível sensação de solidão.

— Sou eu!

Ela estava sempre presente no momento certo, salvadora. Obrigado, Camille, que ia dissipar minha melancolia e que, sem o saber, acabava de extrair uma pedra da minha barriga. Eu precisava de ar. Armei-me contra o frio com a habilidade de um sapo num charco, reencontrei minha moto e um pouco de liberdade.

Eu morava no 8, sem pátio, mas a zeladora do 4 gostava de viagens e tinha um pátio. Eu tinha autorização para deixar minha máquina perto das latas de lixo. Tudo isso não teria interesse algum se, afora a vistosa zeladora, não houvesse o rosto de Marguerite por trás da janela do primeiro andar. A hora que fosse, ela batia numa vidraça para me assinalar sua presença, o que se seguia por um acenozinho infantil e simpático. Nunca soube seu nome, mas Marguerite tinha tudo a ver com ela. Nos primeiros dias de outono, uma manhã, por trás do vidro embaçado, ela tentara abrir sua janela, que permanecera fechada. Então desenhara uma margarida, em cujo coração mostrou seu rostinho decepcionado, mas sorridente. A janela nunca se abriu. Ela estava lá, só isso.

Era um encontro a que doravante eu não podia faltar. Acredito inclusive que, se o privilégio de estacionar minha moto fosse cancelado, eu teria vindo todos os dias apenas para cumprimentar Marguerite. Ela compreendia minhas ausências e parecia sempre feliz ao me ver. Mal eu entrava no pátio, ela batia na vidraça e me repreendia com o dedo. Eu sorria para ela com um beijo na ponta dos dedos e ela permanecia encostada no vidro para me ver partir. Acompanhava-me até a entrada esticando o pescoço e limpando o vapor para não perder nada daquele momento. Por que nunca tentei subir a escadinha de madeira para bater à sua porta? Provavelmente o desejo inconsciente de não quebrar o encanto de uma relação tão estranha. Marguerite intrigava-me, mas eu temia uma decepção, pôr um termo no imaginário.

Quando eu partia por muito tempo, mostrava-lhe os dias com as mãos. Depois, terminei por deixar uma lousa e um giz no bagageiro. Eu escrevia um algarismo e sinalizava "aproximadamente". Às vezes, acrescentava "tudo bem?" e a resposta era sempre a mesma, um sim mudo. Escrevi meu nome, Marc, e percebi que ela o pronunciava. Foram nossas conversas mais longas. Eu nunca tinha tempo, montava na minha moto como num cavalo já no galope e saía com um até logo furtivo. Nas horas mais avançadas, ela era a única janela acesa que eu via. Marguerite tinha cabelos brancos, crespos, revoltos, um narizinho e maçãs do rosto salientes que me sugeriam uma origem eslava, olhos claros sem que eu pudesse adivinhar a cor e que suspeitava cinzentos. Parecia serena, sedosa. Aos meus olhos, era bonita.

Guardei imagens suas. Filmei-a um domingo, com o seu assentimento. Era o dia da minha partida para a África. Ela ficou imóvel, bem-comportada, paciente, o olhar grudado na lente, um pouco irrequieta, em todo caso. Não sorriu em momento algum, em nenhum plano. Aquele pátio um pouco triste, a pedra escura à guisa de moldura em torno do seu rosto imóvel e o tempo encoberto haviam deixado as imagens em preto-e-branco, imagens que pareciam antigas, imagens de antes da cor. Marguerite permaneceu desse jeito na minha memória.

Daquela vez minha viagem estendera-se mais do que de costume e fora das minhas previsões. Atravessei o portão, já esticado para ela, e não vi senão o reflexo de um céu ameaçador no vidro sujo. Esperei que ela aparecesse. Coloquei meu capacete, minhas luvas, instalei-me no assento. Chamei Marguerite, diversas vezes. Cheguei a atirar uma luva no vidro. Caiu numa poça, inútil. Eu estava voltando da África, não estava com pressa, mas sinceramente preocupado. Subi correndo a escadinha, bati à porta, esperei e chamei de novo, nada.

Era uma ausência que me machucava. Sentia-me subitamente pobre por não ter seu rosto como um ingresso, como um imposto, teria dito Michaux, um imposto que eu sentia prazer em pagar. Eu não conhecia aquela mulher, e, não obstante, ela fazia parte da minha vida. Podia apenas estar ausente, na casa de parentes, amigos, mas eu pressentia sua solidão. Podia estar doente, e eu queria saber para onde a tinham levado. Por que tanta solicitude para com uma estranha que não era senão um olhar atrás de uma vidraça? Ela era uma presença indissociável das minhas temporadas na cidade. Era uma parte do meu todo, pela qual eu subitamente me sentia responsável. Camille estava à minha espera. Bati uma última vez chamando Marguerite e desci de novo até o pátio para constatar a deserção da zeladora.

O cais, a ilha Saint-Louis, Minha Soberana Catedral, é bela Paris, mesmo no inverno. Mas você não tem minha preferência, minha linda, sou um homem casado com a viagem. Amo-te efemeramente, para modestas noites, curtas distâncias, fragmentos. A sala de montagem é um destes últimos, com o inevitável cheiro de café, de guimba apagada, ainda que Camille não fumasse. A minha ficava num prédio vetusto no último andar sem elevador. Tinha o mérito de estar sempre disponível, ao sabor dos nossos caprichos. Camille subia de tardinha e às vezes à noite, que gostava de passar com as viagens que ela nunca faria. Senhora do lugar, reinava com calma sobre as imagens do mundo. Friorenta, um xale vermelho nos ombros, trabalhava com afinco e só saía de seu reino a contragosto. O café era quente e ela me recebia como se eu houvesse partido na véspera, voltando a mergulhar o nariz sobre o enigma a resolver. Eu saía das terras da África, ainda em apnéia, para as da Amazônia, onde não deixaria de reencontrar o rosto de Michel antes de sua grande partida.

A sala de montagem é outro quarto, outra cama, uma caixa preta onde o cinema é fabricado. Camille, já em idade de se aposentar, não deixaria aquele passadiço de vigia senão no fim de sua própria história. Bem ou mal, passamos nossa milésima primeira noite juntos, noites que nunca iam além de um questionamento ou uma ligeira discordância que ela varria com calma autoridade. Era sempre ela quem tinha razão. Ela terminara por ir dormir depois de uma seqüência de cidade que singrava as águas do rio Humaitá, uma cidade cega e drogada pelo mercúrio, bêbada, titubeante, armada com turbinas e compressores. Uma cidade flutuante sobre a qual navegavam os escravos do ouro. Uma cidade em febre com uma mulher por balsa, mulheres para tudo, faxina, cozinha e o resto. Fiquei para ver as fresas turbilhonarem na água do rio atormentado, lamacento, dilacerado. Lembrava-me daquela mulher de rosto triste que os homens, jovens e velhos, levavam sucessivamente até o banheiro a fim de dar cabo das fantasias estorvantes. Lembro-me do sorrisinho dela me dizendo vem se quiser, um a mais, um a menos, isso não é problema. Os sujeitos riam e guardo essas risadas perseguindo a franzina silhueta. Procurei Michel na pilha dos copiões, os últimos planos de uma viagem que havíamos feito juntos e que eu sabia ainda não editados, talvez por superstição. Deixei uma imagem parada dele na floresta, de madrugada. Ele chorava na fumaça de uma fogueira mal apagada encarando a câmera. Subitamente puxei as cortinas e Michel desapareceu com o dia.

Era cedo e resolvi visitar Marguerite. Sentado na minha moto, olhei para a misteriosa janela. Julguei ver uma pequena luminosidade em algum lugar, atrás dos reflexos. Chamei Marguerite, mas nenhum rosto apareceu. Onde está a senhora? Na vidraça da zeladora, a plaquinha "Volto logo". Segurei no corrimão e decolei para o andar. Bati chamando Marguerite, esperei. Mesmo de muletas, já teria aberto. Marguerite? Talvez fosse completamente surda...

Bati de novo, bem alto dessa vez, e, desencorajado, virei para ir embora quando a porta se abriu atrás de mim.

— Está procurando alguém?

— Sim, queria visitar Marguerite.

— Não existe Marguerite aqui, o senhor deve ter-se enganado de andar.

— Não, é aqui, mas é possível que ela não se chame Marguerite. Na verdade, nunca falei com ela.

O homem me olhava sem compreender. Descrevi-lhe minha amiga. Ele conformou-se. Contei-lhe meus encontros de olhares sem que ele se perturbasse em nada e ele me respondeu que era filho dela, que ela se chamava Irina e que falecera duas semanas atrás. Fiquei mudo uma fração de segundo e murmurei que sentia muito.

— Não sinta, ela já não regulava bem e foi melhor assim.

— Não sei, talvez. Onde foi sepultada?

Esperou um momento antes de responder ao louco que eu parecia ser.

— No cemitério russo de Malakoff.

— E qual é o sobrenome dela, quer dizer o seu?

— Viemski. Para que tudo isso?

— Não sei de nada, cavalheiro, a não ser que amei seu olhar, seu sorriso triste, seu coração no vidro, sua impotência, sua velhice solitária, abandonada, a vida nesse pátio sinistro, a vida.

Voltei a descer com meu sofrimento em algum lugar, um lugar inabitual entre o coração e a memória. A zeladora me deteve.

— É o senhor? Eu me perguntava quem gritava "Marguerite".

A zeladora sabia da nossa relação toda especial. Aquilo a divertia e ela gostava muito de Irina. Fazia compras e a faxina para ela.

— Esteve com o filho? Não é muito conversador e era rude com a mãe. Nunca vinha. Pediu para eu tirar tudo. Ela não tinha muita coisa, mas ele não quis guardar nada. Ela partiu assim, dormindo. Encontrei-a lisa como uma criança. Havia cartas que ela escrevia ao filho, mas acho que são para o senhor. Ele não as queria, nunca as leu. Ele dizia que ela era doida. Era um pouco estranha, só isso.

Um pouco surpreso, peguei o primeiro envelope. A letra manuscrita me toca. Encerra sempre um segredo, distinto do contido nas frases, não é grafologia primária, mas, pelo desenho das letras, das palavras, vislumbramos o desenhista, o autor, sua mão, sua caneta, seus pensamentos acavalando-se e dos quais pouco resta no papel. A de Irina era laboriosa, aplicada, revelando pouca coisa afora o que tinha coragem de dizer. Começava assim: "Léo, você está tão longe assim para não aparecer?"

Eu me sentia indiscreto, mas a zeladora encorajou-me a prosseguir.

"Um dia irá me perdoar por essa paixão? Não preferi esse homem a meu filho, eu estava apaixonada, Léo, profundamente, desesperadamente, e ainda estou hoje. Seu pai se casou comigo porque eu estava grávida de você e porque, no mundo dele, a gente assume nossas responsabilidades, o que não tive forças para fazer mais tarde, quando esse homem entrou na minha vida. Eu acolhi o amor, Léo. Não abandonei você, seu pai tirou você de mim e a família dele criou-o no desamor pela mãe. Esse homem que você detestou fez de tudo para que você pudesse nos amar. Perdoe ao meu amor. Acabou muito rápido. Ele já estava doente quando nos conhecemos, mas ninguém abandona o que lhe é oferecido de mais precioso no mundo e que, hoje sei, é tão raro. Ninguém abandona um homem que lhe traz felicidade, por mais breve que esta se anuncie, para voltar para aquele e aqueles que aturam você porque você é a mulher oficial e a mãe biológica. A vida não é só isso, Léo, e eu gostaria muito que ao seu lado estivesse aquela que você nunca encontrou e que o deixou tão duro, impermeável, intolerante com a felicidade dos outros. Tenho medo de que você não saiba, como seu pai, o que são braços abertos acolhedores, esse desejo de ser do outro, esses instantes a viver no instante sem pensar no segundo que vai se seguir. Ser, em suma, olhada. Ser você, inteira para o amado. Ser, simplesmente. Tive a alegria das horas sagradas com ele, às vezes beirando o insuportável. Esse amor ensinou-me coisa bem diferente, e eu estava bem longe de todas as leis da aparência, dos falsos semblantes, eu era feliz com ele. Viajei, vi o mundo dos outros e amei. Foram anos brevíssimos. Quando ele partiu, recusei as exéquias do amor.

"Você não quer ler as minhas cartas, elas voltam para mim como se você não existisse. Para mim, você está sempre aqui. Bem antes de eu conhecê-lo, você já havia trancafiado, desde a infância, esse amor que é o próprio sentido da vida. Você baniu todo sofrimento. Não tenho lembrança de nenhum soluço. Você nunca teria sabido o que é o desconcerto diante do terremoto amoroso, a entrega de si, a deliciosa aceitação de estar atada ao outro, o abandono súbito. Você nunca amou ou confessou amar, o que decerto é pior. O verdadeiro amor é livre, é hoje, sem ele, que estou prisioneira, mas seu sofrimento é maior que o meu. Não faço senão copiar minhas cartas, elas contêm todas o mesmo amor por você, e por ele, a quem amarei além da morte, pense você o que quiser e o quanto possa sofrer. Eu teria preferido que você fosse seu filho. Eu queria um filho dele, divorciar-me, casar de novo, mas era tarde demais, então nos agarramos a esse tesouro frágil que nos era oferecido. Talvez você venha a ler tudo isso quando eu tiver partido. Continuo a beijá-lo todos os dias como eu fazia quando você era pequeno e você fugia dos meus braços e das minhas carícias. Talvez eu não tivesse a capacidade. Não fiz nada senão amá-lo, Léo, senão amá-lo desde o primeiro dia, ainda que a presença do seu pai não fosse senão indiferença. Não quero mal a ele, ele nunca soube reconhecer o amor e partiu sem saber o que amar queria dizer. Sinto muito por ele, sinceramente. Possa você um dia conhecer o abrasamento que leva à paz. Tive essa sorte incrível, Léo, mas convém abrir o coração, destrancar a armadura. Ninguém ensina ninguém, mas a você, suplico, aprenda pelo menos a chorar.

"P.S. Há um homem que vem guardar a moto no pátio, nós nos cumprimentamos desde o início, ele se parece tanto com ele, o mesmo sorriso, o mesmo ardor. Mamãe."

Eu estava abalado e superconstrangido por ter me deixado levar por aquela leitura, por bisbilhotar sem autorização a vida de Marguerite. Repreendi delicadamente a zeladora. Ela me disse que o filho pedira para jogar tudo na lata de lixo, as cartas também, e vender o resto.

— Que resto?

Armelle estendeu-me outro envelope. Recusei.

— Li tudo, o senhor sabe. Irina me contou a vida dela várias vezes e eu amava esse amor. Ele ficou sem rosto, ela nunca mostrou fotos, mas vejo esse amor com muita clareza. Ela falava muito no senhor. Leia somente os PS, apenas eles lhe dizem respeito.

Não pude resistir à curiosidade de continuar.

O primeiro post-scriptum datava da última primavera.

"P.S. Esse homem que vem até o pátio deve ser cineasta. Às vezes ausenta-se por vários dias.

P.S. Esta manhã ele fez uma palhaçada antes de montar em sua geringonça. Deve ter adivinhado que eu estava triste porque sua carta voltou de novo.

P.S. Sei que você mora efetivamente nesse endereço, uma amiga foi verificar. Se eu tivesse minhas pernas, teria ido e gritado embaixo da sua janela. O cineasta se ausentou, mostrou-me os dedos, uma semana. Vou esperar.

P.S. Desenhei uma margarida no vidro embaçado. Ele sorriu e me chama de Marguerite. Não quero que ele suba, não estou apresentável.

P.S. Ele trouxe uma lousa na qual assinala os dias e as datas de seus retornos. Conversamos silenciosamente.

P.S. Às vezes, tenho a impressão de que é ele, e meu coração dispara.

P.S. Ele voltou, mas parece apressado, apenas um aceno.

P.S. Ele soprou um beijo com a mão, como meu amor fazia, com os mesmos olhos apertados. Chorei.

P.S. Ele escreveu na ardósia: África, três vezes dez e meia com um coração e asas. Vou mandar um cartão. Tomara que não pegue doença por lá. Um mês sem vê-lo, sem essa presença, esse pequeno gesto que me diz que ainda tenho vínculos com o mundo. Ele me filmou antes de partir para me levar com ele.

P.S. Sinto uma terrível falta dele.

P.S. Faz 35 dias que ele partiu e a moto continua muda.

P.S. Ele não voltará mais, terminou.

P.S. A gente se amava tanto, ele e eu, ele estava doente, tão fraco nos últimos tempos. Ele apertou minha mão e murmurou: 'Carrego você comigo, lá é melhor.' Sorriu e expirou."

A última carta, como as três precedentes, não fora postada. Era breve: "Léo, não posso viver sem ele, ele foi minha felicidade, minha nascente, ele me estendeu a mão e vou partir."

Armelle me observava, grave.

— Era a senhora, a amiga? — eu disse.

Ela concordou.

— No final, ela já não regulava muito bem.

Não é verdade, pensei. Ela me pediu para guardar as cartas.

Peguei o embrulhinho sem refletir, como uma herança, e fui até Malakoff. Sentia-me rico com aquele segredo, e minha moto ronronava. Perguntei por Irina Viemski e fui meditar sobre a terra ainda fresca. Despontou um milagroso raio de sol, o tempo para nossas despedidas. Irina tivera um belo amor e partira sem outra tristeza a não ser deixar uma ausência, uma falta, uma negação do amor por aquele que era o filho do pai e que ela não reconhecia mais. Guardei suas cartas. Marguerite me lembrava também que eu tinha uma mãe que envelhecia esperando minhas visitas ou minha voz ao telefone, minha mãe que se desagregava. Ela estava lá, em La Rochelle, a cidade de Amélie, a da minha infância voltada para o mar e para sonhos sem fim.

Antes de encontrar Diego para algumas semanas em seu refúgio andino, passei para visitá-la, ela estava à minha espera. Eu suspeitava que ela sofria com minhas ausências prolongadas, cansada de não ver mais senão sombras no lugar de rostos, de adivinhar o que era a vida. Esse porto que ela só podia imaginar sempre a atraiu e ela queria apenas o braço do filho, não o da enfermeira. Entediava-se, sem queixas. Chamei por ela, estava doente. Estou indo, mãe! Não precisa, não mude seus planos. Meus planos são você. De toda forma, eu não teria ido para o Chile sem vir abraçá-la.

5

Havia pouca gente no trem, era inverno e os banhos de mar teriam que esperar o verão. Havia uma mulher mestiça que me lembrava Jo. Tinha os olhos fechados, deliciosamente abandonada, a cabeça virada para a janela. A criança chupava um seio caramelo, uma teta de seda viva, trêmula. Introduzira uma mão miniatura no vão do decote. Uma pérola de suor deslizava irresistivelmente pelo pescoço, uma pérola de luz com a qual eu me insinuava entre dois botões de galalite. O trem fugia. Um automóvel vermelho atravessava um quadrilátero. Mais adiante, o pântano mergulhava na bruma com choupos esfumados, sebes como estrias, com a água escura sob as lentes aquáticas, e, mais à frente, a fazenda fortificada das irmãs Possi. Depois dos assentamentos entre as valas e da morte das velhas protestantes, nunca mais voltei lá. Sob os freixos à beira de um riacho, após ter caminhado em brasas, enfrentado a noite hostil, nadado nas águas negras ao luar que desenhava silhuetas irrequietas, sofrido algumas torturas morais e físicas, provado minha coragem e que eu era digno de entrar no clã dos grandes, recebi meu totem "Novilho Furioso" do conselho dos chefes, totem que refletia fielmente meu temperamento impetuoso e revoltado. Não me arrependo nada dessas provas iniciáticas, dignas das maiores tradições cheyennes. Sinto orgulho de ter sido pintado com farinha e carvão de lenha, tremendo sob as estrelas, e de conhecer as terras misteriosas do medo e do imaginário.

Gosto dos trens, em especial dos noturnos, no meu posto de atalaia, a testa no vidro frio. Desde a infância sou hipnotizado pela corrida dos trilhos, o aço riscando os reflexos dos rostos. Passam aldeias fantasmas, fábricas que fumegam como grandes dinossauros. Eu engolia os flashes. Lembro-me de uma mulher na outra ponta do corredor, debruçada para a noite, imóvel, o rosto esbofeteado pela luz. Voltou-se, fitou-me por um instante e veio em minha direção. Meu coração estava disparado, ela era bonita. Passou sem me ver e esperei sua volta. Fiz de maneira a que ela roçasse em mim e tive o prazer efêmero de um perfume, um quadril, e talvez, não sei mais, do seu peito. Ela desapareceu na cabine e não consegui dormir.

Apertei minha mãe nos braços. Ela ficou feliz em me ver ali por alguns dias. Sentia-se melhor. Levei-a para almoçar num restaurante do porto, sempre o mesmo, como ela gostava, salada de arraia, ovos nevados.

— Quer ajuda?

— Se fizer a gentileza.

Ela levava o garfo à boca, hesitante. O municiamento era irregular. Freqüentemente a comida ficava no prato ou escapava pelo canto dos lábios. Eu me punha a lamentar que houvessem inventado aquele instrumento de tortura para crianças e deficientes visuais quando éramos tão bem-dotados com dedos. Ela repetia a trajetória do pai, que terminara a vida cego. Os raros almoços de que participei com vovó Suzanne não eram nada indulgentes. Minha avó era uma mulher desde sempre sofrida, casada aos 16 anos, não gostava de crianças, ou, para ser mais exato, não as suportava mais. Curiosa infância para os sucessores e pouco amor em troca. Meu avô adorava sorvetes e sua disfunção levava-o irremediavelmente a uma trágica catástrofe.

— Você se empanturra aonde quer que vá, meu querido, é nojento, por que teima em comer desse jeito? Para o diabetes, tampouco, isso não é bom.

Meu avô não esperava mais muita coisa da vida, então pousava a colher, puxava o primeiro pedaço de pano que caísse em suas mãos e tentava uma limpeza logo usurpada pelas mãos irritadas de sua mulher encarregada do decoro do casal e acima de tudo preocupada com a opinião dos outros. Eu então percebia a angústia de Aimé e seus olhos molhados como um ressentimento eterno.

— Não quero mais — dizia ele como uma criança manhosa.

Lembro-me de sua lassidão. Duas coisas o levavam a partir, aquela cegueira culpada que escurecera sua vida sem revelar janelas interiores e a morte aos 20 anos de seu neto afogado no estreito de Brest. Vovô nunca se queixou, exceto no dia em que eu ficara com ele, uma tarde de verão, porque ele não podia sair, tanto mal fazia-lhe o sol. Jogávamos uma conversa fora a propósito do mar e dos barcos nos quais ele trabalhara. De repente, num soluço, ele me disse:

— Estou de saco cheio, colega, queria terminar com isso.

Visitei-o em seu leito hospitalar, os olhos arregalados, o olhar voltado para dentro. Suzanne fixava o pé da cama de ferro. A pintura bege descascava. Ela sentiu vontade de raspá-la com o bico do sapato, mas estava paralisada de tédio.

Na véspera, uma amiga viera visitá-lo para lhe dizer que Jean, seu marido, estava no quarto ao lado. Aimé respondera simplesmente:

— Pensar que é tão perto e já tão longe.

Depois disso não pronunciou mais palavra, observando, para além dos vivos, um pequeno veleiro afastandose da costa. Seu neto, que lembrava tanto ele, estava no leme. Tinha os olhos claros como ele, era frágil como ele, o mesmo sorriso. O mar virara, de repente, assim, e o casco escalava penosamente as ondas para voltar a cair abruptamente na espuma. Era um céu de papel queimado, fiapos de carbono. Aimé acompanhou o pequeno triângulo branco até ele desaparecer, o vento redobrou em violência. Ele deu alguns passos pela praia e adormeceu. Ao despertar, o chão amarelo encardido do quarto do hospital tornara-se quase preto, anoitecera e Suzanne partira. Voltou então à tempestade.

Aimé aprumava-se, os pés na água. Procurava o pequeno triângulo branco e o mar subia. Estava tarde e, sozinho na praia, chamava pelo neto. Alguém tocava em sua mão, levantou as pálpebras lentamente. Seus olhos doíam muito. A enfermeira acendera a lâmpada. Entretanto, ela sabia que a luz o importunava, a ele, que via apenas algumas sombras atravessando a neblina. Às vezes, pequenas embarcações explodiam e a neblina tingia-se de vermelho.

Aquela enfermeira deixava-o nervoso, tomando seu pulso àquela hora e em seu estado. Era ridículo. O coração definhava porque Aimé lhe pedira que parasse de lutar. O resto estava cansado demais, esgotado demais, então não importava a fidelidade do coração.

— Vamos, descanse, meu velho, a enfermeira foi embora.

Alguém viera sentar-se perto da cama. Um rosto debruçara-se acima do seu e lhe fazia bem, por causa da luz que escondia.

— E então, meu pobre Aimé?

Era Suzanne, estava de volta. Teria sido preciso um esforço excessivo da parte dele pronunciar uma palavra que não considerava uma resposta. O que responder a: E então, meu pobre Aimé? Pobre e amado. Eles haviam se amado pobremente, sei disso. Esse bem que a sombra de Suzanne lhe fazia, ela não sabia nada sobre isso e nunca viria a saber, e ele se dizia que era sempre assim quando a amargura prevalecia.

O rosto se havia retirado e a luz queimava seus olhos novamente através de suas pálpebras fechadas. Esboçou um sorriso, uma espécie de pequena careta. Era sua resposta. O sol estava inclemente, um sol pós-tempestade, claríssimo. Felizmente, Aimé estava de óculos escuros, o que o aliviava bastante. Passara a noite sobre um rochedo. Havia muito vento, grandes ondas escuras e, ao longe, sereias, ou lamentos. Não sabia.

Trepado na pedra, observava as cristas fosforescentes. Havia grandes algas negras, os peixes revolviam-se como moedas de prata. O rochedo deixara a costa e rumava em direção ao largo, mas Suzanne deixou cair alguma coisa e o rochedo afundou. Ele percebeu que urinava num pano, uma eternidade, depois o mar refluiu.

Sobre o limo, um farrapo de vela secava ao sol sobre tábuas de madeira.

Pierre tinha 20 anos e seu avô se lembrava. Nunca perdoara a vida. Foi encontrado com o corpo emaranhado nas algas, uma das mãos apontando para a praia. Aimé fizera os

800 quilômetros que o separavam de seu neto para enterrá-lo ao lado da família no grande cemitério de Brest.

Um infindável cortejo no porto. Adolescentes, parentes, amigos seguiam o caixão. Todos em trajes de verão, de short, sandálias, camisas floridas e cangas indianas. Era um carnaval que Aimé seguia, cego e titubeante, amparado por uma juventude alucinada. Recriminava-se por estar vivo.

Em seguida, esquivara-se, guardando seu sofrimento para si. Aimé era o mais forte. Decidira largar tudo para ir ver o que não via mais ali.

O fim aproximava-se, irresistível, e o cego esbugalhava os olhos para assistir pela última vez ao aniversário de seu neto lá na praia. O dia ia nascer e Suzanne dormia. Uma sombra passou. Aimé fez-lhe uma terrível careta e abriu lentamente os dedos para que a vida se fosse.

Terminado o almoço, fomos para um banco no sol, o clima estava ameno.

Eu observava minha mãe, magoada pelo abandono, seu rosto como o de uma criança triste assustada pela dor, seu olhar implorando o ilusório reconforto, com a certeza de que nada será como antes. Desenhava um débil sorriso de desculpas. Você preferia ter certeza de ser amada com suas palavras desordenadas. Você gostaria de ser essa criança triste afogada nas almofadas com braços em volta de você que não a largariam mais. Você, que velou sem descanso, aceita que velemos por você. Você só tem medo do frio da ausência.

Você precisa de mãos para tocar, lábios em sua testa morna, uma voz quente para fazer seu coração bater. Você pode cochilar, nos sabendo aqui. Você precisa largar de você, um pouco, só um pouquinho, o tempo de viver nossa vida. Mas você não tem certeza senão do presente, amanhã é tão distante, você deixa suas lágrimas correrem diante dessa partida ordenada. É quase inacessível para você. Ela cochilara segurando a minha mão. Sono, ajude-a a percorrer esse caminho. Que o despertar seja o de minha mãe, e não o de uma criança triste. Ela fica de repente tão transparente, minha mãe, tão frágil...

No dia seguinte, quis ir ao cemitério até a sepultura do meu pai, que não vi porque sempre achei que ele não estava lá, mas que o encontraria em qualquer lugar do mundo aonde eu fosse, e ele se apresentou freqüentemente, talvez em demasia, mas é assim. Eu queria saber o que a pedra fria iria propor-me. Caiu uma chuvinha, sem audácia. Algumas gotas apenas, que fizeram o sol esboçar um sorriso o tempo de eu me recolher sobre o mármore cinza e reler seu nome e sobrenome, o meu, que talvez gravassem para a posteridade. Não é o golpe do cinzel na pedra que confere posteridade aos homens. Fiquei o tempo necessário para compreender que não sentia nada naquela cidade dos corpos defuntos e que definitivamente ele não estava lá. Quem era você, meu pai, o desconhecido cujo sofrimento era não saber dizer o que engasgava sua garganta ou o machucava? Meu pai que foi ausente da minha infância, alheio ao cotidiano doméstico e muito feliz por não estar presente.

Vi-o mais tarde, eu tinha 20 anos, como um inseto pesado, colidir com os silêncios, com os tempos mortos, com a impotência, acima de tudo. Sentia-se culpado de estar longe, continuou culpado por ter voltado e nada sugerido a não ser uma rotina opaca. Observava-me com lufadas de ternura que o afogavam em lágrimas. Eu o espiava no espelho e ele não sabia. Ele fitava aquela nuca de 20 anos, na penumbra, com os reflexos da televisão. Não havia sido um mau pai, não soubera. Ruminava que poderia, merda, que deveria ter brincado com ele quando ele era pequeno, ido ao zoológico, ao parque, à praia. Não havia sido presente, e as brincadeiras dos pirralhos o incomodavam. Seu pai, por sua vez, também, aquilo o incomodava, mas não era uma razão para imitá-lo. Brincar com os pirralhos ter-lhe-ia feito bem. Quem sabe não teria sido menos triste.

Era tarde para ter os olhos molhados, mas ele só sabia de tudo aquilo agora, e era aquela frustração irascível que o matava. Teria de bom grado recomeçado desde o início. Teria aceitado tudo para isso, até a promessa de um inferno. Estava disposto a fazer e dizer qualquer coisa para apagar tudo e recomeçar sua vida de pai e a infância do seu garoto, mas não alcançara a corda no picadeiro e ela não voltaria a passar. Os adultos não sabem o espaço que há no coração das crianças. Ele, por sua vez, filho de ontem, guardara um grande para seu pai, que nunca soubera como entrar. Ainda assim, sonhara em insinuar-se, como ele hoje. O que não sabia é que ele já estava lá. É isso, a ignorância. Falha no gesto e no dizer. O amor deve ser lido instantaneamente. Não é uma brincadeira de esconde-esconde.

Ainda me lembro de havê-lo surpreendido diante de uma fotografia minha e da minha mãe envidraçada sobre um aparador. Eu ainda era criança e fiquei a observá-lo. Ele voltava da Argélia para uma folga relâmpago, secreta, ele me dissera. Estava sozinho naquele instante e eu recuei para admirar o misterioso soldado com seus galões, seu uniforme impecável, suas insígnias. Parecia rezar, ele, o inimigo dos padres. Via seu rosto refletido na base de vidro, seu rosto em meio aos demais. Era uma silhueta viva sem olhar ao lado de sua companheira, que sorria, e de seu filho. Estavam na transparência das árvores do jardim atrás dele, dos rostos translúcidos que revelavam os troncos, os galhos, o céu de arrastão, o conjunto estranhamente misturado com a sombra dele, que embaçava a paz dos retratos mas tranqüilizava-o porque nele estavam as criaturas e o vegetal. A unidade, em suma.

Minha mãe esperava comportadamente num banco coberto de fezes de animais. Seu casaco teria sujado. Aqui, para ela, era antes, e ela era de um presente que a oprimia um pouco mas que ela não queria abandonar. O medo, um medo terrível, de que tudo parasse por toda a eternidade. Voltei-me para ela. Que sabia eu de sua vida, afora algumas histórias contadas em família, frases anódinas que deixavam sombras e confissões disfarçadas quando ela estava doente? Minha mãe ludibriada, que a cegueira obrigava a olhar o que ela teria querido esquecer para ter finalmente um pouco de paz. Havia aquela infância atropelada pelo abandono, depois a armadilha de um casamento que se pretendia o do amor, o filho como uma felicidade e as punhaladas sem alarde, no silêncio do ciúme. Hoje, restava de tudo isso uma herança que vinha de longe, dos primeiros anos da vida e de antes, talvez, dos primórdios do casamento, da esperança desiludida com a angústia da impotência. Tudo isso era tão opressivo que às vezes um outro rosto desenhava-se sobre aquele que eu amava, que vomitava um mal nodoso, uma serpente que atravessava o olhar e as comissuras dos lábios e que ela tentava cuspir, perplexa. Ela habitava um enxame de pensamentos irrequietos, indomáveis, lâminas que ceifavam sua vida. Encontrei-a muitas vezes, impotente para varrer o rancor, assustada com o que saía dela. Vi seu rosto mudar, como prisioneiro súbito da crueldade do outro, e permanecer hirto diante de seus medos. Então não lhe restavam senão imensas mágoas de criancinha há muito sepultadas que a devoravam sem que ela compreendesse por quê. Foi uma série de mentiras, uma longa corrente na qual ela se enrolava dia após dia, exilando-se da vida.

Dois pássaros, que ela não via, estavam pousados perto de seus pés imóveis. Às vezes, querelavam e rodopiavam em torno de suas pernas como em volta de uma estátua. Ela não se mexia, expressão fechada. De repente, expulsou o invisível com a mão e vi que sorria, um sorriso meigo como minha verdadeira mãe sabia confeccionar. Sentei-me ao lado dela, peguei sua mão. Tudo bem? ela perguntou. Sim, tudo bem. Concentrei tudo que eu podia de amor na palma de sua mão, sem crispação, o que para mim era como uma prece, tão-somente o caminho tranqüilo do meu coração ao seu. Está com a mão pelando, será que não está com febre? O céu recuperava o fôlego e nublava novamente, é isto um clima marinho, dizem. Antes de entrar, fomos dar um passeio pelos parques, uma peregrinação. Onde estamos, Marc? Em frente à Pierre Loti. Ela sorriu. Sua escola. Eu tinha poucas lembranças. Apago o que me aborrece. Só me restavam o professor poeta e a química impropério. Queria fazer bem feito mas tinha problemas com a escola, onde se estuda a vida dos outros entre quatro paredes nuas, caiadas para um futuro já consumado.

A criança não suspeita que seu futuro colide com o quadro-negro, perde-se nos livros, em seus primeiros cadernos. Talvez eu houvesse adivinhado isso, que não aprendia na sala de aula senão o saber exterior, visível, um conhecimento esclerosado. Aos 15 anos, não se sabe muita coisa, ainda se crê, mas a semente da revolta germina lentamente. Eu suspeitava que também era possível avançar com as energias do já sabido, e não rejeitava esse conhecimento dos outros, essa transmissão do saber, mas queria, sem defini-lo, um futuro aberto, sem paredes nem janelas a transpor, poder cavalgar o conhecimento com a inocência e a virgindade primordial, não pintar o que já foi pintado, descobrir territórios virgens, desbravar o ser e o mundo, olhar diferente, não ser no já, na esclerose de um pensamento formatado, no puçá da cultura e das tradições. Eu queria abrir as malhas da rede e evadir-me da páginas do livro escrito. Existia outro, talvez já escrito também, mas era o meu livro.

Eu contemplava o mar de longe, muito agitado nesse dia. Freqüentes rajadas de vento fustigavam os vidros, alguma coisa rugia, como uma tempestade próxima. Deixei minha mãe com a vizinha que estava lá para passar a tarde e saí. Gosto muito desse tempo ameaçador, que provoca e estufa o oceano numa fúria inútil, mas bela. Dei um giro pelo porto como um marujo que hesita em embarcar, depois corri para o quebra-mar a fim de ficar mais perto do mar aberto e mirar o que me levara tão longe.

6

Eu tinha 16 anos e era impaciente. Fiel à minha juventude, não podia esperar. Parti. Talvez também gostasse daquele velho no cais das costaneiras que me dizia: veja bem, "fedelho", o oeste fica à esquerda na rosa-dos-ventos se você apontar para o norte, um quarto antes, a 270º, ora bolas! Para mim, o oeste é um botequim da avenida da fome, um cais do quebra-mar em frente ao mar aberto a receber as ondas impelidas por um vento força 8. O oeste é a nossa casa. E o leste, cavalheiro, onde fica? Do outro lado, aqui. É longe! De forma alguma! Aqui, na beira do litoral ou nos portos, olhamos para o oeste, o mar aberto, e, quando aparelhamos, é por ali, guri. Ele tinha razão. Sempre a oeste. Eu atravessava a ilha de Ré até as Baleines, de bicicleta, camuflava-a nas tamargueiras e nos carvalhos verdes, pulava na subida de pedra lisa e ia olhar o sol se pôr, desmoronar no mar. O escuro da correnteza de lava engolia velas, mastros e passadiços dos que haviam tomado o rumo errado. Eu acreditava nisso.

No litoral dos náufragos, sonhei, criança, minha vida de homem como um grande desbravador. Eu procurava os destroços de navios com tesouros. Era pirata ao pé de uma fogueira de lenha flutuante. Observava o céu ao avesso nos espelhos da lua. De manhã, segurava o mundo num punhado de areia que o vento amontoava. Meus segredos dormiam diante das cidadelas e nas reentrâncias das dunas.

Havia um brasão, uma asa de gaivota contra um fundo de algas secas, ornamentado com conchas sagradas. Ele foi enterrado na ponta das Baleines, a 12 passos da torre albarrã. Oeste cravado. Dali eu contemplava a América por cima dos cavalos de espuma a ponto de ver os índios. Feliz, deixava com volúpia os riachos de sílica correrem por entre meus pés. Só subjugamos o vento obedecendo-lhe, resmungava o velho. É preciso conhecer o seu senhor; adivinhá-lo, farejá-lo, escutá-lo, guri, e aquele que primeiro reconhecer esse senhor será por ele servido. Eu escutava aqueles silêncios, eram promissores. Cá entre nós, nada como o oeste para os poentes, "camaradinha".

Era ele que eu ia visitar, a cara no vento fustigada pelo borrifo das ondas , como os cães, a respirar o alhures.

— O vento leste é um tempo bom?

— Nem sempre, mas em todo caso seria... Um belo comboio de nuvens vindo do oeste, estufado de chuva para lavar tudo, deixar tudo novo e regar as verduras da sua avó, é melhor que um noroeste, não acha? Veja, criança, sempre tive uma bússola na cabeça, ela oscila, às vezes em excesso, hesita, mas acaba sempre apontada para o oeste, como a conquista. Todos tomaram esse rumo, os conquistadores. Não falo dos assassinos, falo dos desbravadores, dos curiosos, dos descobridores, daqueles que desejavam conhecer o mundo, não comê-lo.

— Nem sempre conseguimos ir em linha reta para o oeste, senhor, há terras defronte...

— Acompanhamos os litorais e contornamos. Como acha que fizeram Magalhães, Cook e outros Lapérouse em suas caravelas?

— E os que moravam no leste, como fizeram?

— Não os conheço — respondeu o velho. — Não há nada a dizer sobre isso, não houve descobertas nessa direção. Eram bárbaros a cavalo. Vieram para o oeste, para nossa casa, caramba! Não eram marinheiros.

— O senhor navegou muito?

— Eu? Preferia estar boiando numa caçamba, joga muito em terra firme. Fico a chacoalhar como um corcunda, chega disso. O mar é toda uma história, conheço-o por aqueles que dele retornam e melhor ainda por aqueles por ele tragados. Ele me quer, o mar, e eu, da minha parte, amo-o daqui.

O velho continuara a olhar para o mar aberto sem nunca partir. Morreu, num outono de grandes marés, afogado numa onda de conhaque. Foi ele que me ajudou a fazer minhas malas. Eu já queria ver tudo, contar tudo. Então, um dia, parti. Eu sabia que em Veracruz os pesqueiros balouçavam no alarido e Valparaíso dançava nas cores. Antes do mar aberto e aos 15 anos, havia uma escala obrigatória para aprender essa porcaria de mecânica que devia ser o meu futuro, ao passo que eu era bom em redação e recitação, mas nulo em matemática, física e química. Cabeças pensantes, no colégio, haviam decidido que eu estava destinado aos trabalhos manuais, sobretudo os de montagem e caldeiraria, tive motivos para partir.

Trabalhei com a consciência e a concentração de um monge a mecânica teórica, determinadas leis de física elementar, o princípio do motor a explosão, as bombas injetoras do Sr. Diesel, a ação da força centrífuga sobre os patins das turbinas a vapor e a criação por conseguinte das almofadinhas de óleo prontas para receber toneladas de pressão.

Tudo isso a fim de ser o melhor, de impingir minhas reais competências, ainda usurpadas por uma "decoreba" infalível. As lacunas iriam revelar-se mais tarde, porém, enquanto isso, havia a alternativa do meu embarque, e minha primeira volta ao mundo começou em Brest. Saindo de Recouvrance, embicamos para o oeste, seria difícil fazer de outro jeito. A segunda, idem.

Foi ao regressar dos meus anos marítimos que descobri Amélie. Eu não conhecera senão amores de porto que não eram amores, mas afogamentos intempestivos, exceção feita para uma moça de Wellington que não freqüentava as docas, muito menos a laia dos marujos.

O marujo que transitava aquele dia pelas ruas da capital neozelandesa com seus colegas de costado era virgem. Nunca conhecera mulheres, nunca sentira o que era penetrar um sexo de mulher. Não conhecia essa sensação indefinível, esse calor, esse envolvimento, esse indecifrável sentido da vida. Esse surdo conhecimento ainda não lhe fora revelado, ele apenas aproximara-se dele. Aquele rapaz de 17 anos com sua carinha de anjo empulhava os colegas. Ninguém duvidava que já tivesse sido capturado, pela mão, pela boca, pelo sexo, por diversas mulheres habilidosas e maternais.

Um marinheiro num porto tem dois objetivos a declinar, dependendo dos homens: encontrar uma mulher e a zona dos bares. No que se refere a este objetivo, pelo faro, pelo instinto, ele alcança rapidamente. Quanto à mulher, se ela estiver no bar, ele ganhou, mas é uma puta. É o objetivo da maioria. Para os sonhadores, os românticos, os apaixonados, a tarefa é mais delicada. Para essa modesta felicidade, impõe-se uma excursão devassa, em geral com diversos malogros nas escalas. Um episódio como no cinema, com a Nicole Kidman, que o faz sorrir porque está com vontade de trepar com um grumetezinho francês, é bem raro, mas pode acontecer, ainda mais sendo a Nicole Kidman. Há um terceiro objetivo para alguns, o de não ter objetivos e se refugiar a bordo, longe dos terrestres. Antes de Wellington, nosso marujo tentara algumas aventuras, mas estas haviam permanecido ovo, sem eclodir. Houve bolinações, carícias precipitadas, ejaculações precoces, mas nada do coito franco e libertador que continuava em todo caso sendo o objetivo primordial, até mesmo obsessivo.

Acompanhara os colegas até os bordéis de grande reputação, cloacas concorridas, mas tinha dificuldade para ficar excitado diante de uma profissional do sexo. Em Papeete, apaixonara-se por uma jovem e divina taitiana pela qual teria de bom grado perdido a virgindade. Era tão jovem, tão meiga, tão frágil. Também era virgem. Chamava-se Colette Mahina. Ele preferia Rarahu porque lera *O casamento*, de Loti. Achava intimamente sua história tão bela quanto. No último dia, marcaram um encontro na saída da escola. Ela estava decidida a lhe oferecer seu jovem corpo. Ele, nesse ínterim, encontrara um legionário que o pegara para uma cerveja. Nunca conseguiu encontrar a escola. Desmoronou, bêbado, nas flores de um canteiro e foi assim que ela o encontrou. Ela cuidou dele e, quando ele abriu os olhos, beijou-o carinhosamente. Ela estava coberta com flores de gardênia, como uma jovem deusa. Colocou um colar de pétalas em seu peito. Procurei você porque te amo. Ela estava envergonhada. Ele apertou-a nos braços. O perfume era inebriante e dava-lhe náuseas. Venha, conheço um lugar onde você poderá me possuir e fazer amor com Rarahu.

Ela ajudou-o a levantar-se, e afastaram-se cambaleantes. No pequeno armazém da praia, ela se despiu, conservando apenas as flores. Era linda. Nunca irá esquecê-la. E tampouco que, esgotado, próximo do coma etílico, voltou a dormir até tarde, hora do toque de formação militar. Ao se despedir, ela deu-lhe uma pequena fotografia com ela comungando e ele chorou como fedelho que era. Ela disse que Deus não queria que Colette Mahina tivesse um filho tão jovem. Os Tupapahus não ficariam contentes. A bordo, ele nunca mais encontrou o rostinho no verso do qual havia um endereço e um coração. Deus não queria esse caso entre o marinheiro e a taitiana. Depois do Sr. Christian e o *Bounty*, houvera muitos amores tristes e Deus queria belos e alegres casamentos. Na escala seguinte, enviou uma carta endereçada a Colette Mahina. Não sabia o nome da escola onde Colette estudava, mas supôs que devia haver uma escola Pierre Loti. Era o mesmo nome da sua escola em La Rochelle, e ele não considerava aquilo um acaso. A carta foi devolvida um dia com a menção: "Não existe Colete Mahina." Rezou para que ela não quisesse terminar como a autêntica Rarahu, "tuberculosa com um gato doente e sempre uma coroa de flores sobre seu rosto de espasmo". Ele chorara com o livro de Loti pela pequena Rarahu. Não queria que ela se prostituísse com todos os jovens marinheiros de Papeete nem que começasse a beber para ir morrer na ilha de Bora Bora, sua ilha. Não arriscou outra escola. Esqueceu.

Nesse dia, em Wellington, a turma dos marujos dispersou-se de acordo com as respectivas afinidades. Para muitos, o passeio de domingo confinava com o tédio e estava na hora de rumar para néons inspiradores. O marinheiro virgem, esperando nesses antípodas mais que uma punheta embaixo da mesa após alguns copos bebidos sem sede e sem prazer, viu-se na cidade, um pouco desorientado, mas feliz com a solidão. Tinha a sensação de tomar o destino em suas mãos, de abrir a porta para o sol e o imprevisível. Sentia fome. Viu bolos multicoloridos. Entrou. Um marinheiro francês num salão de chá neozelandês não passa despercebido aos velhos e velhas. Escolheu pelas cores, uma torta de pistache com creme e um suspiro fosforescente. Ousou tomar um café bem forte e instalou-se.

Ela entrou, bem-disposta, animada, 30 anos sorridentes, com uma cabeleira de fogo e cachos em labaredas. Sentou-se com elegância na mesa ao lado. Parecia alegre, feliz. Tinha bonitas mãos flexíveis e finas que desenhavam o espaço à sua volta. Comia com delicadeza. Passou a mão nos cabelos, vergou como uma espiga, e ele gostou daquele gesto que o lembrava de alguém. Era magra, não particularmente bonita, mas ele não lhe tirava os olhos de cima, o que ela não deixou de observar. Virou um pouco para ele como um passarinho assustado, curioso. Sorriu amavelmente, educadamente, como uma mulher que nada tem a temer de tão jovem personagem, uma mulher que não tem planos imediatos e que parecia esperar da vida apenas a felicidade. Aquele marinheiro a fitava e aquilo lhe bastava para ser feliz. Ela esquivou-se para terminar sua degustação. Ele lutava para engolir o suspiro fosforescente e pediu um segundo café num inglês enferrujado. Tentou obter uma informação para comprar uns presentes, mas a garçonete, uma moça altamente entediada, parecia esgotada pelo esforço exigido para compreender o marinheiro. Em cada porto ele encontrava um tecido, um objeto para sua mãe. Na Austrália, tivera seu coala, aqui desejava esteiras maoris. Era bem miudinho, mas enfim...

Nicole Kidman veio em socorro do francês e libertou a garçonete finalmente consolada. Na época, naturalmente, não era Nicole Kidman. Tinha um sotaque francês adorável. Tem uma feira de artesanato na direção do porto, perto da sua casa, em suma, ela lhe disse. Posso levar o senhor até lá, se desejar. Conhece os maoris? Não, li um livrinho sobre os mares austrais que abordava os maoris. Ela sorriu e lhe contou que era professora primária, ou o equivalente, e que também dava aulas de francês. Ele achou que devia ser interessante ter aulas de francês com aquela mulher. Não tem escola? No domingo, não, no país de vocês, tampouco, creio. Ela se levantou rindo e ele a seguiu. Ela contou-lhe a história de seu povo. Era de mãe maori, e seu pai, um irlandês, transmitira-lhe a cor dos cabelos e o olhar claro. Ela perguntou a idade dele, espantada que alguém pudesse ser embarcado tão jovem. Apresentaram-se: Eileen, Marc. Ela fez diversas perguntas às quais ele teve prazer em responder. Ela confessou-lhe fazer parte de uma companhia de dança folclórica maori, mas suplicou-lhe que não lhe pedisse para dançar. Era animada e carinhosa. Ele comprou um pano com contas de vidro azul para sua mãe e lamentou não ter dinheiro para um medalhão de marfim esculpido. Gostaria de oferecer alguma coisa àquela mulher para lhe agradecer, mas ainda não recebia soldo nessa primeira volta ao mundo. Não sabia o que fazer sem dinheiro e julgou preferível despedir-se daquela impossível conquista. Ela pressentiu seu embaraço, sorriu e entrou num táxi. Antes de fechar a porta, estendeu a mão para um até logo. Ele se debruçou, agradeceu-lhe e ela disse: "Entre."

Ele entrou, sentou-se ao lado dela, colocou a mão sobre a sua. Ela olhou para ele, que tremia com aquela audácia. Quando ela o beijou, ele sentiu arrepios porque era gostoso e porque ia fazer amor pela primeira vez. Viu no retrovisor o olhar do motorista de táxi observando-os. Devia estar achando que era uma mulher de marujos e o marujo queria muito dizer-lhe que não, que era o acaso de um encontro e que, jurava, não era uma puta Na casa dela, uma casinha com um jardinzinho, uniram-se, canhestramente no caso dele, mas ela soube ensinar-lhe os gestos. Quando ele gozou, um pouco rápido, ela lhe disse que era uma prova de desejo e que era bonito um homem com aquele desejo, aquele desejo por ela, e que estava feliz, e que agora iam dar um tempo. Ele voltou para bordo e guardou seu segredo. No dia seguinte, estava de serviço, mas telefonou para ela. No outro dia, voltou e esperou o fim das aulas. Não visitou Wellington e a região dos lagos, ficou na cama com a dama e nunca se arrependeu disso. À meia-noite, ela acompanhou-o até o cais. Beijaram-se pela última vez e ele subiu para bordo. Quando se voltou, ela já se afastava na noite. Ele fez-lhe um sinal que ela não viu e que queria dizer: até logo, senhora Wellington.

Ela dera muito de si diante da minha juventude despreparada e eu voltara para bordo com um pouco de esperança. Houve outras escalas, outros cais, outros amores. Houve gozos precipitados, corpos sem carícias, olhares mortos, mas às vezes também singelas alegrias, com as risadas, a despreocupação, o abandono e uma eternidade do instante. Esqueci das bebedeiras, das rapidinhas, de pé contra os contêineres, do frenesi das ejaculações para se libertar das obsessões, dos pesadelos, das fantasias, para esgotar-se, esvaziar-se e esquecer mais rápido. Guardei apenas os rostos daquelas que vieram a mim como presentes, mensagens de vida. Houve tesouros e falsas pérolas, miragens de amor e corpos gelados.

Voltei para o meu porto seguro com aquele álbum na memória, os olhares de Eileen e Rarahu, colegiais de Perth, a viúva negra de Veracruz, Amélie sempre, Marie-Annick de Brest que queria um filho que eu não queria e que se resignou a fazê-lo com outro. O corajoso pai, um piloto de Lann-Bihoué, fugiu bem antes do nascimento para as Forças Francesas do Pacífico, preferindo ter sob sua asa os atóis dos mares do Sul a empurrar sobre os penhascos do Conquet, aos domingos, um carrinho de bebê sob a chuva. Ela chorava encolhida no bar da rua de Siam e não peguei sua mão. Ela queria continuar a fazer amor comigo para que eu fosse o pai de verdade, mas eu lhe dizia que aquilo não funcionava assim, que não se tratava de pai, mas de amor, o que provocava soluços sem fim. Marie-Annick chorava muito, era apaixonada pelo sofrimento.

Conservo entre duas páginas os olhos magníficos de Rita la Biche, travesti de Hong-Kong que desembarcara de Limoges aos 20 anos para fazer cinema pornô e que trabalhava seus papéis prostituindo-se nos grandes hotéis. Era tarado pela Marinha francesa. Foi o que ele me disse ao me abordar. No mar da China, eu ainda era virgem, ele percebeu isso muito bem, e enlouquecera ante a idéia de me deflorar. Haverá também os rostos de Gana, a pequena malgaxe manca que trepava para comer e que terminaria com os cães, Jamila, a pequena tunisiana de Sfax que se vestia de homem para poder me encontrar. Conheci-a no mercado numa troca de sorrisos. Ela fora espancada por uma velha atarracada que lhe berrava palavrões. A princesa molestada sorrira para mim mesmo assim, e aquele sorriso na multidão me seduzira. Eu as seguira de longe pelo bazar e, enquanto a velha hesitava, ela voltara sobre seus passos para me dizer que seu irmão estaria às sete horas no Café Francês. Não entendi o resto, a velha investia novamente. Eu estava num romance de Garneray.

Às sete horas, intrigado e ligeiramente preocupado, eu tomava um chá de menta no bar designado. Um adolescente, de longe, na sombra, fez sinais para mim. Eu não tinha intenção de me mexer, advertido acerca das armadilhas urdidas contra o forasteiro simplório. Ele se aproximou prudentemente, o rosto em parte escondido por um turbante e, não distante da mesa, permitiu que eu vislumbrasse seu olhar. Era a minha princesa. Ela foi o único homem que acariciei abundantemente e que beijei com paixão. Estava proibido de fazer amor, o futuro noivo a queria virgem. Fizemos de outra forma. Eu não conseguiria apagar, a despeito do esquecimento, o que jamais pretendera viver, mas não deixava de ser a minha história, e ela estava no álbum. Seria ele que eu abriria mais tarde e que iria estimular minha voracidade de querer captar a aparente realidade do mundo.

Em La Rochelle, eu continuava a freqüentar o cais e os inevitáveis bares que constituem em grande parte a vida dos portos e dos desamparados. Presumia que um dia seria preciso partir novamente, para não terminar diante de um branco seco, o olho molhado sobre as duas torres com *flashbacks* ininterruptos para perscrutar o futuro. O oeste continuava no mesmo lugar, nada se mexia, e eu tampouco. Esperando que o cineasta se revelasse, eu freqüentava apesar de tudo com assiduidade, no teatro municipal, a cinemateca da rua Chef de Ville, que programava com constância e coragem os filmes de Hawks, Welles, Becker, Vigo e o meu preferido, Kurosawa, com um *Barba-ruiva* que eu assistia infindavelmente.

Estava de fato, no oeste, perto do porto, pronto para partir de novo caso a oportunidade se apresentasse, e adotara um cantinho no Café des Théâtres, um lugar vermelho e preto com espelhos que refletiam você ao infinito. Havia alguma coisa de um salão de paquete, com a maré dos rostos e a dança do barman. Era contíguo, como o nome indica, à velha sala de espetáculos um tanto empoeirada que fazia as belas honras das turnês teatrais, das operetas esgoeladas, recebendo os balés de fim de ano do conservatório. O belo piano de cauda às vezes deixava-se acariciar por virtuoses internacionais e, naquele local, *lieds* de Schubert foram interpretados por vozes magníficas que me arrependo de toda forma de ter desprezado na época e que hoje se calaram. Eu tinha medo de me entediar. É preciso atrever-se a ser homem, a aventura também é isso. Eu preferia reservar as poucas moedas que recebia para as segundas e quintas da cinemateca.

Depois das sessões, eu podia retornar ao meu posto. Ali, agarrava-me a um copo de uísque e à ilusão de que a vida deveria ser como no cinema. Os bares estão intimamente ligados às peripécias culturais da cidade, é um lugar de encontros e reencontros, e, para aqueles que sabem enxergar, um maravilhoso campo de observação. É uma outra viagem, mas eu era muito jovem para ter essa sabedoria. Eu vivera duas voltas pela terra por mar com histórias como as filmadas na América, histórias que eu não ousava contar tão distantes achavam-se do cotidiano dos outros, restando-me então os filmes e o álcool para eu me esquecer que voltara ao ponto de partida.

Depois houve noites insones, como um plantão permanente, uma vigia alcoolizada que espreitava suas presas já conquistadas por outros. Elas não procuravam o amor, mas o prazer furtivo, como uma vírgula depois das fantasias. Havia lugares para isso, as boates abertas nos parques, onde os *slows*, no verão, terminavam nas moitas disformes. Alguns preferiam o romantismo de um pedaço de litoral isolado para onde fosse possível arrastar seu carro com a corça flechada. O lugar chamava-se A Arrependida. Ninguém pudera inventar aquele nome. Ali, entre as tamargueiras e as giestas selvagens, cabeças e bundas deliciosamente varridas pela luz do farol que parecia apontar exclusivamente para elas, os namorados de uma noite experimentavam o calafrio apagando o incêndio. Apenas alguns tiras voyeurs, incomodados com os vidros embaçados, vinham às vezes interromper os coitos. Batidinha na carroceria, compostura rápida antes de obtemperar, sorrisos de inocência, documentos, pequenas piscadelas no interior com a lanterna elétrica para ver se não havia nada de repreensível, quero dizer uma bunda pelada, um pau brocha ou uma calcinha branca perdida que mais tarde desse vontade à gendarmaria de empunhar sua arma com uma rara energia ou homenagear madame ao chegar em casa, obrigado, juventude.

Era possível, dependendo do estado de espírito, arrancar com o R8 um pouco cansado, perguntando-se, no fim das contas, se aquilo valia a pena e como livrar-se do fardo, que começava a se tornar sentimental. Também era possível terminar o cardápio acendendo um cigarro, contemplar o mar em espelho ao luar e pontuar o vazio dos silêncios com frases esperadas e definitivas. Havia poucas possibilidades de ocorrer um amor à primeira vista ou de encontrar a mulher de sua vida, mas era a fórmula que deixava menos amargura depois do gozo. O mais freqüente era um asco de si que devia ser sentido pelo outro, que fingia pouco se lixar para isso a fim de rivalizar com a aparente indiferença do parceiro. Índice de gozo e de sucesso bem baixo, uma vez que nada era capaz de sintonizar o que acontecia na cabeça de cada um. Tudo isso não tem nada a ver com os amores de porto, que, por sua vez, tinham o exotismo do alhures e o de apaziguar conscientemente o marinheiro que, durante os plantões de suas noites solitárias, não sonhava senão com o objeto de seu único desejo, a mulher ideal que dormia sob suas pálpebras. Uma solidão em achaques físicos que atraía para terra firme nossa avidez de caçador que as profissionais sabem domar com uma arte milenar já bem consumada. Era preciso, a qualquer preço, ser tragado pelo feminino. Podíamos chorar palavras incompreensíveis, elas tinham sempre o manual de instruções. O marinheiro então deixava seu corpo falar mantendo o coração distante. Mas as putas também sabem ler o coração dos homens em todas as línguas.

Graças aos meus anos marítimos e meus diplomas de mecânica, eu havia encontrado, após testes, um emprego como controlador de qualidade na fábrica Simca. Minha experiência bastante relativa sobre os motores diesel e as máquinas a vapor durante longos meses de navegação, meu talento de montador e a assinatura do Ministério, que omitira minha reforma após uma falsa tentativa de suicídio, haviam impressionado o chefe do pessoal. Minha contratação foi imediata. Cabia-me, apesar da minha pouca idade, a responsabilidade de verificar todas as polias para correias de ventilador que saíam da fabricação. Um trabalho empolgante, todos hão de concordar. O emprego anunciava-se provisório para o ex-marujo ávido pelo imprevisto, que navegava agora o cimento de uma imensa sala de máquinas de um triste paquete completamente imóvel.

O rapaz partira para outros lugares, para reconhecer o mundo, percorrer novos territórios, desbravar sua trilha para uma outra vida, e gastava as solas sobre um cimento fuliginoso. Na Marinha, já, ansiava pelo imprevisto e, uma vez anunciada a rotina, fizera de maneira a não mofar no mais que vistoso uniforme da Royale. Precisara, após uma fingida depressão acerca da qual hoje duvido tenha sido fingida, arremeter a cabeça contra as divisórias de aço, com força por favor, para que terminassem por interná-lo na psiquiatria militar, onde desempenhara o papel até o fim para finalmente ser dispensado de suas obrigações, para grande alívio dos responsáveis. Kerouac não era inocente nessa história, sua vozinha deve ter me sussurrado, em meio ao rumor das máquinas, para ser ouvida: "Você abandonou as pantufas da escola pública porque eram muito estreitas e enfia-se em botas militares que massacram seus pés. Pé na estrada, meu velho, viaje sem elas." *But I'm not beat*, Jack, e não escreverei minha vida *on the road* num rolo de papel de quarenta metros como você.

Portanto, passei apenas uma curta temporada na Simca, onde a imagem da fábrica e dos *trois-huit* lembrava muito meus plantões nas máquinas, descontando as escalas, o que tinha sua importância. "Simca, o reino da aventura para uma juventude ávida por grandes espaços" era o slogan que eu escrevera a giz na minha prancheta. Um contramestre com o maxilar em esquadro que adorava meu bom humor lamentou muito a minha saída. Preferi terminar minhas noites rochelesas puxando, no anzol, cestos de peixes para vender, entre duas e oito horas da manhã, um plantão duplo que eu ainda não fizera. Ao acordar, por volta das quatro da tarde, eu procurava embaixo da cama a garrafa de uísque para fazer o dia arrancar como um homem. Rezava para que acontecesse alguma coisa. O cinema não era a vida e eu duvidava muito que fosse bebendo como Mitchum e amando como Bogart que eu viveria histórias de amor. O Café des Théâtres não era o Africa Queen e menos ainda o Le Flore. Não era lá que eu escreveria o romance da minha futura existência. Houve decerto Kerouac, Cassidy e alguns outros, mas estava fora de questão minha vida não passar de uma imitação.

Domingo, almocei na casa da minha mãe.

— O que vai fazer, Marc?

— Não se preocupe.

— Preocupo-me um pouco de qualquer jeito.

7

Eu guardara do meu pai uma camerazinha alemã que impressionava como uma Leica. A lente já tinha uns 20 anos quando ele me deu de presente para fotografar o mundo. De todos os mares ao redor da terra tirei fotos com essa pequena jóia indestrutível que conservei como um tesouro. O que sempre me pareceu um mistério foi que, com a qualidade de sua lente, eu nunca tivera fotos nítidas da infância. Todas foram tiradas com essa câmera, deixando para sempre meus primeiros anos na neblina.

Perguntas curiosas cujas respostas talvez venham a se revelar um dia: por que, então, queridos pais, eu estava sempre fora de foco? Eu no inverno numa bicicleta nítida, de tênis, um paletó fechado sobre calças curtas e sobre o conjunto um rostinho, fora de foco. De macacãozinho, sentado sobre um cobertor onde é possível admirar o pé descalço perfeitamente nítido de um corpo mal enquadrado, o pequeno Marc ignorando que está fora de foco sorri em seu casaquinho de tricô bem definido. Pode-se ver também uma Versalhes escura, rutilante de nitidez, sobre a asa da qual apóia-se o jovem Marc, fora de foco. Acontece o mesmo com um magnífico rosto de criança manhosa, à beira de um rio, que teve, ele, o privilégio de sair focado, com a minha mãe segurando o filho pela mão diante do delicioso casarão pré-fabricado que minha bisavó ganhara na loteria. Neste último, minha mãe também está fora de foco, isso tranqüiliza, mas o fotógrafo era meu pai...

Enquanto isso, eu ajustava o foco. Ia para as docas de La Pallice sacudir o torpor alcoolizado das minhas noites sem fim olhando o dia extinguir-se lentamente sobre as ilhas e aprisionar tardes que abrasavam as costaneiras. Eu procurava os reflexos na água escura, espreitava o halo de poeira loura do silo de grãos e os cargueiros que se inflamavam ao poente. Para não falar nos retratos roubados para os quais eu achava difícil e delicado escolher o centésimo de segundo ideal. Eu já imaginava a câmera capaz de acariciar os rostos, filmar os silêncios e o que o olhar traía.

À espera desse dia insuspeitado para mim, eu arrastava minha antigüidade até as cabanas de pescadores, a vaza na maré baixa e as brumas dos pântanos. Os corvos-marinhos secavam as asas. Lembravam príncipes desajeitados abrindo suas capas negras ao vento como que por mágica. Esticavam seus pescoços para a frente para adivinhar a brisa. Saracoteavam, impacientes por um sinal para consumar sua rapina. Quando eu me aproximava muito, davam alguns passos de dança e voavam à flor das ondas. Eu era um fotógrafo amador de grande talento, totalmente desconhecido, uma vez que não expunha, e que provavelmente assim permaneceria, visto que não existia a intenção de mostrar suas obras-primas. Mas essas imagens protegiam-me de chegar perto demais e respirar o enxofre dos infernos.

Em determinadas horas, no bar vermelho e dourado, não havia nada nem ninguém a não ser eu esperando a sessão seguinte. A senhorinha no caixa, que também trabalhava nas *soirées* teatrais, cochilava e o barman na soleira da porta observava as idas e vindas sob as arcadas escuras da rua Chef de Ville trocando umas palavras com rostos conhecidos. Um dia, houve aquela chuva que me lembrou meu sonho da noite precedente. Era uma chuva regular, infinita, de dar vontade de possuir escamas. Era um dilúvio sem violência que confundia as cores, as torres e as igrejas, que cobria a vida com um grande véu d'água. No meu sonho, a rua era um aquário triste com caranguejos eretos. Atrás dos vidros, humanos sugavam suas faces estupefatas. A cidade parecia engolfar-se. Lá em cima, na superfície, ainda se viam edifícios com a cabeça fora d'água, mas ninguém queria ver as ilhas de cimento nas nuvens.

Nesse dia, eu abandonara minha pequena caixa escura inútil naquela neblina sem luz e viera esmagar o veludo do bar assim que este abriu. Eu lia Proust, ou, mais exatamente, tentava ler Proust. Cochilava nas frases do maior escritor de língua francesa, ao passo que me afogava com delícia em *No coração das trevas* e *Tufão* do amigo Conrad. Eu me regozijava virando febrilmente as páginas de *A pedra e o sabre* de Yoshikawa, mas Swann e Albertine faziam-me bocejar. Marcel terá que me perdoar, eu tinha 20 anos. Mais tarde, comecei pelos *Prazeres e os dias*, que me encorajaram a ir mais longe, digo "comecei", pois minhas numerosas tentativas me haviam de toda forma deixado virgem. *Em busca do tempo perdido*, tudo estava no título e aquilo devia me bastar. Nunca consegui chegar até o fim.

Em compensação, persistia no deleite literário com Melville, Kent ou Garneray. Discuti muito para defender meu direito de não haver adorado o Mestre. Por que Proust?

perguntou-me um velho médico major que percorrera o Indo. Emprestou-me Hougron, que devorei alegremente sobre os passadiços e durante meus plantões na escuta. Era a Indochina do meu pai e eu tinha a impressão de descobrir um lado secreto da vida. Por que Proust? repetia o provocador que não esperava nenhuma resposta. Muito provavelmente, eu pusera aquele calhamaço nas mãos por escolha deliberada ou em conseqüência de um conselho literário, mas numa circunstância muito particular, sobretudo para uma obra como esta. Pouco antes do meu último embarque, eu estava empregado, afora minhas atividades como mecânico, num serviço de manutenção absolutamente empolgante, o das latrinas da tripulação, que era preciso esfregar, lavar com muita água sem medir esforços, um lugar delicioso, sobretudo de manhã depois do café e dos vagalhões de oito metros. Nada mais auspicioso, o estômago revirado, que rechaçar a merda e o vômito agarrando-se desesperadamente a tudo que se apresenta.

Foi num dia como esse que libertei fortuitamente Marcel Proust do cano em que ele estava entalado com um jato d'água salvador que o depositou sobre uma onda de água doce e o salvou das urinas extraviadas. Alguém, num mar encrespado, abandonara Marcel naquele local. Eu nunca viria a saber quem era o marinheiro que se achava agora sem o seu livro favorito e que amava o autor a ponto de lê-lo debaixo de um temporal sentado na tábua instável das latrinas da tripulação. Eu não resistia a imaginar a façanha. Ele precisou encaixar o livro na axila e desabotoar a braguilha da calça com uma das mãos sem largar o autor ao mesmo tempo que reservava a outra mão para a segurança a fim de não ser cruelmente projetado contra as divisórias. Uma vez sentado, careteando pelo esforço de se haver mantido daquele jeito, o leitor deve ter recuperado Proust com sua mão livre e tentado abri-lo durante o instante suspenso em que o navio, após ter escalado a onda, hesita antes de se precipitar no abismo líquido. Restava o incrível desafio de virar as páginas, e, talento supremo, de captar as linhas de seu autor predileto cuja obra espremida com vontade entre seus joelhos nus tentava, com o balanço, escapar à sua dupla concentração. Suponho que uma onda pouco caridosa obrigou-o a desistir e abandonar Proust aos excrementos de todo tipo para que o marinheiro preservasse um pouco de sua dignidade. Aquele que não conheceu isso não pode compreender.

Admirei esse marujo que, em seu útero de aço, regalava-se com *O tempo redescoberto* ou que, embalado pela maré do grande amniótico, conhecia a felicidade de *À sombra das raparigas em flor*. No que me diz respeito, abrir *No caminho de Swann* no oceano Índico, em Dijibuti ou Tamatave, foi uma empreitada que só mais tarde vim a aprimorar. Em todo caso, eu salvara a obra-prima dos mictórios militares. Enxagüei-a e sequei-a entre duas adufas incandescentes do motor de popa para que ele assumisse um aspecto literário após a colagem das páginas que haviam se casado entre si para se protegerem dos excrementos e das visões apocalípticas. Proust, portanto, viveu perto de mim um certo tempo, abaixo do nível do mar, no estrépito ensurdecedor de um ventre de navio. Ainda louvo minha perseverança em ter pretendido educar-me em sua companhia acima das águas estagnadas do motor, um útero como eu jamais suspeitara. Ele rebelava-se, forçosamente. Não se achava efetivamente em casa, muito longe de Combray, dos salões de

Guermantes e do grande parque. Na minha alcova marítima do Café des Théâtres, eu tentava reparar a ofensa feita ao autor, mas sem sucesso.

Nesse dia, na hora do chá, do uísque para alguns, um sujeito úmido entrara. Havia em seu olhar como uma morte decidida e, na ponta de seus braços, grandes mãos rudes, mãos de pedreiro que não pertenciam àquele rosto. Era esbelto, olhos claros, fatigados, com rugas estreladas, uma boca sensual e uma testa larga. Sem olhar definido, sentara-se ao meu lado. Alguém que entra num bar onde não há ninguém a não ser você e que instala seu rabo ao lado do seu, é porque está realmente sozinho. Ele guardara seu impermeável que pingava conscienciosamente sobre o banco escarlate. Virei o livro de Marcel sobre as migalhas de amendoins e observei-o através dos espelhos que nos multiplicavam. Ele percorria o vazio e, depois de alguns copos, dirigiu-se a mim sem me ver com uma voz bem grave, quase rouca, um belo instrumento de que devia muito ter-se servido.

— Falo à minha mocidade, cavalheiro, o senhor não é obrigado a escutar, finja, pratiquei isso minha vida inteira. Contaminei gerações com palavras, sem me dar ao trabalho de escutar aqueles que tentavam me compreender. Lugares engraçados as universidades. A exemplo de Casanova, sempre supus que o filósofo tinha "como missão divina a obrigação moral de se divertir à custa dos imbecis, consolar os avaros, botar chifre nos maridos pretensiosos, extorquir os gananciosos". Eu era, como ele, um charlatão do amor, um indolente espiritual cuja inteligência retém tudo que vê, lê ou escuta. Resolvo os problemas com uma grande agilidade mental, sou um enxadrista, um homem do jogo e da vida. Mas, veja o senhor, a inteligência não basta, e às vezes lamento muito esse trunfo. A inteligência é uma bebida euforizante de que abusamos e que confere grande amargura à vida. Os pensamentos acavalam-se como hordas selvagens e a mente entretém-se com eles deixando atrás de si um coração árido. Como reencontrar a inocência, ficar nu, desarmado como na infância, como ser permeável?

Sua manzorra vasculhou um bolso, ele acendeu um cigarro, soltou mecanicamente uma baforada e seguiu-a com o olhar. Fuma-se em primeiro lugar para mostrar que se é homem, depois é pelo gesto, para pensar melhor, a indefectível baforada que tragamos antes de agir, como para melhor distinguir a solução através da opacidade azul, e por conseqüência fumar torna-se um par de algemas cujas chaves não possuímos, burrice. *Nicotiana tabacum*, alcalóide mortal, ilusão do prazer, diz ele com um sorriso cansado. O homem me lembrava que na Marinha, além do meu equipamento, eu tinha direito a cinco maços de Troupes sem filtro, Gauloises enrolados num tabaco que tinha que ser picado com canivete e que tragávamos como enfermos para enfumaçar a angústia. Eu tinha 15 anos. O Estado então nos matava ardorosamente, desde a infância, com a *Nicotiana tabacum*.

Meu companheiro monologava em voz baixa, como as frases inacabadas de um violoncelo. Tratava-se de uma mulher que o obcecava, uma mulher que ele deixara passar com uma ironia desesperada.

— Que mulher? — perguntei sem querer.

— Essa mulher que não me perturba mais, esse rosto outrora amado, acariciado, devorado, sobre o qual eu apoiava minha fronte até a dor, essa mulher que eu gostava de ver caminhar, magnífica, e que ainda hoje conserva uma suprema elegância sem a presunção da juventude, nem essa certeza no olhar, certeza da sedução e de uma irresistível sensualidade. Lembro-me das cartas escritas no fervor e na distância, horas de ciúme. Não me lembro do esquecimento anunciado. Eu poderia chorar por esse esquecimento, as cores apagadas, o amor destruído, as promessas de cinza. Choro esse outro rosto, o de antes, esse corpo que ondulava em longos vestidos que longas pernas, firmes e delicadas, entreabriam como asas. Ela atacava as pedras do calçamento com um salto incisivo e conquistador. Choro essa lassidão do amor e esse caos. Amei a outra parte dela, inacessível. Convinha explorar a outra, esquecer-se de si, perder os sentidos. Não se deve compreender, dizia Ysé em *Partage de midi*, deve-se perder a compreensão. Ela adorava Claudel, apelidei-a de Ysé. É preciso tempo, uma vida talvez, para perder a compreensão.

Dizia ser um homicida e que aquilo tinha que parar... Bebia sem prazer, de olhos fechados, com uma lentidão insuportável. Eu via nos espelhos escuros seus semblantes extinguirem-se com o dia. Estávamos a sós agora e eu não achava forças para me levantar. Quando esbocei um gesto, ele segurou minha mão. A sua estava fria e pesada como uma pedra. Murmurou para eu esperar mais um pouco. Esperei.

— Caminhamos no braço de uma mulher que amamos e então, de repente, percebemos outra mulher no braço de um homem. Ruminamos que poderíamos nos apaixonar por aquela mulher e vemo-nos caminhando a seu lado, o braço dela pendurado no seu. Então apertamos o braço daquela que amamos com um arrepio, duvidamos e choramos por dentro. Ainda que isso não se veja, a mulher que amamos sabe, adivinha tudo e pergunta: o que você tem? Nada, te amo. Ela sorri, está feliz. O importante é que você tenha dito "te amo" apertando seu braço e olhando para ela. Mentir é fraudar a vida, mas o que ela faz conosco, essa miserável?

Ele pulverizou minha mão. "Viver é obstinar-se em terminar uma lembrança", dizia René Char. Talvez eu, por minha vez, me obstine em fabricar lembranças para que esta vida não termine. Ela não passa de uma série de lembranças edificadas com os enganos, escrita numa caligrafia refinada, com erros e rasuras. Os homens se escrevem. Escrevem sua história, alguns, prolixos, exultam diante da página branca, mas perdem o fôlego com os séculos. Outros, até o esgotamento, escurecem as folhas de ódio e rancor com a fúria da impotência. Muitos escrevem sua vida como um rascunho sem jamais se reler, ao passo que outros escrevem-na tão minuciosamente que esquecem de vivê-la. Às vezes, um autor desesperado registra palavras de amor, uma bela frase que lhe dá esperanças de um livro eterno. Mas de repente chega uma tempestade, uma valsa bêbada de pensamentos, e o autor costura versos sem verbos, palavras abruptas, sem cor. Exclama sua dor numa busca sempre vã do aprimoramento, uma busca exterior no aparente visível, que deixa, em si, obscuramente, a prodigiosa luz.

Eu estava dividido entre a fuga e a vontade de saber mais sobre isso. Tinha a sensação obscura de ser puxado para baixo. Ele me deixava deprimido, aquele sujeito com sua história, sua vida estragada, merda! O filme era um pouco arrastado para um jovem louco ávido por um futuro a pintar com todas as cores da terra, cores de fogo, alegres, vermelho-coração, as dos amores solares que ele rastreava apaixonadamente, e não aquelas sombras cinzentas de uma vida já encerrada.

Na surdina ele retornava, com sua voz rouca, como um velho rebocador de palavras, à sua ladainha de sofrimentos: era bonita, alta, morena, elegante com um pescoço generoso, olhos quase violeta e um lenço dourado trançado nos cabelos, como uma cigana. Minha morena de ouro, Ysé, eu não soube.

Retirou a mão, que pôs na testa, na luz, como uma asa frágil, súbita, que assombreou seus olhos. Não me via mais. Levantei-me sem ruído e saí. A rua abria-se como para me engolir. Eu estava feliz de ser assim devorado pela multidão entre as mandíbulas dos prédios. Sentia-me subitamente alegre por estar neste mundo, vivo. Ele, por sua vez, iria desaparecer nas convulsões de suas lembranças, em meio às colunas de sombra de uma catedral de sal.

Aqui onde estou, lembro-me muito bem do medo que me invadira, o medo súbito de um dia ficar parecido com isso, de olhar o vazio no fundo dos copos e não poder mais me segurar na vida, ter dado a volta ao mundo para regressar para um jardim, o mais belo do universo, e não mais vê-lo porque ainda procuramos agarrar o impossível. Mas eu amava por demais o que a viagem me ensinara e, se encontrasse a mulher mencionada pelo homem de mãos de pedra, seria capaz de reconhecê-la.

A noite, como um feliz acaso, sugeriu-me ver Ingrid Bergman e Cary Grant em *Interlúdio*. No folheto da programação do mês, haviam escrito essa frase de Alfred Hitchcock: "Existe uma coisa mais importante que a lógica, é a imaginação." Eu já exultava.

8

No dia seguinte, ele estava lá, bem no fundo.

— Estava à sua espera! Não me apresentei, meu nome é Lazlo. Não tenha medo, não vou entediá-lo com um solilóquio. Ysé dizia que eu tecia o vazio com as palavras. Ela terminou por me detestar. Um dia, o senhor irá encontrá-la na rua de l'Escale e me faz bem imaginar seu olhar, o que eu exprimi um dia ao vê-la.

Senti um calafrio.

— Como sabe disso?

— Observo-o faz algum tempo.

— Nunca o vi.

— É normal, o senhor é jovem. Mas está de passagem, vai partir de novo. Além do mais, o senhor insiste em livros difíceis. Aos 20 anos, isso é corajoso.

Deu quase uma risada, uma espécie de soluço.

— Proust me enche o saco — sussurrei.

— É, mas o senhor tenta, é isso que importa, tentar, verificar, partir em reconhecimento. Um dia, amará Proust. Se estiver com ela, diga-lhe que foi a última pessoa com quem Lazlo conversou... enfim, monologou.

— Dê-me o endereço dela.

— Não, é importante para mim que o senhor a reconheça.

Ele sabia que eu aceitaria, eu era seu testamento. Eu não tinha certeza de compreender tudo, afora o fato de que ele quisesse se matar. Não me espantava mais que isso. Vivi coisas das mais inesperadas. Dias mais tarde, um corpo era encontrado no quebra-mar. Eu teria apostado que era ele. Afoguei-me nas poltronas vermelhas para assistir a *Caçada humana* e *A face oculta*. Entre duas sessões de cinema, fui tomar ar.

A rua de l'Escale, pavimentada com pedras que lastreavam os navios de volta do Canadá, dava para a rua Chef de Ville, onde ficava o Café des Théâtres. A calçada, do lado oeste, ainda ele, era um comprido pórtico que abrigava as sedas da China, o linho florido das Índias e as rendas da Holanda daquelas damas e protegia da chuva os charutos jamaicanos dos armadores negreiros. Na penumbra, escondiam-se pesadas portas atrás das quais adivinhávamos jardins misteriosos perfumados pela madressilva, pátios paramentados com glicínias que subiam ao longo dos muros para caírem emaranhadas diante das grandes janelas das mansões particulares. Eu sabia que ali havia cômodos silenciosos com pisos reluzentes, quartos de negreiros, tetos pintados, marinas raras e objetos do Novo Mundo. Não se falava, murmurava-se.

Uma noite, após *A marca da maldade*, vi-a, ou mais precisamente, ouvi-a. Eu ainda estava com Welles, mas a reconheci. Estava escuro, eu olhava aquela silhueta elegante, comprida, cujos passos atacavam as pedras e faziam esvoaçar as duas abas de seu casaco. Também parecia conquistar a vida. Estava polvilhada de ouro, eu adivinhava. Deteve-se para vasculhar a bolsa, acendeu um cigarro, e as sombras dançaram em seu rosto. Passei perto dela.

— Boa-noite, Ysé.

Voltou-se, como flagrada.

— Nos conhecemos?

— Da minha parte, conheço-a.

Sentia-me pretensioso, arrogante, medíocre nesse papel. Eu deveria ter pensado em Welles. Ela tinha um olhar distante que dissuadia de invadir o território.

— Foi Lazlo quem o enviou?

— Como sabe?

— Ele é o único que me chama de Ysé.

Eu me sentia mais que estúpido, mas a dama era caridosa. Sorriu.

— Qual é a sua missão?

— Nenhuma, ele descreveu-a maravilhosamente e simplesmente me pediu, se um dia a reconhecesse, para lhe dizer que fui a última pessoa com quem ele monologou.

Ela riu, do *monologou* provavelmente, mas imobilizou-se bruscamente, lívida.

— Detesto-o. (Aquela mulher amava-o terrivelmente.) Quando foi isso?

— Há poucos dias.

Ela olhava através de mim, bem longe. Lágrimas escorreram sem que seu rosto se mexesse, lágrimas ininterruptas, uma onda sem fundo. Eu estava desamparado. Ela voltou ao presente.

— Ele lhe disse isso?

— Disse.

— E o senhor aceitou a missão?

— Eu queria vê-la.

— Ele fala tão bem de mim?

— Sim. Sinto muito.

Ela abriu a porta, entrou e deixou o postigo aberto. Tentei adivinhar o pátio escuro, uma escada de pedra e sua silhueta, que se avolumara.

— Entre e feche a porta.

Eu sabia que aquilo ia terminar daquele jeito. Hesitei por um instante, em seguida transpus corajosamente o umbral. Ela acendeu apenas discretas lâmpadas de um belíssimo salão carmim e cobre, e uma vela aromática de laranja.

— Sente-se. Quer beber? Eu vou beber.

Era tudo aveludado, com coisas belíssimas, objetos delicados adormecidos há tempos sobre a marchetaria, marinhas atormentadas, um relógio complexo com as engrenagens aparentes que marcava a hora com uma espécie de gongo sutilíssimo cuja última nota parecia nunca terminar. Sobre uma escrivaninha destacava-se um canivete de madrepérola com uma lâmina curta e uma agulha de fazer nós. O cabo era esculpido. O lado visível representava um rosto de mulher. Seus cabelos prolongavam-se como ondas.

Havia um torpor estranho, uma viagem imóvel ao passado. Tudo era lembrança, como alguns sonhos que nos transportam para um território desconhecido e não obstante familiar. Era um silêncio de violoncelo e era Ysé quem tocava. Era um canto profundo, uma dor surda. No meio da noite, estávamos bêbados. Ela desvencilhou-se lentamente do casaco que não havia tirado, arremessou os sapatos e pareceu me detectar. Não sei o que eu fazia ali naquele passado, naquele escrínio fechado com aquela mulher que podia ser minha mãe.

— Lazlo era muito brincalhão — ela disse. Serviu-se um copo com dificuldade e me estendeu a garrafa. — Termine-a.

Bebi no gargalo, como um beberrão, que eu me tornara. Ela olhou para mim, irônica, rebolou rapidamente até um outro cômodo e voltou com uma vodca congelada.

— Vamos precisar disso. Eu, para deixar Lazlo no nevoeiro, e o senhor, para ir para a cama com sua mãe.

Eu estava espojado no sofá e não fiz nenhum gesto. Ela veio para perto de mim e pegou minha mão:

— Venha! — Seguia-a até seu quarto. — Tenho horror a fazer amor no desconforto. Ele dizia que me pertencia. Ele me conheceu muito jovem Mandava homens para verificar se eu continuava a corresponder à mulher que ele não soubera amar, um jogo perverso do qual eu participava para não perdê-lo, e é ele, mais uma vez, que desiste. Ele está doente, sei disso, vai morrer.

Evitei a todo custo contar-lhe que Lazlo morrera.

— Ele mandava homens jovens, como o senhor, para que eu pudesse ser seduzida. Será que, como o senhor, escolhia-os com um apetite feroz?

— Sim — respondi mecanicamente.

— Quando me ocorria ir para a cama com eles, era com ele que eu fazia amor, ele sabia disso muito bem. Não é com o senhor que eu vou trepar, mas com ele.

Eu mal ouvia, ela murmurava. Aqui, só se deviam escutar os andantes. Havia uma estranha harmonia. Devia ser aquilo, a eternidade. Nada.

— Ele a chama de sua morena de ouro.

— Palavras, ele não amou senão as palavras.

— Amava-a mortiferamente.

— Continua a me amar.

Não me atrevi a lhe falar do morto retirado do quebra-mar.

Ela me beijou, seus lábios estavam quentes, e tirou minha roupa com bastante delicadeza. Abriu minha camisa e enfiou o rosto por um instante. Tenho tão-somente a lembrança de suas lágrimas no meu ombro nu e sua boca procurando a minha. Em seguida, foi um amor de uma lentidão infinita. Eu nunca amara com aquela precaução, aquela fragilidade perante uma desesperança. Tudo nos acariciava, os tecidos, a aragem, a delicadeza do gongo, como um tempo concedido e abolido. Lazlo e Ysé deviam amar-se magnificamente, intensamente. Eu estava bêbado, naturalmente, e poderia ficar dentro dela dias e dias sem gozar. Era além do prazer, sem nenhum pensamento, vontade alguma, sem antecipação senão deixar acontecer. Não sei se isso é possível, mas era uma espécie de vácuo na qual o ato amoroso ocupava um lugar, como uma ilha no espaço.

Esta é a lembrança que tenho, dois corpos em um, vagando no éter daquele quarto. Para ela, devia ser diferente, uma vez que ela estava com ele. O prazer foi uma onda, uma vaga vinda de muito longe, e gozei longamente, sem sobressalto, sem violência, no abandono. Ela gemeu um longo gemido, uma ferida que não cessava de se abrir. Lembro-me de havê-la embalado até o amanhecer, que não teve nenhuma benevolência. Ela estava desfigurada pelo sofrimento e a lassidão. O que me perturbava era ter amado amores mortos. Eu continuava a acariciá-la, procurando, lúcido, o meio de escapulir daquele ninho empoeirado, extirpar-me das antiguidades, daqueles lábios secos, dos ex-votos, dos dramas marítimos, do naufrágio em que eu me achava.

Aquela mulher era a do homem das mãos de pedra, uma mulher-lembrança que ele julgara amar mas em cujo coração apenas resvalara, deixando-a para outros. Só a amara ausente, e ela fenecera de esperar. Eu nunca saberia por que, observando suas coxas, que ainda eram bonitas, e um seio disforme sobre a almofada, fiquei excitado. Talvez houvesse adivinhado a juventude sob a máscara da Ysé conquistadora e viera por esta Ysé. Quis dissimular minha perplexidade, mas ela pegou meu sexo e me masturbou com uma violência desesperada, a ponto de me machucar, como que para arrancar-me do ventre aquela energia de vida que terminou por se disseminar dolorosamente sobre ela. Gritei e gostei daquela dor. Ela lambeu seus dedos e reprimiu um engulho. Ficamos silenciosos.

Você irá voltar, ela me disse subitamente como uma menininha abandonada. Eu era seu último vínculo com ele. Respondi um "Claro" impiedoso, que soou como "Nunca mais". Ela voltou para a penumbra deixando sob a luz no assoalho encerado uma mão mosqueada pregada, sobre a qual ainda havia esperma. Eu me odiava por ainda estar ali e levantei-me fingindo não ter pressa. Fugi lentamente. Na entrada, no teto, havia uma pintura: anjos protegendo o amor. Do lado de fora, a rua de l'Escale me esperava com um caminhão de lixo. Era a hora da coleta e o cheiro era nauseabundo. Eu quase sentia saudade da casa do armador com seu cheiro de cera de abelha e suas velas de laranja. Acendi um cigarro e contemplei o pequeno canivete que acabava de encontrar no meu bolso. Na madrepérola, havia o rosto de Ysé, e, do outro lado, sobre as ondas de cabelos, navegava uma escuna. Não fiquei com vergonha imediatamente, somente depois do segundo café, do terceiro cigarro e antes que o sol atingisse o topo das torres. Eu já cometera outros, mas aquele pequeno furto não me agradava.

Onde encontrei coragem para voltar, bater à porta, encarar aquela mulher cansada que visivelmente acabava de chorar e dizer-lhe que aquele canivete caíra dentro da minha jaqueta e que eu vinha lhe devolver? Com a palma da mão, ela enxugou uma lágrima esquecida. Tinha sob os olhos asas de blush preto. Era uma máscara de velha, e, na minha juventude da época, a lâmina que eu mantinha firme na mão abriu-se subitamente para perfurar o meu peito. Me senti péssimo e devia estar lamentável na minha covardia, apesar desse arrependimento. Fui eu que coloquei junto com seus cigarros, ela me respondeu. Achei que você tinha gostado dele. Um gravador fez o meu retrato, é para que você me tenha em sua mão, de tempos em tempos. Eu não sabia mais se havia sido eu que roubara aquele objeto ou se ela mentira. A dúvida permaneceria. Corri para ver o sol.

Lazlo tinha razão, eu estava em trânsito, precisava desfraldar as velas, o problema era saber a direção. Eu remava para ela dando-lhe as costas, os remos encaixados nas enxamas. *Hit the road Jack*. Ia acontecer alguma coisa, inevitavelmente, eu a adivinhava sem saber direito como, mas meu anjo ia me tirar dali. Enquanto isso, eu evitava a rua de l'Escale. Evitava todas as ruas, aliás, exceto a do cinema, onde eu me instalava deliciado no escuro a fim de devorar Rita Hayworth. Gilda murmurava para mim que um dia ele estaria ali, diante de mim, aquele amor, e que eu iria me abandonar, me perder por ele, que um dia eu a reconheceria, que um dia, enfim, eu saberia. Escrevo isto hoje, mas, nesses anos de espuma, de turbilhões sem fim, eu não buscava nada a não ser o instante máximo dos desejos, até o afogamento se necessário. Foi o que aconteceu com Ysé, e Gilda não me ajudaria em nada senão a acreditar no impossível.

9

Troquei meu emprego superperfumado no mercado de dejetos por noites menos curtas, mas eu não gostava da noite, não gostava daquele tempo de sono fora da vida, e, não obstante, a noite beija, afaga, ama-o, espera-o, e, se você não vai, ela vem buscá-lo. Às vezes ela se zanga, quando você a abandona intempestivamente e volta para o branco amarfanhando as folhas da cama. No meu caso, é ela que distribui os pesadelos, que expulsa o amor para uma solidão em negro, para machucar a golpes de vazio, eu então cavalgava-a, despedaçado, colidindo com os néons, para esperar impaciente as promessas da madrugada. Bolsos logo vazios, eu prometia a mim mesmo botar o pé na estrada como Chatwin e aquele louco do Jack. Também abandonara Proust, desdenhado embaixo da cama, e mergulhara *No coração das trevas*.

Na época, eu não estava completamente sozinho, tinha dois ou três colegas com os quais andava a esmo para todas as idiotices que se apresentavam. Eu me esgotava. Havia Momo, que estudava medicina em Poitiers e que só aparecia nos fins de semana; Hugo, que trabalhava num correio marítimo; e Georges, amigo de infância reencontrado que continuava a morar com a mãe e vendia roupas nas feiras. Um não tinha nada a ver com o outro e eu só os via separadamente ao sabor das ociosidades de cada um, das vontades e do tédio.

Não reservei nenhum capítulo para escrever a respeito de Momo e Hugo, quanto a Georges, desmoronara no bar logo depois de *O pecado de todos nós*. O filme de Huston me deixara uma nuvenzinha na cabeça e sua súbita intrusão quebrara o encanto de um torpor de tarde dominical ainda impregnada pelos olhares de Taylor e Brando. Georges tinha todo o interesse em ser discreto e compreensivo. Se ainda tinha uma história para me contar, eu desejava que ela estivesse à altura daquela que eu acabava de ver, do que eu erradamente duvidava. Era um moço jovial, rechonchudo, sempre contente, o tipo do sujeito cujo bom-humor nos esgota, que nos conta qualquer episódio como a última piada e o enterro de sua avó como o carnaval carioca. O saltimbanco ocupava seu posto sob o toldo do seu stand e seu "jeito espaçoso" nunca mostrava arrogância. Ele me cansava, mas tinha um coração enorme.

— Lembra-se de Amélie Garance, a menina alta que a gente paquerava?

O ponto de interrogação permaneceu em suspenso o tempo de uma apnéia. Por que troquei um coração que batia tranqüilamente em 58 por uma pequena exaltação acima da norma com sintoma de arritmia e quase em pânico? A nuvenzinha acabava de sumir e um grande sol ocupava seu lugar. Claro que eu me lembrava da única garota pela qual eu tinha chorado quando era pequeno e um pouco mais tarde, quando ela partira para Paris a fim de continuar seus estudos. Amélie, que não regressara, mas que eu guardara como a primeira página da minha vida. A gente se escondia à noite para trepar na cerejeira e espiar pela janela do quarto dela. Ninguém nunca tinha visto, aquilo nos deixava loucos. Obrigado, Georges. *Bye bye*, John, Elisabeth *and* Marlon, bom dia, Amélie. Georges pedira duas cervejas, bebia por dois, a primeira para a sede, a segunda para a amargura. Fitava o invisível no espelho com uma beatitude infantil.

— Às vezes — disse ele num arroto — pedíamos a ela para acariciar nosso rosto com seus cabelos cacheados, para sentirmos cócegas.

Quanto a mim, não sentia cócegas, era simplesmente felicidade. Eu não pretendia dividir aquilo com Georges. Ele bebeu de um gole só, descansou o copo, expeliu uma grande bolha de ar num arroto mudo e manteve um silêncio sonhador. Esperei. Exibia um bigode de espuma que não limpou por prazer.

— Vi Amélie com a mãe.

— Ah, é? E daí?

Bang bang, bang bang, batia o amor.

— E daí, nada, está ainda mais bonita do que numa lembrança. Mesmo sendo mais velha que a gente, eu treparia tranqüilamente com ela. Mas ela não é para o nosso bico, meu caro.

Eu mal conseguia cadenciar minha respiração e o motor estava superaquecido. Georges engolia com uma sensualidade pornográfica sua segunda cerveja e eu teria de bom grado injetado nele seu copo com parte das carnes explodidas sob o impacto. O que teria borrifado uma espuma cor-de-rosa nos espelhos. Nem sequer esbocei o gesto. Era eu que não estava bem.

Lembro-me de uma cena de bebedeira de que eu fora testemunha nos cais de Montreal, na saída de uma boate esquisita chamada Le Paradis des Mots. Ali dançava-se em meio aos contêineres com *chansonniers* de terceira e um concurso de improvisação poética. Le Paradis de Mots deve ter mudado de vocabulário desde os primeiros desafios dos pioneiros. Eles haviam investido naquele armazém abandonado no qual ainda era possível ler "François Villon, bois du nord." Essa escolha não era um acaso. Eu filmava as noites quentes de Montréal num inverno agressivo. Apreciava as bocas de fogo, os halos de vapor amarelo e azul em torno dos rostos. Divertia-me com as fumaças escapadas das cozinhas, os jatos de vapor saindo da terra entre os lábios da neve suja que derretia sobre ralos escuros. Era possível ler o porto ao avesso nas poças de óleo. Dois colegas vomitavam na geada de olho no meneio de bundas que eles jamais comeriam. Subitamente, um deles levantou-se e apoiou-se contra um cárter de guindaste. Uma luz anêmica distorcia seu rosto:

— Veja aquela garota, a sorte que ela tem de ser tão bonita, eu poderia chorar diante de tanta beleza. Eu queria colher sua alma na concha da minha mão e bebê-la como uma água cristalina, infinitamente pura.

Eram visivelmente da escola de Villon.

— Talvez ela não tenha uma — respondera seu colega, um cara de cu de nariz vermelho.

— Uma o quê?

— Alma... Talvez seja apenas um buraco.

Ele ria batendo a cabeça na chapa metálica.

O outro enfezara-se diante da blasfêmia puxando o malcriado pelos cabelos até uma merda preta.

— Seu veado, ajoelhe-se e reze para enxergar, agradeça ao Senhor no qual você não crê. Agradeça-lhe mil vezes, até chorar por não ter fé. Olhe direito, aquela mulher é bela como o gelo sob a lua.

Hadengue devia ter escrito alguma coisa assim. O poeta terminou sua pregação com uma joelhada e o outro acrescentou mais uma poça às imundícies do paraíso Villon.

Où sont les gracieux galants
Que je suivais au temps jadis
Si bien chantants, si bien parlants,
*Si plaisants en faits et en dits?**

Georges pedia uma terceira cerveja, uma escura calibrada com amendoins e azeitonas.

— Você não tem negras, adoro as negras. Você também adora as negras, marujo, deve ter comido algumas no país dos negros e nas ilhas.

Ria sozinho. Eu não queria perguntar-lhe a respeito da mulher que Amélie viera a ser. Tinha subitamente medo de revê-la, perder o que meu olhar de criança havia capturado dela. Georges tinha uma especialidade, pegava o pratinho de azeitonas, engolia tudo e, um minuto depois, cuspia os caroços, todos juntos, num rosário limpinho. Deu-me uma cotovelada:

— Se fôssemos visitá-la, de cara limpa, na casa da mãe dela. Bom dia, Lili, lembra-se quando sonhávamos ver seus peitinhos e sua xoxota aveludada enquanto você lavava a janela aberta, nas tardes quentes de verão, e batíamos uma punheta?

---

*Em tradução livre: "Onde estão os formosos galãs/Que eu perseguia outrora/ Tão musicais, tão falantes / Tão simpáticos em feitos e ditos?" (*N. do T.*)

Seguiu-se uma risada idiota, com um "Porra, que garota" afogado no gole de cerveja. Abdicando da resistência, ri com ele.

— Veio assistir a *Paixões em fúria* ou vai à casa de Amélie?

— Não, é aniversário do meu velho.

Georges foi embora, Georges, que só voltei a ver uma vez e acerca de quem soube muito mais tarde que se casara com uma vizinha de stand para aumentar o mostruário. Uma noite, de volta de um casamento, beijaram a traseira de um caminhão e deixaram um cão órfão. As coisas deviam mudar, e mudaram. A vida corria de tal jeito que, no dia seguinte, para evitar uma Ysé carcomida e uma Amélie cheia de vida, fui passar a tarde no meu banquinho vermelho, à espera da sessão seguinte.

Queria um segundo café fortíssimo. Levantei a mão para o garçom, que se refletia em dez exemplares nos espelhos mágicos e dez braços me responderam. Com uma bonita ginga, ele sumiu por entre as mesas, deixando uma multidão de Amélies aplicadamente debruçadas sobre as mesas. Ela parecia desenhar. Conhecendo bem o jogo dos espelhos, devia estar sentada num ângulo que me escondia a porta. Novo arroubo palpitante. Roger aproximara-se e esperava o pedido sem impaciência. Ele também admirava Amélie gravada nas lâminas dos espelhos.

— Que gracinha! Qual é mesmo seu pedido?

— Outro café, por favor.

Eu a adivinhava mais que a via. Seus cabelos formavam uma bela cortina de cachos que às vezes se entreabria sobre uma fisionomia concentrada que ela erguia para olhar alguma coisa ou alguém que eu não via. Roger passou atrás dela como por um leque. Eu, que adquirira uma aparente desenvoltura com o sexo feminino, recuperava minha timidez natural e hesitava sobremaneira quanto à estratégia a seguir. Logo me pareceu que não havia razão alguma para não continuar simples e ir dizer-lhe quem eu era. Ou ela não ligava a mínima para o pirralho dos seus 13 anos e me mandaria educadamente assistir ao filme para o qual eu viera, ou me esquecera totalmente, o que era provável, e tudo continuava na mesma, ou me recebia amavelmente em sua mesa para conversarmos. Evidentemente não me passava pela cabeça que ela pudesse ser antipática, nem que houvesse outra alternativa.

De repente, Amélie levantou-se e sumiu dos espelhos. Arranquei-me abruptamente do veludo e me precipitei para a porta. Havia muita gente na rua Chef de Ville. Esbarrei em alguns ombros, corri pelas ruas adjacentes e fiz meu coração disparar até doer, mas ela havia desaparecido. Interroguei o barman, que foi compreensivo diante da minha cara desfeita. A jovem, quando vinha a La Rochelle, gostava de passar a tarde ali para desenhar ou escrever, tomando seu chocolate. Ele não sabia muito bem o que ela fazia, mas... Obrigado, Roger. Fui assistir ao filme, pouco concentrado, e voltei para o cais a fim de engolir o mar aberto com uma promessa de redenção. No dia seguinte, eu estava sentado cedinho no bar para não correr nenhum risco. Por volta das quatro da tarde, Roger, cúmplice e misterioso, disse-me que ela não deveria demorar. Ele dera um jeito para que eu a visse feliz, quase infinitamente refletida. Era um corpo de baile perfeito, a graça de um conjunto único. Todos os seus gestos eram harmoniosos, o de afastar os cabelos, curvar a cabeça, olhar como que perplexa o que a rodeava. Eu admirava aquele longo pescoço no qual depositara, criança, tantos beijos.

Ela pareceu me ver e ficou pensativa por um instante. Como poderia me reconhecer, eu tinha 7 anos, 8 talvez, e aos 9 anos ela não brincava mais com a gente, eu apenas a espiava pela janela com Georges, suplicando ao céu que ela jamais viesse a se despir na frente dele. Visivelmente todas as Amélies do espelho me observavam. Eu bebia seu olhar. Ela estava num altar e eu a venerava. Elas me sorriam, um sorriso múltiplo e claro acima do qual inumeráveis olhos verdes crepitavam. Era deliciosamente violento. Eu tentava me levantar, mas alguém pregou meus dois pés no piso. Ela me procurou na sala. A ponta de veludo carmim não permitia que ela me visse. Dez Amélies levantaram-se como uma só e fugiram mais uma vez dos espelhos, não deixando senão dorsos anônimos. Assustado com a possibilidade de ela desaparecer de novo, arranquei os pregos e me dirigi até o leito da minha alma. Dois passos, e ela estava à minha frente.

— Olá, marujo.

Eu estava crucificado. Gaguejei como um babaca:

— Me reconheceu?

— Naturalmente — ela disse.

— Eu tinha 8 anos!

— Quase isso, cavalheiro, mas vi uma foto sua. Vamos sentar?

Eu não me mexia, o sujeito dera uma nova martelada nos pregos. Irritado, escorracei o importuno e acompanhei Amélie até a minha mesa.

— Você não mudou, incrível! Tem o mesmo rosto de garotinho. Uau, eu queria ter sido homem.

— Você também não — tartamudeei. — Soube que fez belas-artes.

— E eu que você havia se lançado ao mar enquanto eu modelava o barro. No ano passado vim para o aniversário da minha mãe e muito naturalmente a sua estava lá com um troféu: você, de macacão azul e pompom vermelho. Mostrava seu tesouro a todas as colegas com um orgulho tocante e até eu pedi para ver o herói. Mas teria reconhecido você de toda forma.

Tomamos um café com perguntas-respostas e alguns silêncios. Contei-lhe aquele dia em que minha avó glorificara a alma em detrimento da carne perecível e o quanto, espiando-a pela janela, eu havia chorado. Ela me fitou longamente como para ler melhor o que o garotinho apaixonado se tornara. Continuava o mesmo olhar com olhos verdes de morrer.

— Ia ao cinema?

— Ia...

— Então, vamos.

Os sete samurais nos aguardava. O diretor da cinemateca veio em todo caso nos esclarecer que o mestre, cuja primeira paixão fora a pintura, era um cineasta do movimento e uma grande verve etc., que logo disporíamos de uma cópia de *O castelo da aranha* e de *A fortaleza oculta*. Desejou-nos um bom filme. Eu aguardava o escuro, que demorava, para relaxar um pouco. Se, ainda há pouco, para ela, eu parecia uma criança, agora eu devia estar próximo do bebê balbuciante. A escuridão ia me proteger do ridículo. E fez-se o breu.

Felizmente, eu já tinha assistido ao filme, inclusive à versão longa. Ela não esperou Toshiro Mifune dar um jeito na situação para colocar delicadamente sua mão sobre a minha. A partir dos créditos, eu havia crescido, tornara-me um adolescente com um coração disparado e um cagaço de primeira vez. Quem não amou os primeiros calafrios do desejo numa sala escura, o rosto fascinado, olhando para a tela sem vê-la, atento à outra história, aos gestos esperados, ao segredo revelado? Era assim que eu me sentia. Rezei fervorosamente para ela querer que eu colocasse minha boca em seu peito, minha cabeça em seus cabelos e minhas mãos em suas coxas como eu fazia quando tinha 7 anos. Agora a diferença de idade era menor. Muito antes da chegada dos salteadores, ela se debruçou para mim e sussurrou:

— Está sofrendo?

— Não, por quê?

— Porque eu gostava muito de consolar você quando você sofria. Você colocava sua boca nos meus seios e isso me esquentava.

Eu estava transtornado. Ela se levantou. O sujeito dos pregos me enchia o saco e saímos da sala sob alguns rosnados. Foi a única vez na minha vida em que saí no meio de um filme do Kurosawa. A noite insinuava-se numa tarde magnífica, era tudo magnífico. As luzes da cidade, as lojas, o porto, os carros, as pessoas eram magníficas. Eu caminhava ao lado de uma mulher magnífica e magnificava tudo que via. Eu mesmo sentia-me magnífico. Eu tinha um quarto no porto no sétimo andar sem elevador. Eu tinha 7 anos e acabávamos de assistir aos *Sete samurais*, era magnífico. Em cada andar havia uma pequena clarabóia dando para o cais, como num farol. Uma escuna fazia-se ao mar.

— Vai partir novamente?

— Não agora.

Ela sorriu e me enfiei por um instante em seus cabelos.

Mais tarde, depositei em seu pescoço e seu peito todos os beijos que eu reservara para ela desde a infância, todos os sopros.

Foi assim que reencontrei Amélie, que me arrastou para fora do Café des Théâtres e seus espelhos, e com quem fui para Paris, onde ela mantinha seu ateliê.

10

Arranjei uma mansarda em Montparnasse e um emprego num laboratório de fotografia. Eu me sentia mal trabalhando na câmara escura, mas Amélie me deslumbrava. Paris me fascinava e minha mocidade deliciava-se com suas turbulências. Eu conservara a camerazinha alemã que impressionava como uma Leica e gostava de roubar o instante para aprisioná-lo. Amélie era meu instante preferido. Graças a ela, encontrei a câmera mais tarde, pouco antes de o destino decidir tirar de mim aquela com quem eu escrevia as mais belas páginas da minha vida. Eu freqüentava as exposições de fotografia com ou sem ela e minha propensão às viagens que permanecera adormecida despertava com as fisionomias da Manchúria, as cachoeiras do Zambeze, os cavaleiros mongóis ou os altos platôs da Anatólia. Eu gostava de tudo. Um dia, ela me apresentou um amigo documentarista. Este ensinou-me a carregar uma câmera no ombro, e enquadrar a vida tornou-se a minha paixão. Eu viajava por motivos banais, encomendas que tinham o mérito de me transportar para longe sem me afastar por muito tempo da minha alma.

Houve praias resplandecentes, noites brancas, neves lamacentas, palavras solares escritas nas tempestades. Houve o desejo reinventado, sobressaltos. Vi-a contorcendo-se para beber a luz antes de me beijar. Houve vales claros e caminhos enevoados. Adormeci dentro dela segurando sua mão sob véus leitosos... Lembro-me das toalhas de céu sobre nossas mesas estreladas. Lambuzei-me com ela, insaciável.

Amélie partiu num domingo de novembro para encontrar-se no mar da China com um arqueólogo que, suponho, devia ser um documentarista e um saqueador de navios naufragados. Acho que estava apaixonada. Sou-lhe grato, meu amor, por não ter me contado. Eu não teria sido capaz de compreender e você me poupou do sofrimento do ciúme, e, talvez, o que sabemos de nós, do de feri-la, de destruir o "leito da minha alma" como uma criança manhosa. Eu teria sido infeliz. Nosso amor tinha que terminar, e eu não queria saber de nada. Nunca deixei de espiá-la de uma janela, aquela de onde eu a via rindo e vergando como uma espiga. Ele tinha 40 anos, enquanto eu continuava na infância. Uma criança que iria crescer.

Nunca mais voltou. Deixara para mim um livrinho de Tanizaki que só li depois que ela se foi: *Dois amores cruéis*. Havia um papel à guisa de marcador, no qual ela escrevera: "Onde quer que você esteja, estará sempre comigo, eu volto", e assinara: "Leito da sua alma", depois, como era seu costume, o A de Amélie sorrindo.

Fazia tempo que você me largara, soltando-se como uma barca tranqüila. O corpo de Amélie deve dormir como uma deusa, a carranca da roda de proa de um junco, os cabelos como algas. Eu esperava intensamente que minha avó tivesse razão, que a alma de Amélie pousasse sobre as flores de sol e que ela nadasse no éter, livre da gravidade, como ela gostava de fazer nos relâmpagos luminosos de seus mergulhos. Observei-a horas a fio, revolvendo a argila, alisando a matéria. Filmei seu rosto, seus olhos atrás da pedra que ela seduzia, suas longas mãos qual anêmonas, seus dedos em corola acariciando as curvas. Filmei seus silêncios, seus olhares, o cigarro que ela me filara, sua boca, a fumaça que dançava à sua volta, a ferramenta que ela largava, suas tesouras de alfaiate e a xícara de café que levava aos lábios. Agarrei-a à sua revelia quando ela rolou pelas ondas até a praia, seu corpo escuro na espuma, para se levantar, feliz, cintilante de madrepérola, minúsculas partículas de conchinhas sobre a pele como estrelinhas das mulheres da noite, as que as crianças colam no rosto durante o carnaval. Dirigia-se novamente para o mar aberto até se oferecer ao mais forte vagalhão, que a depositava na praia. Também filmei seu sono, seus seios fugidos do meu pijama masculino, suas manchas vermelhas nos ombros, sua nuca sob os cachos, seus tornozelos, que ela vestia com uma correia de couro surrado. Antes de sua partida, eu a via como uma luz deitada na pedra em que minha sombra se dissolveu.

Tenho tudo isso em fitas, em latas. Tenho horas de Amélie, lentos *travellings* ópticos como ternas carícias. Possuo tudo de Amélie, suas nádegas, seu sexo, suas coxas, o arco de suas costas, seu corpo vivo no meu olhar, e nunca assisti, nem sequer desejei fazê-lo. O quebra-cabeça em imagens de Amélie não pode ser montado. Pertence-me assim, e é apenas o testemunho de um homem-criança que tentava crescer. Eu não a amava, eu a venerava. Não era isso que Amélie esperava de um homem. Ela me contava histórias que apenas a infância podia ouvir, histórias que eu teria adorado escutar enroscado no travesseiro com o rosto da minha mãe que nunca soubera contar e que não imaginava que seu garotinho pudesse ter essa vontade. Comigo, ela redescobrira sua adolescência, suas primeiras perturbações, seus desejos secretos. Eu estava órfão dela e as singelas trepadas que se seguiram me deixaram ainda mais desguarnecido. Eu não apreciava aquela inclinação da Arrependida dos penhascos do Atlântico, aquelas ejaculações desesperadas que não esvaziavam nada e enchiam de amargura. Você foi meu sol e minha ferida indolor. Sou lágrimas de cinza. No meu sono eu ia em sua direção com um vento de mar morto, a noite, repentinamente, levantava as águas. Eu seguia uma roda de proa rasgando a espuma, uma roda de proa solitária, sem navio, que um rochedo explodia em lascas assassinas. Um grande pássaro flechado rodopiava na neve. Lágrimas espalhavam as luzes como brasas de água que o dia pouco a pouco apagava. Eu queria dizer-lhe palavras solares, impregná-la com perfumes doces como sonhos.

Eu sentia saudades suas e achava que nenhuma outra mulher poderia me ajudar. Vivi com essa certeza até reencontrar Jo, que um dia fora posar no seu ateliê. Você partira para me deixar crescer e Jo me trouxe de volta ao presente com uma vitalidade e uma gana de viver irresistíveis. Jo era a vida e ninguém resiste à vida. Eu aprendia isso com ela. Ela era amante de Michel quando este passava um tempo na França e livre quando ele se catava por outras plagas. À época, Michel trabalhava para uma editora. Testava lugares, restaurantes, hotéis, museus. Depois da universidade, estacara diante de Joséphine, que lhe revelou o que ele ainda ignorava. Isso era antes das plataformas petrolíferas, antes de um emprego como tradutor em Niamey, de monitor de um acampamento na Costa do Marfim, e bem antes de ser guia tuaregue no deserto do Níger, que ele conhecia desde a infância. Dividido entre sua paixão pelas viagens e sua paixão por Joséphine, começara a tecer uma vida de contradições impossível de ser partilhada por uma imperatriz. Ela não esperava mais, e recentemente a fita da sorte e da felicidade que ela carregava no pulso acabara por se romper. Dividi muitas vezes a solidão parisiense de Joséphine, sendo preferido aos forasteiros que assediavam sua beleza ou sonhavam com exotismo evitando todavia as incursões pelo mundo, um mundo que permanecia branco, pelo menos aparentemente. Com ela, descobri Hampâté Bâ e Tierno Bokar. Devorei *Amkkoulle, a criança fula*. Nos dias nublados, e os houve, eu lia, na cama, o que ela chamava, rindo, de "poemas caipiras", enquanto ela contemplava os telhados de Paris como um mar de areia. Contava-me sua infância nos arredores de Gao, seus pais desaparecidos, as freiras da missão Saint-Joseph a quem ela devia muito, a escola, os livros de história. Havia também as mãos atrevidas de Rimbaud, o padeiro francês, que escrevia versos como o outro.

Uma noite, para o aniversário dela, eu lhe fizera a surpresa de convidar Diego. Ele levara seu violão, sua poesia, seus cantos e seu sotaque impossível, que tinha a aspereza dos *salares del norte*. Diego gostou da presença de espírito da libélula negra, como a chamava, e ela gostou dos olhos tristes do amigo chileno. Partilharam juntos a música, as palavras e as carícias. Diego, Michel e eu havíamos aprendido com ela que "o ciúme é um defeito gerado pelo desejo de possessão e por um ego em ereção. O coração é como o sexo, cresce e murcha. O ciúme é o medo da exclusão, o sintoma delirante do abandono. Um homem ciumento não está apaixonado, está apenas com ciúmes." Jô fazia licenciatura em filosofia e tinha a honestidade de nos citar suas referências do dia, e abundantemente Barthes, de quem eu evidentemente não lera uma linha e que ela temperava à sua maneira. "Os olhos do amor e do acaso." Ela brincava, mesmo apaixonada. Jo era a vida. Como é seu nome? Jo Sélavy, como Rose Sélavy, alusão a Duchamp e a Desnos. Tinha sido Michel que assim a batizara, uma noite, levando uma rosa de gaze preta: seja nossa Rose Sélavy. Jo Sélavy nada tinha a ver com aquela outra atriz para quem Michel escrevera este poema:

Anne Sélevit n'aime que le vit
Elle boit la vie, elle mange le vit
Il y a la vie, il y a le vit
La vie sans vit n'est pas la vie
À boire le vit, manger le vit
Ma vie s'écrit dit Anne vive
Avec des vits, des vits, des vits
*Je meurs sans vit, c'est lui ma vie.**

Anne, que obviamente não se chamava Sélevit, era sôfrega por caralhos, até mesmo uma obcecada notória cuja glória era colecionar os cacetes mais que os próprios amantes, que ela esquecia tão rápido que era possível ter a esperança de diversas rodadas. Anne era louca por esperma e sugeria boquetes como quem sugere um trago. Nas situa-

*Em tradução livre: Anne Sélevit só gosta de caralho/ Ela bebe a vida, come o caralho/ Há a vida, há o caralho/ A vida sem caralho não é vida/ A beber o caralho, a comer o caralho/ Minha vida se escreve, diz Ana esperta,/ Com caralhos, caralhos, caralhos/ Sem caralho, eu morro, ele é a minha vida. (*N. do T.*)

ções mais inesperadas, no meio de uma conversa e no mesmo tom, ela perguntava ao homem que ela queria: "Gostaria que eu o chupasse?" Ou: "Quer usar a minha boca?" Ou: "Gostaria muito de provar do seu esperma." Isso provocava no macho, habituado a tomar a iniciativa, uma estupefação capaz de deixá-lo completamente impotente ou atarantado por um tempo. Ela dizia isso com a gula e a inocência de uma criança a quem nada se pode negar. Nunca lhe negavam, salvo algumas exceções que se arrependeram mais tarde por essa coragem irrefletida. Jo previa que muito rapidamente Anne esperta se cansaria dos caralhos sem vida e terminaria casada, fiel, com fedelhos que ela educaria numa severidade toda católica. Quanto a mim, via-a terminar rainha da sacanagem até o esgotamento de sua juventude, de sua beleza e do potencial de sedução de um corpo que não deixaria, um dia, de se eximir. Aposta feita, e eu ia perder. Para nossa grande surpresa e muito mais cedo do que Jo previra, ela nos anunciou seu casamento.

Jo parecia saber tudo, adivinhar tudo. Quando ficávamos preocupados, ela colocava sua mão comprida no nosso pescoço e tudo melhorava.

Michel ia e vinha para empregos de duração bem determinada. Escapava dos braços de Jo e da nossa amizade. Tinha medo de naufragar numa vida esperada, quero dizer toda pronta, com uma felicidade formatada, hábitos, uma segurança intravenosa. Babaquices de homem, dizia Jo.

Uma noite, estávamos no pequeno estúdio de gravação de Diego, que ele desativara para fazer montagem-som. Michel, cansado, voltava do Níger, onde acompanhara um grupo. Havíamos bebido e delirado muito sobre o futuro que o mundo reservava aos filhos que não tínhamos e sobre a viagem, claro, a eterna partida. "Ah! Os homens de ação, os ativos! Como se cansam e nos cansam para não fazerem nada, e que animal vaidoso aquele que extraímos de uma turbulência estéril!" Como Gustave tinha razão. Está falando de quem? De um amigo, um tubab que acertava na mosca, Flaubert, meu bem-amado depois de você. Víamos apenas as risadas de Jo Sélavy, não sua tristeza. Eu gostaria muito de um mulatinho, mas, francamente, hesito. De Gustave, eu até poderia, mas, de vocês, preciso esperar. A mim também, o calçamento de Paris às vezes queima os pés, mas é para voltar lá para a beira do rio e cuidar dos negrinhos de Saint-Joseph, para ajudar, esquecer um pouco de mim, esquecer-se sem muitos espelhos para se mirar. Michel sabia disso e era difícil entender o que, para ele, parecia inacessível. Apenas os inícios me interessam, sou como as crianças, me canso e se cansam de mim. Não sei fazer senão rascunhos. Não convém tentar exibir o filme que nunca faremos.

11

Uma primavera, convidei-o para ir fazer um documentário comigo na Amazônia, para seu olhar, sua poesia, sua loucura também. Meus modestos sucessos como assistente e cameraman me haviam dado apetite para uma carreira solo. O arqueólogo documentarista que raptara Amélie para um último mergulho me transmitira algum conhecimento. Eu queria atravessar a floresta com um amigo, um homem da viagem, um companheiro para compartilhar. Eu contava com Michel como Chatwin ou Cendrars, ele esteve ausente, muitas vezes, à beleza e aos rostos, sem outro deslumbramento senão o fascínio pelos noturnos ameríndios, os repentes do Nordeste. Eu queria saber mais sobre ele e ele se distanciou. A floresta amazônica era mágica e propícia aos devaneios. Impossível escapar dela. Ou se vai em frente ou se volta para trás como num túnel, nenhuma saída, uma fita vermelha numa prisão verde. Apenas os rios evadem-se da floresta. Havíamos percorrido cerca de três mil quilômetros desde a nossa chegada a Belém com longos períodos de silêncio e às vezes, oh!, alegria, um entusiasmo inenarrável pelas névoas inflamadas que os enormes caminhões levantavam à sua passagem e que eu filmava avidamente antes que a poeira voltasse a cair sobre a pista vermelha, a Transamazônica, a Transamargura como a chamam os homens que vivem em seus acostamentos, a estrada dos arrependimentos, dos remorsos e do desespero.

Aquele dia não era um desses, e Michel estava numa alegria alvissareira para mim. A luz da manhã irrompia em estrelas por entre as grandes árvores e os troncos de mármore. Reinavam perfumes inauditos, úmidos, quentes. Eu estava feliz com os rostos na minha câmera, semblantes colhidos nos garimpos ao longo da estrada, crianças de lugarejos perdidos entre os rios. Havíamos atravessado o Tocantins, navegado o Xingu, visto tempestades despencando sobre o Tapajós e as ilhas de areia, chorado os índios araras que iam desaparecer. Pegamos a estrada numa noite roxa e quente para surpreender as primeiras centelhas da aurora. Existe um deus que rasga as cores, murmurara Michel.

Esse nascer do dia restituíra-me o amigo, que na noite da véspera estava indignado com um olhar e um gesto brutal sobre uma criança. Vários colegiais de camiseta soltando pipa. Os losangos de cor dançavam no céu e às vezes emaranhavam as rabiolas antes de despencarem na poeira. Um guri com um braço atrofiado e manquitola cometera o erro e os outros o haviam expulsado a pontapés, socos e inclusive alguns com pedras antes que interviéssemos. O guri. É isso a selva, Marc, a lei do mais forte, e ele fora consolar a criança, que repeliu o gesto carinhoso que ele lhe destinara. Ele voltou na minha direção, taciturno, e eu, prestes a passar uma tarde monótona, resolvi fazer a barba num barbeiro, um autêntico, como nos filmes de Sergio Leone. Fui até lá desarmado, espuma grossa, toalha quente e água-de-colônia. Em seguida, vaguei pela beira do rio, perto das palafitas, mas a noite me impedira de filmar as mulheres, os homens e as crianças de cócoras, em equilíbrio, como passarinhos, empoleirados em longas traves horizontais. Estavam silenciosos, imóveis, e observavam a água escura pela qual às vezes deslizava um barco gaiola.

Michel, no dia seguinte, deu as caras, sedutor como sabia sê-lo, até mesmo hipnótico, a ponto de, entre Jacareacanga e Humaitá, uma mulher ter-se apaixonado por ele. Estávamos a 200 quilômetros do vilarejo mais próximo e havíamos transposto um limiar com as precauções do salário do medo, quando, ao lado, aninhada no remanso de um riacho com pífias plantações, uma casa de alvenaria com telhado de zinco e parede de tijolos com vergalhões, por favor, convidou-nos a parar irrefletidamente. Por um tempo a estrada pareceu esboroar-se antes de agonizar sob nossos pneus. A poeira dourada voltou a cair lentamente e pudemos admirar uma pequena pousada que ia nos acolher para um café ou um chá com *madeleines* brasileiras. A produção, os cenógrafos e a direção haviam efetivamente preparado o plano. A porta rangeu, abriu para uma sala antes andaluza, o estilo da casa o era, o ventilador girava, havia mesas sólidas, marrons, com boas e grandes cadeiras espanholas; um balcão de *tapas* sem *tapas*, por favor aguarde, e sobretudo cartazes de touradas e folhas de calendário estampadas por esplêndidas criaturas.

Tudo isso só foi detalhado bem mais tarde, uma vez deliciosamente digerida a surpresa. Com efeito, atrás do balcão, apoiada nos cotovelos, rosto nas mãos, cabelos presos atrás, um brinco de ouro na orelha, uma pele fosca acetinada, olhos pretos, sem maquiagem, e para quem, por favor, se não havia ninguém, o conjunto cingindo um maravilhoso sorriso, uma bonita mulher nos congelou por um instante com uma expressão idiota, expressão nossa, não dela. Isso não durou e Michel precedeu-me para apresentar suas homenagens. Ultrapassado na linha de chegada, eu não tinha nenhuma chance. Observei a trama. Ela não se movia de sua posição inicial e apenas tamborilou com os dedos na bochecha. Michel, por provocação, postou-se na mesma posição diante dela, bem pertinho, conservando uma imobilidade e um sorriso impecáveis. Ela dardejou seus olhos pretos nos dele, o coração não foi atingido. A cena corria bem, o filme seria um sucesso. O que veio a seguir foi simples, ela nos serviu com o mesmo sorriso, não tendo olhos senão para Michel. A situação presente era clara, mas não o futuro. Perguntei a Michel como ele pretendia concluir o amor à primeira vista e o pedido de casamento que se seguiria. Ele riu e nada mais aconteceu exceto que ela se ausentou por um instante e o pai, a mãe e os numerosos irmãos e irmãs vieram apresentar-se ao noivo. A partida anunciava-se difícil e o rompimento iria nos fazer viver momentos dramáticos.

Não aconteceu nada disso, partimos com diversos acenos coniventes e beijinhos de mão, um olhar tranqüilo. A continuação foi mais delicada. A cidadezinha seguinte, a 150 quilômetros dali, nos esperava. Esqueci o nome. Era um lugarejo vermelho, onde não havia nada senão crianças cobertas de poeira vermelha e Deus. Deus estava em toda parte, na entrada do lugar, nos telhados vermelhos, nos alto-falantes, vermelhos também, na boca dos pregadores invisíveis e nos carros que dormiam sob uma mortalha vermelha. Ouvi um som de acordeão lancinante e uma voz rascante entoando uma prece do Nordeste. O velho era cego, um olhar branco. Ficamos o dia inteiro para filmar e responder às perguntas curiosas. "Vocês vieram para nos ver morrer? Filmem essa *transamargura*, esse sonho de branco, de ditador corrupto, e contem como os esquecidos são eliminados."

À noite, num pequeno restaurante popular, um restaurante familiar, uma velha veio nos ver. Tem alguém procurando brancos num carro azul. Ah? Quem? Uma moça. Silêncio! Onde? No ponto de ônibus. Chegou nele esta noite. Pequena pausa. Michel? Pois não? Acho que você deve cumprir com seu dever. Ele se levantou sorrindo, mas ainda assim estupefato, como estava eu. O contra-regra brasileiro estava um pouco menos. Ria gostosamente repetindo "Brasil, Brasil". Terra fogosa. Michel roubara seu olhar e seu sorriso, e era o que ela tinha de mais precioso. Ela vinha juntar-se a ele para partirem juntos e conhecerem a cidade grande. Tinha uns trocados e tentava a aventura. Se Michel se mostrasse covarde, ela recuperaria seu sorriso e seu olhar e embarcaria no ônibus para chorar em Humaitá. Michel foi covarde, explicou-se, encontrou desculpas, pretextos, não fez amor com ela como ela pedia e como ele sentia vontade, e ainda assim ficou com ela até a saída do ônibus que queria sair antes do sol.

Não haviam se dito nada porque nada tinham a se dizer e porque não falavam a mesma língua. Ele a abraçara um pouco irritado e lutando contra o sono. Apesar de tudo, ela parecia feliz através das lágrimas, ele me disse ao voltar. Não pude senão rir. Assim acaba essa história, como em todos os belos filmes que fazem chorar. O amanhecer surpreenderá, em silêncio, os rostos dos heróis desfigurados pelo sofrimento e o impossível, o olhar esticado atrás do vidro do ônibus que se afasta com a moça que soluça e que não desaparecerá antes de muito tempo, uma vez que a pista é horrivelmente retilínea e que apenas a poeira vermelha fará a cortina. Michel irá confessar-me que não tinha certeza de ter visto seu rosto banhado de lágrimas atrás do vidro do ônibus, vermelho de poeira, e que o amanhecer o cegava. Assunto arquivado, a mulher-pássaro alçara vôo. Vimo-nos na salinha do bar, eu dormira, ele não. Ele voltara à sua cor escura e ao seu jardim subterrâneo. Estava visivelmente decepcionado, mas com quê? Você teria preferido que ela se jogasse debaixo do ônibus?

Mais tarde, uma criança me entregou uma mensagem. Rabiscada numa pequena folha de caderno manchada de vermelho, havia um número de telefone e algumas palavras que nosso contra-regra traduziu por: "Sou poeta e jornalista. Eles querem me matar, não agüento mais." Realmente, aquele lugar era cheio de inesperados. Comentei com Michel que ele era poeta antes de ser jornalista. Esqueça, eles são perigosos por aqui. Ora, posso telefonar, isso me intriga. O sujeito chorava ao telefone, refugiara-se com os tiras, longe de sua casa, em Jacareacanga, mas os traficantes espionavam-no dia e noite para tentar eliminá-lo. Ele denunciara o crime, o tráfico, dera nomes, entre eles o do prefeito, que pagava os matadores. Queria nos encontrar para que filmássemos seu depoimento e tentássemos ajudá-lo do exterior. Pedia aquilo pela mulher e o filho, também ameaçados, mas escondidos na floresta com os caboclos.

— Como soube que estávamos aqui?

— Não há turistas nessa porra de estrada, então dois franceses com uma câmera, a gente repara, sobretudo os tiras. Venham até o posto, por favor.

Fomos até lá e filmamos Santos da Cunha, um sujeito desesperado, dormindo pouco, assustado, permanentemente emoldurado por duas submetralhadoras e um fuzil de assalto.

— Faremos o que pudermos, Manuel.

Apesar disso, eu estava feliz por atravessar o eldorado, a floresta sonho, a das miragens, a floresta sólida. Sentimos medo e alguma coisa estranha que nunca conseguimos descobrir e que está ali desde sempre. Mas é muito forte. Houve, porém, um instante de misericórdia, que foi partilhado à beira de um riacho apaziguador. A água estava transparente, convidativa. Havia plantas carnívoras que se fechavam sob a carícia, pedrinhas azuis na correnteza. Pernoitamos no local. À noite, um gavião carregara o sol em seu dorso e o depositara para nós, no dia seguinte, no topo das grandes árvores.

Mais tarde, na estrada, um 4x4 claro nos seguia. Estava bem próximo e pouco discreto. Três dias sendo seguidos e preocupados. Durante uma parada, os sujeitos saíram do carro. Polícia militar secreta! Ah! E daí? E daí, nada, queriam saber das nossas intenções. Alguma coisa errada? Estão armados? Não! Então abram o olho e evitem dormir ao ar livre, sem proteção. Nem sempre estaremos por perto. O contra-regra brasileiro nada dissera e, quando os militares à paisana se afastaram, mostrou-nos um colt 11,43 e uma pistolinha automática. Obrigado, Fernando. O anjo da guarda pegou de novo as ferramentas e partimos novamente, ainda mais preocupados.

Eu vinha dormindo mal fazia um tempo, e tudo aquilo não resolvia meus problemas. Foi trabalhando com os caboclos, em Itaiatuba, no Tapajós e os garimpeiros de Serra Pelada que recoloquei o filme da minha outra vida em marcha, um pesadelo, sempre o mesmo, que às vezes repetia-se fielmente, algumas alterações no roteiro. Eu fugia por uma praia de uma ilha remota, depois pelas montanhas quentes e úmidas, florestas primárias com lâminas de rocha como navalhas. Eu conhecia bem aquela vegetação, era-me familiar. Eu corria, aterrorizado pelos latidos dos cachorros que me perseguiam e pelos gritos dos homens. Os cachorros eram o que mais me assustava. Eram ensinados a matar, devorar, excitar-se com a presa. Com eles, os escravos tinham pouca chance. Eu era escravo, enfim é o que suponho, e fugia para uma improvável liberdade. Meu calvário terminava sempre no instante preciso em que, ao me voltar e vacilar, o mastim pulava em cima de mim. Eu acordava esgotado com aquela correria e traumatizado pela violência do sonho. Odeio o ladrar canino, por mais longe que eu esteja. O ladrar contínuo, estéril, a nota única, em falsete, que não é nunca uma nota, o que me enlouquecia.

Aquele pesadelo nascera do documentário sobre a escravidão proposto por Michel. Minha ternura pela África, minha amizade por Jo e Michel, que continuava doentiamente apaixonado pela terra preta, haviam-me levado a consultar os arquivos e a voltar aos locais da grande chaga. Desde então eu não percebia o frenesi das noites, infligindo-me essa tortura. Estava a tal ponto dependente que desejava reencontrar esse momento para tentar reconhecer um sinal que enfim me revelasse aquela parte do invisível. Não acreditava em vidas anteriores, mas a precisão das cenas nos mínimos detalhes deixava-me perplexo. Escravo branco. Eu dormia com a preocupação do grande mergulho, mas também com o secreto desejo de fazer a viagem, por mais penosa que fosse.

Eu, que gostava de partir à procura do medo como um bálsamo, como uma excitação deliciosa, um tanto cáustica, entrava em pânico diante do desconhecido que me habitava. Resistia a explorar meu próprio território, a instruirme, sem reticência, naquele pavor surdo de abordar outras praias. Perdera aquela luz que me guiava em minha infância, aquela luz com a alegria da inconsciência. Embriagavame com horizontes sem jamais me incluir, procurava uma paz que não sabia reconhecer. Resistia e sofria. A sabedoria estava assentada no inacessível. Ao reivindicar a paz, eu despertava das dores sepultadas há séculos, mas queria decifrar a prova, aceitar a iniciação. Talvez fosse isso abandonar, reviver até o fim essa outra vida e poder finalmente deixá-la em seu tempo, enterrá-la e libertar a memória. Eu pressentia que precisava parar de pensar, perder o controle, matar os pensamentos homicidas, deixar-me levar, reencontrar a energia vital e rechaçar até o magma original os nós que me torturavam.

Era eu que sufocava no escuro, na prisão, eu acorrentado que fugia da escravidão com medo de ser descoberto. Era eu, em liberdade na floresta reencontrada, amada, respirando vastamente no topo dos picos, voando como a águia acima da cerração. Era eu quem que temia o afogamento vivido na infância e que só gostava da água quando estava num barco, porque assim mantinha a cabeça fora dos fundos abissais. Nenhuma viagem, nenhuma fuga, iria revelar-me a mim mesmo. A solução estava dentro de mim e eu não sabia como entrar. Sempre quis compreender, sempre, e a atroz verdade para um obcecado pela explicação é que não há nada a compreender. Quando compreendemos isso e aceitamos, que alívio.

Durante meses esperei, amedrontado, minha vida no invisível, depois um sono pesado e sem sonhos terminara por me derrubar à noite. A calma parecia de volta, até aqueles dias entre os garimpeiros de Serra Pelada e os caboclos da Transamazônica. Eu filmava rostos de homens no trabalho, torsos nus cobertos de suor e poeira ocre, forçados da terra, homens de barro na grande prisão amazônica, que trabalhavam desde antes do amanhecer até a noite sem descanso num veio de 4 x 4 m por 4 dólares, um punhado de cruzeiros, revolvendo a lama e o mercúrio e dormindo em casebres pendurados no barranco. Os caboclos também escarafunchavam a terra, a terra dilacerada até o laterito por três espigas de milho. À noite, eu escutava o canal de som com atenção: "Éramos todos voluntários para vir para cá, chegaram a nos pagar a viagem, mas trabalhamos mais que qualquer escravo. Nada mudou desde os nossos pais seringueiros. O patrão pagava a longa viagem até os cafundós de Mato Grosso. Eles chegavam pelos rios e, no lugar, o capataz vendia-lhes o material de trabalho. Ninguém tinha dinheiro, então era preciso descontar todo o mês sobre o salário, que não passava de uma tigela de sopa, e isso durante anos. É isso, moço, a escravidão amazônica."

A serpente noturna voltou a atacar. Quando eu dormia, vencido pelo abandono, ouvia o uivo dos mastins. Dessa vez não estava sendo perseguido, mas achava-me deitado num catre numa casinhola de tábuas esburacadas. Eu me levantava, porque era meu ofício, e saía para acalmar os animais. Quem, à noite, modificara o roteiro? Um sujeito perto de mim me abordou. Ainda trabalharia sete anos para pagar a viagem para a França e se julgar livre na América nova. Ambos havíamos fugido da Europa por uma implausível felicidade. Do lado de fora, um sujeito montava a cavalo berrando que uns negros saans tinham roubado farinha para desfraldar as velas. Convinha recuperar aquela carniça sem alma e destiná-la ao repasto dos cães. Afora trabalhar e cortar a cana como os negrões e vigiá-los, eu cuidava da matilha com o garoto aprendiz. Fazia anos que eu agüentava as injustiças, os gritos, os assassinatos, a aplicação do Código Negro, os cães. Eu não gostava muito dos negros e os negros não gostavam dos brancos, mas eu detestava a caça aos fujões. Por outro lado, eu era branco e ajudava os brancos. Do bom trabalho, da minha inteligência e da minha subserviência ao capataz dependia minha liberdade próxima. Ele ofegava atrás de dois cachorros. Sabia como aquelas bestiolas rasgavam os homens até reduzi-los a uma maçaroca de sangue que as feras devoravam. Como cães de caça, eram deixados com fome até enlouquecerem. Na véspera, eu tinha vomitado para júbilo do fazendeiro e das risadas do capataz. Eu segurava meu fuzil tenazmente com o desejo suicida de enfiar uma bala na cabeça do cavaleiro que bebia sua fúria, misturando sua espuma à de sua montaria. Eu teria de bom grado alojado um chumbo na nuca do buldogue com alívio. Mas sabia que podia ser devorado pelo resto da matilha ou ser sumariamente executado.

Eu atingira uma escarpa rochosa, um negro tentava encontrar uma passagem diante do penhasco abrupto. Os dois mastins estavam prontos para o trabalho e esperavam a ordem de ataque. O capataz estava ocupado no fundo de uma ravina e não alardeei meu sucesso. Eu observava a escuridão aterrorizado. Avançava lentamente, sem ameaças. Não tinha intenção nenhuma. Sabia inteligente aquele negro, a despeito de não ter alma. Eu observava e, no uivo dos cães que me detinha, julguei ouvir na minha língua: "Você se parece comigo." Aproximei-me para entender melhor e na desatenção do instante o escravo agarrou o cano do fuzil abaixado e o voltou contra o escravo branco. Compreendi lendo nos lábios do outro. "Temos que recomeçar." Ele atirou e senti a bala na minha barriga, queimando. Antes de desmoronar, ainda consegui ler: "Você também, recomece", e o escravo pulou no vazio.

Enquanto nos dirigíamos para a fronteira boliviana, o acaso, que amo como a luz, permitiu que eu filmasse uma experiência xamânica. Era fácil, escondido atrás do olhal, acariciar os rostos na fumaça, os olhos semicerrados dos sacerdotes voltados para o invisível, mas era precisamente o invisível que teria sido preciso filmar e nesse ponto eu concordava com Michel, que achava inconcebível não fazer a viagem. Ele trouxera o livro de Artaud dado por Diego, *Os Tarahumaras*, e agora eu compreendia por que me acompanhara. Você vai esquecer tudo que sabe, dissera-lhe Diego. Eu contara o meu sonho a Michel e ele achara a oportunidade absolutamente "divina". Eu continuava preocupado, depois de observar, por trás da câmera, homens fora do mundo. O nativo para o qual a cerimônia se desenrolara me parecera atravessar o inferno e a viagem anunciada para dois brancos macambúzios não teria nada de uma massagem aiurvédica. O mistério daquela floresta nos angustiava. Os territórios do sobrenatural nos esperavam. Não conhecíamos nada igual àquilo e estaríamos bem longe das fumaças dos nossos ridículos baseados.

Dois dias depois, após ter dado ciência de nossas motivações ao xamã, e da nossa vontade feroz de escutar as plantas, ele nos recomendou um jejum e nos levou para a clareira dos espíritos. Houve um cerimonial cujo simbolismo nos escapava e que nos mergulhou num universo estranho, envolvidos pela fumaça de um fumo forte e acre que o Mestre nos soprava no rosto e no corpo. Ele batia folhas de palmeira cuja música, pois era uma, enchia a noite e nos penetrava. Supus que devia ser a invocação aos espíritos da planta e à expulsão dos intrusos. Ele nos deu para beber uma infame poção que engolimos religiosamente com grandes calafrios. Houve um tempo de espera, uma "mareação", durante a qual o xamã também ingeriu plantas e cantou com uma voz alterada uma fascinante melopéia. Nossos sentidos pareciam expandir-se pouco a pouco além da nossa consciência. Eu embarcara, o trem partira e nada o deteria. Houve cheiros misturados, visões, convulsões, regressões. Eu me debatia, atravessado por losangos elétricos, prismas espatifados que se afogavam num inacessível mar granulado. Achei que não haveria mais volta. Ia aceitar passar para o outro lado.

A noite foi de uma grande violência, sobretudo para mim, cuja consciência aguçada de um lado e o total arrebatamento pela planta do outro sacudiam como um furacão. Apenas ela, sob controle do xamã, decidia a que eu estava irremediavelmente entregue. Michel atravessou as catedrais de luz e as hordas venenosas com uma beatitude que conservou por vários dias. As serpentes, os gatos selvagens e todo o panteão das hordas não o haviam molestado, apenas se aproximado, como ele me diria mais tarde. O trabalho da planta continuou até de manhã. Eu tampouco, "eu não vira o Cristo, mas a possível luz". Quando consegui ver acima de mim as línguas de bruma em cachecol em torno das árvores, recuperei a calma e a serenidade. Havia uma fogueira, perfumes, o silêncio e o rosto do xamã, que me observava. Ele nos disse que a planta falara comigo e que ela ia continuar o trabalho, mas que se recusara a entrar em Michel. Este morreu de inveja a ponto de sofrer. Afirmei-lhe que os vômitos súbitos, as defecações que eu expelira nada tinham para se invejar. Quero ir ao fundo de mim, ele me disse. A realidade não é aqui, procuro uma razão para tudo isso. Não quero contentar-me com um "reles milagre", como dizia Michaux.

O xamã sugeriu-lhe então uma segunda cerimônia com uma mistura que foi traduzida como "raízes para ver os mortos". Perspectiva auspiciosa, que Michel esperou com grande concentração. A planta, dessa vez, seria impiedosa. Tive muito medo. Eu começara a filmar seu rosto através das labaredas da fogueira e da fumaça do tabaco que o velho lhe soprava. Ele engoliu lentamente o líquido grosso. O sacerdote ingeriu a beberagem por sua vez e sacudiu as folhas de palmeira secas, como fizera na noite precedente. São as únicas imagens que tenho de Michel. Logo depois, dois auxiliares jogaram lama no fogo e as sombras apagaram os rostos. As brasas gemiam, uma espessa fumaça branca subia em direção aos galhos, depois não houve mais nada senão a noite e as brisas. Larguei a câmera, e o velho começou um canto que reconheci. Na minha noite de caos, eu percebera os cânticos da planta sem haver conseguido identificar sua melodia. Agora apreciava sua estranheza e sofria seu feitiço. Eu sabia que não iria ficar nisso.

Deliciei-me com esses cantos até os gritos de Michel. Em seguida, tive realmente medo de que ele morresse. Parecia estar enlouquecendo, foi preciso segurá-lo. Seus membros não lhe pertenciam mais e o sacudiam como um demente. Ele suplicava, vomitava, agarrava-se ao vazio com soluços que me trespassavam. A noite foi longa, mas de madrugada ele se acalmou. Às vezes, num torpor, murmurava. Artaud tinha razão, Marc, mas diga para mim que a verdadeira vida não está além, que está aqui em cada um de nós, à nossa volta, e que somos a verdadeira vida nesse todo. Não gostei do que vi de mim, não gostei da agressividade dos meus demônios. Ficamos três dias entre os xamãs, sem falar e comendo muito pouco. A experiência havia sido edificante e eu também queria outra cerimônia, outras catedrais. O velho sugeriu-me paciência, a planta ficaria em mim, e, chegado o dia, eu saberia reconhecer o sentido. Eu devia ter fé.

Michel começou a escrever, a fazer anotações, que me dava para ler. "O mental é como um prisma que divide as cores da mesma luz. Ele divide a unidade com seus inumeráveis conceitos da vida e de Deus. Ele não unifica, ele divide. Cultiva as diferenças em oposição e não em complementaridade." Eu lhe disse que me lembrava de uma frase como aquela. Ele olhou para mim sem me ver e me respondeu: foda-se, o que escrevemos já está escrito.

Michel permaneceu silencioso uma parte da viagem. No avião, rabiscou umas palavras para mim em cima da toalha de papel da refeição que ele não tocara: "Rimbaud fugiu para Harare porque nada podia ser compreendido do que lhe escapava. Ele não tinha saída." Voltei a Paris ensimesmado com seu comportamento. Ele tinha cóleras, impaciências, e tornava-se a cada dia mais frágil, desorientado, com ausências no olhar que preparavam o naufrágio. Diego foi o primeiro a dizer: "Michel um dia vai se perder em algum lugar sem que saibamos onde terá deixado seu corpo e nunca mais saberemos dele." Isso, sem falar no vento que Diego conhecia bem, o de Altiplano e das Quebradas do seu Chile natal.

Naquela noite, no estúdio onde Jo nos anunciara que pretendia voltar para a beira do seu rio, termináramos por adormecer no grande sofá cansado mas ainda generoso, todos os quatro abraçados, emaranhados, tecidos num brocado de amor. Lembro-me de ter acordado, de não ter mexido em nada para não romper a harmonia dos corpos, e que chorei. Michel parecia em paz, seu corpanzil abandonado. Tinha a fisionomia grave. Sua fronte estava pálida. Uma de suas mãos segurava a de Jo, a outra repousava espalmada à espera. Jo Traoré Sélavy era simplesmente linda. Diego ainda empunhava o violão. Cantara *Canto a la pampa, la tierra triste*, a dos peões, das frentes populares, até cantarolar no sono. Cantava para nós, para *el Norte*, para não esquecer por que, para preservar o que era valioso para nós, aqueles instantes juntos, para não nos desunir, para esquecer o futuro, que se encarregaria de nos separar um dia.

Fugira da ditadura e tocava em diversos grupos latinos. Eu o conhecera em torno de um guacamole numa noite em benefício dos refugiados argentinos e chilenos. Estavam todos lá, os sobreviventes da tortura, das prisões sul-americanas, os revolucionários amordaçados, as famílias dizimadas, os órfãos e todos os que ainda acreditavam que era possível derrubar os generalíssimos. Tinham razão, às vezes os derrubamos, mas a que preço! Estavam todos no ninho do exílio, tentando refazer uma vida à espera de uma improvável anistia, um ninho áspero onde era preciso palavras, música e mãos estendidas para não perder a esperança. Nesse caso, além disso, era para não se desunirem. E era assim que eles conseguiam rir, que os conheci e amei porque eram naquele dia o canto geral do mundo. Eu passava pela praça da Sorbonne e os ouvia. Entrei para ver. *Ven, ven, amigo*. Era no anfiteatro. Em torno dos corredores, da rotunda, das galerias, havia crianças brincando, gritavam que uma celebridade da esquerda queria ler versos de Neruda ou Cortázar no palco. Havia comes e bebes, uma fumaça acre de tabaco e fumo, discursos, refrões em coro, conversas políticas altamente inúteis mas febris, e um gringo, eu, que perguntava o que estavam celebrando. O enforcamento de Pinochet em ritmo e rimas é um ritual, diz-me uma ardorosa chilena de cabeleira preta, queimamos a sola dos pés dele com os poemas e cantos daqueles que ele quis calar, do violonista cujas mãos ele decepou, o incendiamos com a língua que ele mandou arrancar dos atores, o sexo triturado das mulheres e o silêncio que ele nunca terá. Entre e fique até o fim, eu volto. Eu era Maria Helena. Aquela mulher tinha uma voz que era uma chibata e uma boca afiadíssima. Como não obedecer, há intimações que aceitamos. Um sujeito com uma cara de índio e uma trança nas costas cantou lendas aimarás com uma voz rouca. Encontrei-o perto de uma tigela de guacamole, que ele parecia adorar.

— Procuro uma mulher ditadora, linda, que me disse "volto já" e que nunca voltou.

— Lindas ou não, as chilenas têm muito caráter. Abra o olho se for sua primeira experiência.

Ela não voltara. Eu perdera Maria Helena antes do primeiro beijo, mas Diego ficara meu amigo.

— Nada está definido, ela saberá encontrá-lo. Maria nunca desdenhará dois olhos azuis.

Com Diego, aprendi um pouco mais sobre a poesia, a revolução e a política. Eu preferia a poesia, ele também, mas, quando a poesia fuzila os poetas, os poetas se armam: primeira lição. Houve outras, mas a música e os poetas tiveram nossa preferência. Não quero ser mais de nenhum partido, ele me disse, ser obrigado a pensar como ele, agir sob suas ordens. Claro que a tirania é uma declaração de guerra à liberdade e ao espírito, lutei contra isso e continuaria, mas não sei mais se isso é necessário para erguer o gládio.

Num domingo triste, entrei no estúdio para esperar Diego. Uma moça, de costas, cantava, solo, acompanhada por dois violinos e um sax gravados. A voz era grave, sensual, e emitia um jazz latino com uma paixão toda solitária. Na última nota, ela arranca o fone e liberta uma cabeleira negra antes de se voltar para um esgar. Ao me ver, Maria Helena, a borrasca, congelou-se por um instante com um sorriso imenso, uma boca descomunal, depois desenvolveu uma empolgada logorréia de que foi a única ouvinte. Diego cortara o som. Era encantador ver seus lábios pronunciarem silêncio, suas mãos ceifarem a luz, e eu já sabia que só poderia amá-la assim, muda, ou no disco.

O quarteto, por sua vez, compartilhou as noites brancas, os cantos do silêncio entre as discussões febris, as escapadas e os murmúrios, as perguntas após as carícias. Brincávamos de vida, como saltimbancos.

12

Era um prazer subir, à noite, sozinho, até o aveludado do estúdio, aonde às vezes Jo vinha me visitar. Camille encontrava sempre um pretexto para ir dormir. Nunca teria dito: tchau, pessoal. Arrumava seu caderno de anotações, beijava-me furtivamente e escapulia como se a tivéssemos expulsado. Jo observava as imagens, às vezes dava sua opinião, e fazíamos amor nas florestas de Bornéu e nas ruas de Tamatave. Aconteceu de sentirmos muito calor com muito prazer entre os icebergs da Terra Adélie e dormirmos sob o olhar benevolente de uma mulher aborígene. Ao despertar, celebrávamos o amanhecer na *brasserie* Saint-Michel com imensas torradas com manteiga.

Um inverno, enquanto eu me encontrava nas calçadas de Manila, Jo fora embora. Deixara um bilhete para Michel, para Diego e para mim: "Amo vocês, mas tirito de frio entre os brancos, sinto saudades de Gao, venham me visitar e tirem seus anoraques. Podem me encontrar no instituto Saint-Joseph em caso de emergência. Para mim é uma emergência, espero por vocês."

Não esperamos que nosso seguro-desemprego nos oferecesse uma ida-e-volta para o Mali. Houve uma vaquinha muito insuficiente, mas os deuses amavam Jo. Sugeri a uma agência ir filmar uma festa dogon a respeito da qual acabava de saber que, após séculos de esquecimento, ressurgia na memória desse povo, e não pretendia passar ao largo do acontecimento. Ofereceram-me uma passagem, diárias de viagem e com que pagar um auxiliar africano minimamente tribal. Com uma mentira deslavada e uma grande solidariedade, fomos até lá, visto que era uma emergência. Tínhamos que estar lá para inaugurar L'Iguane e dar de comer aos moleques.

Foi um canto, uma dança do deserto. Tudo tinha um sentido. Cada um esquecia-se de si pelas risadas das crianças, para consolar as dores e extinguir os medos nos olhares dos menores. Assistimos aos ofícios de Saint-Joseph com uma devoção de monges e fizemos amor como uma prece. Não teríamos mulatinhos, mas já tínhamos muitos filhos e aquele não era o fim da história, pelo menos assim esperávamos. Filmei a passagem da piroga pelo Níger, uma piroga de gala para família numerosa com as freiras todas exultantes de felicidade. Houve uma excursão até a floresta de Diembane.

Diego contou às crianças que as sumaúmas são gigantescas contorcionistas que dançam, invisíveis para o homem, figuras legendárias. Seus gestos são tão lentos, tão profusos, que não os percebemos. A dança dos séculos. Como Shiva, elas multiplicam seus membros, expandem-nos, dirigem-nos para o céu e a terra, debruçam-se infinitamente, depois desenham orbes vegetais no espaço. São dançarinas loucas que praticam o *slow motion* com uma arte inimitável. Os moleques observavam as árvores fascinados, num misto de inquietude e admiração. Buscavam o movimento na imobilidade. Então, dancei como um dervixe sob os galhos, arqueava-me lentamente olhando para cima. Sim, via-as mexerem-se agora, Diego tem razão. E, todos, dançamos sob as sumaúmas de Diembane. O sol poente sublinhava suas sombras e pareceu-me ver calafrios de luz sobre suas peles de casca.

Foram os mais belos dias de Michel e de Jo, nossos também, claro, mas Michel parecia em paz e Jo descobria isso nele pela primeira vez. Diego e eu avaliávamos a fragilidade daquela paz sobre a qual pairava a sombra do efêmero. Houve uma noite de cantos e rezas organizada por Saint-Joseph em nossa homenagem e para L'Iguane. Um sucinto altar foi instalado numa praia de areia, algumas velas e flores de buganvílias espalhadas numa toalha branca. Bancos haviam sido galhardamente retirados da igrejinha e o vilarejo esperava comportadamente pelo frescor relativo da noite. As freiras zanzavam entre as crianças e o padre vindo de Gao para aquele evento tagarelava com Jo. Estávamos no domínio da imperatriz, sobre o qual ela se irradiava com uma alegre autoridade. Amávamos sua risada, que nos borrifava felicidade e deixava estrelas no coração dos guris.

Samba acendeu as velas, fez-se silêncio e o padre nos falou de amor, de paz, de generosidade. Aquilo era justo, simples, sem que fosse preciso "crer" no Senhor dos cristãos. Era um sacerdote da terra, do deserto, que arregaçara as mangas para dar uma mãozinha e oferecer outra coisa a comer ao povo que não hóstias. Seus gestos eram suaves como a luz. O Níger corria, pacífico, em direção ao poente sob espelhos de fogo. Houve cantos em bambara e em francês, cânticos arranjados sobre ritmos da África que proíbem você de não sentir vontade de dançar. Isso ficaria para mais tarde. Enquanto isso, aquilo balançava os corpos que se tornavam ondas e o padre acompanhava. Havia uma leveza da noite, uma transparência harmoniosa, uma beleza que eu ousava filmar porque eu era o cineasta louco ávido por pilhar momentos. Eu não sabia filmar, e, ao fazê-lo, pressentia contudo que nenhuma imagem reproduziria o instante que eu não sabia viver, ou muito mal. A noite veio em minha ajuda e fiquei impossibilitado de filmar por falta de abertura da minha lente, incapaz de captar a dança das sombras nos rostos, a vacilação das pequenas chamas sobre as copelas de madeira, e, o que era terrível, aquela luz nos olhos das crianças que era não obstante tão viva. Pude então comungar com todos e ser enfeitiçado. Houve uma longa prece, as palavras voavam para deixar apenas o sentido. Havia um perfume de laranja, de canela, e uma lágrima que escorria lentamente sobre a face de Jo.

De repente, dois poderosos faróis agrediram a cena com um ofuscamento cruel. Jo, em voz baixa, pronunciou um "Merda, ele de novo". Um cretino rasgara a harmonia e enfatizava sua estupidez com uma buzinada e um bater de porta. Com os faróis apagados, a noite voltara, mais escura e sem mistério. Os cantos definharam e as ondas dos corpos desuniram-se para achar uma praia. Uma irmã apagava as velas e uma criança conservou uma na concha de sua mão, protegendo-a cuidadosamente da brisa e do vento mau que acabava de bater. Eu via seu rosto fitando a chama como um tesouro, testemunho de uma noite única na beira do rio. Ela carregava em sua palma a graça desse momento. Ela segurava a criação do mundo na mão.

— Quem é esse cara? — perguntei a Jo, enfurecida que a nossa festinha do orfanato terminasse com os faróis insolentes de uma Mercedes de contrabando.

— Uma verruga, não mais que isso. Estou cheia desse negro pretensioso que quer se casar com o meu rabo e ter sua cara ao lado da minha em seus jantares de vigarista. É um ex-ministro metido em assuntos nada claros. Conheci-o no centro cultural de Gao, onde ele deixa alguns dólares para alfabetização. Acreditei nele, e, quando ele soube que eu cuidava de um assentamento e de um orfanato, quis me ajudar. Por que não, quando se trata de crianças? Ele veio, sequer quis ver Saint-Joseph, botou o olho no L'Iguane e me propôs que nos associássemos, crescêssemos, fizéssemos uma piscina, um restaurante panorâmico sobre o rio e uma criação de crocodilos para atrair os turistas.

Diego continuava silencioso como de hábito e Michel queria demolir o carro. Quanto a mim, esperava não encontrá-lo. Um negro alto de terno e gravata e uma carroceria cinza metálico num lugar como aquele era de um absoluto mau gosto.

— "A coisa funciona desse jeito, senhor Diamembo", eu lhe disse. "Não preciso de nada." "Lamento muito sua recusa, senhorita Joséphine, poderíamos construir um verdadeiro dispensário." "Construa, senhor Diamembo, construa, essas pessoas precisam de um." "Sim, claro, mas de toda forma eu precisaria de uma motivação e você me agrada muito, Joséphine." "Isso não é recíproco." "Não é uma questão de dinheiro, espero..." "Sim, seu dinheiro não tem coração." "Você não sabe tudo sobre mim, senhorita orgulhosa." "O suficiente para evitar a catástrofe." Ele olhou sorrindo para mim e me pediu para refletir bem, que ele voltaria com planos e propostas sinceras. Foi embora de olho no L'Iguane e me disse com uma delicadeza de hiena que lamentara. Bom, vou até lá e acabo com ele.

— Vamos com você, Jo.

— Não, não é assunto de tubabs.

— Ficamos no canto. Se precisar da gente, grite "Rose Sélavy" e afogamos ele no Níger com sua carruagem.

Diego nos puxou à parte, preocupado mas calmo. Ajudamos a levar os bancos de volta para a igreja aceitando os bolinhos de raspa de coco, risadas e mãozinhas nas nossas como pagamento. Difícil em todo caso esquecer o romance policial de segunda no qual estávamos metidos. Três brasas agitavam-se na noite. Fumávamos, irritados por saber Jo Sélavy sob ameaça. Arquitetávamos todos os planos, inclusive os mais absurdos. Lembro-me sobretudo de que o magma subia após termos imaginado L'Iguane em cinzas como represália do verruga. Já éramos criminosos potenciais. Hoje acredito profundamente que, se aquilo acontecesse, eu teria eliminado aquele cara sem remorsos e porque numa época marinha vivi humilhações que não se discutiam. Houve, no silêncio, um "Jo Sélavy" que nos fez cuspir nossas guimbas e correr em socorro da rosa negra. Antes de alcançarmos a varanda onde fazíamos palavras cruzadas, Jo, teatral, recebeu-nos fingindo indignação.

— Assim são os homens, nunca presentes quando precisamos deles, isso é tipicamente tubab, as mulheres no front, os maridos na sesta. Apresento-lhes o Sr. Diamembo, ex-ministro do Turismo, e estes são o Sr. Diego, o Sr. Michel e o Sr. Marc, meus três maridos.

Curto silêncio antipático.

— O Sr. Diamembo quer casar comigo e não acredita em meus maridos tubabs, acionistas majoritários de L'Iguane.

O Sr. Diamembo ria um pouco mecanicamente repetindo: "A senhorita é uma piadista, senhorita Jo, uma grande piadista."

— Não, cavalheiro, nossa mulher não é piadista. É uma mulher séria, fiel a seus maridos, e que não tem o direito de mentir diante de um forasteiro — disse calmamente Diego.

— Senhores, chega de brincadeira, não há nenhuma lei que autorize uma mulher a ter três maridos.

— Nenhuma de fato, apenas a nossa confraria permite isso.

— Que confraria? — perguntou o ex-ministro.

— A confraria Sélavy, cuja rosa é a nossa mulher, cavalheiro.

— *C'est la vie*? Ou Sélavy? Como... como Rose Sélavy?

Ficamos calados.

— Fiz meus estudos na França, senhores maridos da Sra. Joséphine. Eu tinha vindo com as melhores intenções, estou arrependido.

— Nós lhe agradecemos, Sr. Diamembo, mas, mesmo assim, nossa mulher não está à venda — insisti ameaçando-o. Eu estava à beira do homicídio.

Michel, que nada dissera até aquele momento e não desejava ficar atrás, desferiu-lhe que eu não tolerava nenhuma pressão nem física nem psicológica em cima da Sra. Jo e que dispúnhamos de meios políticos de pôr um termo àquele assédio. Bravata pura. Era pouco provável que o tivéssemos impressionado, mas Diamembo desapareceu na noite e não preocupou mais Jo. Ele tinha outros assuntos, e, mais tarde, Jo nos contou que ele havia sido assassinado num hotel de Niamey, no Níger, quando estava com ordem de prisão por tráfico de armas. Gente esquisita.

Deixamos nossas divisas e o fundo das nossas algibeiras para L'Iguane e o orfanato.

Sem Jo, Paris, que amávamos, não era a mesma Paris. Amávamos essa cidade através dela e houve algumas escapadas de falenas predadoras. Diego bolou um plano, o de ensinar aos índios pobres da Cordilheira a música e as letras do mundo e, suponho também, um pouco dessa revolução pela qual ele quase perdera a vida. O aimará sonhava voar como o condor. Lá de cima, contemplaria "essa longa pétala de mar, de vinho e de neve" de que fala Neruda, e, orgulhoso, sussurraria: "Sou desta terra." Logo antes da partida de Jo, deixara uma mulher, um de seus amores individuais, paixão desvairada, uma mulher que não queria mais homens e que ele mesmo assim seduzira. Diego ama os amores claudicantes, dizia Jo.

— Por que largou a Lucia?

Jo adorava confidências e adorávamos Jo como confidente.

— Ela dizia que me amava. Eu também. Mas percebi que, no amor, ela se bastava. Eu sentia isso, essa fusão independente, esse casamento solitário com o gozo exclusivo. Até seu olhar perdia-se nela. Ela poderia ter amado um outro naquele momento, mas não sabia. Talvez não tivesse aprendido, ou talvez muito sozinha. É preciso ser dois para ser um no esquecimento do mundo, de si para o outro, e diluir-se na luz, sem sombra.

Alguns homens, quando seduzem, matam. Diego bem que teria desejado ser esse matador, mas ninguém manda no amor, que não se submete senão ao abandono de si para o outro. Ele queria apenas fundir-se com ela, nem que fosse por um instante, mas ela era sua própria lava, que o empurrava, por sua vez, para a beira do vulcão. Ele era testemunha das vagas incandescentes. Poderia ter aceitado ser queimado por elas, mas observava, fascinado, sofrido, aquela mulher que dizia "eu te amo" fechando os olhos. Não recebia dela senão convulsões, e contemplava suas mãos amarfanhando os lençóis sem mais tocá-lo. Ela afastava-se dele até o grito e mais ainda depois, quando, serenada, agradecia-lhe por aquele amor e chorava aquela mentira, a impostura. Seria preciso ser água e sal ao mesmo tempo e ele não sabia inventar aquilo. Estava terminado e era ele em seu infinito sofrimento que se separava dela. Sentia escorrer pela ferida aquela doença que ele tinha dela, acalmando-se aos poucos como um homem no banho quente, veias abertas.

Jo deixara um longo silêncio para dizer que, talvez, os poetas não soubessem amar.

A viagem ao Mali fora uma salvação para Diego, e a partida de Jo, uma oportunidade para rever o Chile. Michel não quisera ficar por lá, seu lugar por muito tempo. Queria escrever um livro sobre os "povos pintados" ou a "arte efêmera". Precisava de um pretexto para partir e partiu um dia, deixando-me umas páginas intituladas *O vento nasce em Matam*. Esse presente não pressagiava nada de realmente alegre, mas não fiz nenhuma pergunta. Michel estava indo embora.

Eu retornara do Mali com imagens que eu prometia à agência mais belas que uma festa dogon à qual eu não havia sido autorizado a assistir. Voltei à minha sala de montagem com a esperança de não decepcionar muito aqueles que me haviam generosamente outorgado uma passagem para visitar a imperatriz. Com a nossa "mulher" Sélavy por lá, tínhamos menos entusiasmo. O corpo entorpecia-se às vezes, mas, sem o coração, era muito pesado.

Camille continuava lá, as costas um pouco mais curvadas sobre os copiões da Amazônia, do Mali e os das ilhas do mar da China, sua paixão. Você precisa de uma assistente. Nunca jamais. Ela se apoderava das imagens e o mundo que eu filmara tornava-se seu território. Era preciso editar a Amazônia, mas Michel desaparecera e eu tinha dificuldade para contar nossa história. O Mali foi uma narrativa medíocre apesar das minhas promessas, e Camille debruçara-se sobre os cemitérios de barcos filipinos. Estava fascinada com um longo plano à deriva entre as casas de óxido que boiavam milagrosamente sobre um óleo pesado em meio aos dejetos da cidade. Ela amava a lava, oceano queimado pelo poente, o olhar de Sheila, o homem-mulher dos homens que mostrava a língua para o seu assentamento. Longos meses na lata das imagens. Parecia-me que nada avançava, que Camille estava mais lenta, mais hesitante ante as alternativas. Eu a repreendia um pouco, estava impaciente e montava seqüências inteiras sem ela. Ela era claramente obrigada a abandonar seu posto para ir dormir e eu recuperava meu território.

Michel não voltava. Jo estivera com ele em Gao, ficaram dois dias juntos sem amor exceto silêncios. Ela me escrevia sobre sua preocupação. Ele tinha o hábito de partir por muito tempo sem deixar nenhuma mensagem, mas aquela viagem eternizava-se. Diego, meu amigo, meu alter ego, tomara um charter para Santiago com seu violão, seu *charango* e um pouco de uma certa Angelina, uma fotógrafa uruguaia que devia encontrar com ele um dia nos Andes. Eu estava como um vaga-lume, desamparado, uma criança abandonada. Afogara-me nas imagens, com os índios aetas nas cinzas do Pinatubo, as aldeias lacustres de Luzon, para editar os rostos dos pescadores na noite, e aquele, perturbador, da velha Wana, como um morcego no umbral de sua choça, devastada pelo fumo e o cansaço. Eu repassava seqüencialmente os cachos de crianças, os supermercados do sexo, as garotas mais bonitas do mundo nos bordéis de Angeles City, Rini, a pequena beldade filipina de 13 anos no colo de um americano gordo que ela lambia como uma guloseima. Nadei noites inteiras no virtual, nas brigas de galo, nas tessituras de penas vermelhas e douradas nas mãos de apostadores, o sangue e a morte na leveza das penugens. Eu dormia num colchão.

Eu havia pedido a Camille para fazer uma pesquisa de som acerca dos cantos bontocs do norte de Luzon, difíceis, até mesmo impossíveis de conseguir, mas que me deixariam um tempo sem ela no covil de montagem. Camille, que já estava doente sem que eu soubesse e que não se deixava enganar com os meus pedidos.

Camille, minha querida colega de trabalho, que eu expulsava para não lhe expor minha angústia. Ela me chamava todos os dias para me comunicar seus achados, suas idéias, mas eu sabia que era sua amizade que me oferecia daquela maneira, disfarçada sob um extremo pudor. Você, minha solitária, a antenada, que não precisara desbravar a terra para compreender o mal dos homens, você, que me dizia: você esquadrinha o infinitamente grande do planeta, se tivesse uma nave espacial esquadrinharia com ela o grande universo. Até onde, Marc? Por quê? Eu não tinha a resposta. Ela rira. Você luta contra o seu infinitamente pequeno com medo do infinitamente grande que está no fundo de você. Eu também tenho medo. O resto do dia foi um longo silêncio. Por que não se casou? Porque eu queria um homem corajoso, bondoso, meigo e com boas raízes nos pés ou, na falta disso, equilibrado. Não encontrarei mais agora.

13

Seis meses depois, eu recebia o caderno e o relógio de Michel cuidadosamente embrulhados nas páginas do *Soleil*. Na sacola de plástico "Chem Diam, delicatéssen", estava a carta de Maïmouna anunciando que o vento de Matam matara Michel.

No trem, voltando de La Rochelle, viajei ao contrário, o corpo para Paris e a cabeça em flashback. Tive tempo para uma peregrinação ao cais das costaneiras e ao dique do quebra-mar, para terminar no bulevar da fome e na base submarina. Eu não tinha nenhuma nostalgia senão a de uma infância sem relógio.

Minha mãe só estivera com meus amigos o tempo de um fim de semana e se confundiu um pouco. A cabeça ensandece quando o corpo cansa. Ao me beijar, ela murmurou que só se lembrava de sua infância. Curioso, esses pedaços que eu esquecera e que voltam com detalhes. Você irá beijar Amélie. Não respondi. Vai ficar muito tempo na América? Um mês, talvez mais, vou tentar ir devagar. É, vá devagar, não exagere, estou envelhecendo rápido agora. Eu gostava muito do seu amigo Diego, diga-lhe isto! De Jo também, mas Michel é o meu preferido. Ele morreu, mãe. Ela fez um silêncio. Por quê?

Eu não conhecia o norte do Chile e sentia falta de Diego. Filmaria o que visse. Ele voltara da costa de Irina, na fronteira boliviana. Era aimará e havia morado por aquelas bandas, um exílio compulsório de dissidente do regime Augusto Pinochet, sob o codinome de Martin Lucas Peredo, antes de ser preso, torturado e solto sem saber muito por que escapara da morte. Apesar de suas origens, Diego começava a sentir saudade de Paris, de sua vida lá, da música, das conversas animadas, das risadas, e me esperava com alegria. Era um fazedor de palavras, aquelas que abrem portas. Sua escrita é testemunha, oriunda das fissuras vulcânicas e da pulverização das neves. Ela é reza. As palavras escritas devem ser ditas. Cantos de amor, rios de cristal, elas irrigam a geada petrificada. Pela vida, exclusivamente pela vida. Para não esquecer, nem o sangue, nem o suor, nem as risadas dos *clowns* operários com rostos de salitre. Meu amigo escreve tudo isso para que cantemos com ele. Obsessão pela água salvadora e o vento energia, ele sabe que sob a paz visível medra a cólera, a seiva mortal, e declarou: "O poeta é xamã, curandeiro dos males pelas palavras que ele coloca na asa do vento. É filho do dia cego e da noite láctea."

Aqui, trata-se dos aimarás, dos ditadores, dos movimentos populares, da revolta, de aldeias assoreadas e circos ao luar. Porém, antes de encontrá-lo lá em cima no *soroche*, o enjôo das montanhas da Puna, eu queria ver o Pacífico, lá onde as nuvens pairam sobre o mar e nunca regam a terra, e onde as cidades são como barcos de areia. Eu sonhava com Arica na ponta do gládio chileno, aldeia de pesca, de tráfico e de garotas exóticas. As raízes de um povo mestiço nunca se desprendem, continuando a emaranharse. Há rostos misturados, naufragados aqui como barcos sem nome. Ninguém se lembra do que era Arica, a peruana, e menos ainda da Arica da Conquista espanhola, a de Valdivia e Almagro.

Os nômades apreciam as fisionomias e tentam sempre reconhecer nelas uma que os reconheça. Às vezes, é preciso uma vida para isso. Eu tinha tempo. Procurava histórias. Vadiava, curioso, espiando a vida dos outros, achando belas as misturas, as pequenas famílias bem-vestidas saindo depois da missa do domingo, os índios vindos atrás de uma vida melhor e do álcool, as estátuas dos heróis nas praças públicas, as feiras, o porto onde dançam as manchas de cor, onde nadam focas poluídas e alguns cocôs. Eu gostava das colunas de táxis, à noite, compridas lagartas luminosas, dos bares, salões de sinuca, das ruas vivas, da vulgaridade das garotas e da beleza escura de certas mulheres. Eu estava em plena fumaça dos *braseros*, no cheiro do peixe frito, das especiarias e dos perfumes baratos.

Uma noite, sentei-me num birosca com toalhas de mesa de lona e a televisão no balcão, uma birosca para se beber cerveja e comer *pescados*. Era num *barrio* todo colorido, com rios de néons para espetáculos de todo tipo. Tagarelava-se na mesa ao lado. Elas tomavam sorvetes italianos que derretiam diante de suas histórias e dos olhares que me lançavam. Não resisti. Gina não ficou, tinha um número no Hollywood Bar, Marcia tinha tempo, só entrava à meia-noite, era toda minha. Marcia chamava-se antigamente Marco. Os tabus estão no fundo do porto. Restou apenas o estranho viajante que eu era, vindo de outras plagas, que sorria sua ignorância. E você? Marc, como você. Acha que é um sinal? Ela gostava muito de falar, escutei-a.

Marco havia sido marinheiro como seu pai. Na época, era um rapaz delicado, fechado, com maneiras um tanto femininas. Era conhecida como Rosa, depois que haviam encontrado em sua caixa de som um retrato dele como marinheiro diáfano rodeado por uma guirlanda de rosas e no verso do qual haviam escrito: "Ao meu filho querido, o único, minha rosa do deserto, meu único amor. Assinado Alicia, sua mãe que sabe que você pensa o tempo todo nela." A partir desse dia, fizeram-lhe uma corte desenfreada para comerem seu rabo. Ele cedera para alguns e depois as feras no mar terminaram por se servir sem pedir. Rosa era enrabada sem poder gritar. Terminara por ser desembarcado. Transferido para uma fragata em missão no estreito de Magalhães, apaixonara-se, imbecil, por um oficial que engambelava a mulher quando estava em terra. Foram encontrados uma noite, trepando na amurada. O oficial escafedera-se, a vara em riste, para sua cabine e Marco ficara com a bunda para cima, as calças sanfonadas sobre as botinas velhas.

Percorreu assim toda a coxia, sob insultos, até uma mangueira de incêndio, com a qual fizeram uma faxina na sua depravação. Haviam efetivamente tentado enfiar-lhe a ponteira no cu, mas Marco desmoronara em lágrimas sobre o cabrestante e os marinheiros emudecidos haviam retomado seu plantão. Desembarcado, Marco fora finalmente reformado pelo conselho superior da marinha chilena, adeus, mar. Trabalhara então num bar do porto, depois na calçada, quando a cafetina surpreendeu-o chupando seu homem. Mais tarde, subira para Arica.

— Sabe como comecei? Minha primeira noite foi com uma garota no carnaval. Era uma bela garota. Estava fantasiada de fada. Não, de virgem, uma santa qualquer. Parecia na verdade uma madona, com olhos muito meigos e mãos muito finas.

— Você é crente?

— Claro. Ela me pegou pela mão e dançamos a noite inteira. Ela me beijava murmurando meu nome com um sotaque arrastado que prolongava Marco com um *a* infindável. Era carinhosa, bastante atrevida para uma madona. Quanto a mim, era a primeira vez que beijava. Aquilo me deixava esquisito. Ela se parecia muito com a santa virgem acima da minha cama, uma santa virgem russa que minha tia me dera na minha primeira comunhão. Fomos dormir na minha casa. Eu tinha um quarto no porto, na casa de um tio que era caixeiro-viajante de artigos religiosos. Era de fato um sinal. Estávamos bêbados, eu principalmente. Eu derretia em seu olhar e em sua boca. Ela dizia: sou a fada do amor, Marco, não uma santa. Dormimos juntos. Pela manhã, ela partira. Havia um rapaz em seu lugar na minha cama, um rapaz que tinha os mesmos olhos dela. São assim as fadas. Foi assim que comecei na primeira noite.

— De onde você é, Marcia?

— Puerto Montt, dois dias e duas noites até Arica. Nasci em Puerto Montt, trabalho em Arica, artista de palco.

— Sua mãe sabe?

— Não, para ela, sou seu filho marinheiro. Depois da morte do meu pai, ela voltou para a aldeia dela, perto de Inca de Oro. Mando dinheiro para ela. Todos os homens que querem ser mulher vêm para Arica. Em seguida, descem para Iquique, Calama, Antofagasta.

— Qual é a sua especialidade?

— Quer saber? Chupo como apenas os homens sabem fazer, chupo como um artista, gringo. Tenho um corpo de artista. Se você me enraba, viaja nas estrelas.

— Você chupa no palco?

— Não temos mais permissão, mas canto em playback. Imito as estrelas. Também faço um striptease com um fundo techno. Tiro a roupa de costas. Todos acreditam. Quando me viro, uivam. É ótimo. Logo terei uns peitões, e não mais o meu bagulho.

— Ficarão menos surpresos por isso?

— Estou pouco me lixando, sou uma mulher, sinto isso, é desse jeito.

— Irá visitar sua mãe quando virar mulher?

— Não, ela morreria disso.

— E se não visitá-la, ela não morrerá também?

— No dia em que eu for realmente Marcia e não mais Marco, alguém irá lhe dizer que morri no mar e que não encontraram meu corpo.

Canto a la pampa la tierra triste
Réproba tierra de maldición...

Marcia possuía uma bela voz, grandes olhos negros e cílios que deixavam com inveja todas as garotas da calçada. Era bonita. Mandava cartões-postais do mundo para a mãe pelos marinheiros com quem trepava. Um dia, a mãe saberia brutalmente da morte do filho ao largo do Chile ou em outro lugar qualquer, porque, para ela, Marco era marinheiro como o pai, que morrera com uma canivetada no porto de Iquique. O filho, que conhecia a história, pedira às autoridades para dizer à mãe que o velho se afogara querendo salvar um colega que uma onda arrastara de bordo. Por que aquele imbecil do Ernesto se fodeu na água, chorou Alicia, quando nadava como um peixe? Isso, Marco não sabia, mas a honra estava salva e sua mãe podia continuar a andar de cabeça erguida. Para ela, seu filho seria oficial e ela estava orgulhosa dele. Marco, que não sabia como envelhecer como mulher sem pau, com apenas seu rabo e sua bonita boca para viver, jurara não magoá-la e que ela nunca veria aquilo. Alicia, que tivera uma infância terrível fazendo faxina na casa dos outros, mal sabia ler e escrever. Respondia ao filho com a ajuda de um padre para que não zombassem de Marco, no caso de um indiscreto ou uma autoridade militar vir a ler as cartas carinhosas, desajeitadas e amorosas de uma mãe. Entretanto, o padre era obrigado a refrear seus ardores, à beira do incesto. Sua afeição exacerbada ia muito além do que o padre autorizava-se a escrever e Alicia sofria uma frustração muda que seu rosto traduzia por um muxoxo.

Numa ocasião Marco pedira a um cliente assíduo para fazer uma visita à sua mãe, um sujeito casado representante de produtos de beleza em todo o norte do Chile, de Inca de Oro até a fronteira boliviana. Apregoava sabonetes, águas-de-colônia que vinham de Mendoza, e, como todo mundo, também oferecia virgens policrômicas de todos os tamanhos com guirlandas elétricas, crucifixos luminosos, santinhos com orações e retratos pintados de Jesus completamente realistas, era ele que dizia, aquilo vendia muito bem. Marco pedira-lhe para passar pela sua aldeia para deixar pequenos presentes de perfumaria na casa de Alicia junto com amostras grátis que o cliente lhe prometera. Ele poderia contar-lhe as lorotas que quisesse, contanto que sua mãe ficasse feliz ao ver um amigo de seu filho, que achava um jeito de lhe mandar presentes, embora estivesse sempre correndo mundo mar afora. O sujeito que se dizia chamar Eusebio cumprira bem a sua missão. Convém dizer que Marco-Marcia prometera-lhe um mês de boquete, sem abusar, naturalmente. Eusebio adorava acariciar os cabelos de Marcia quando ela bombeava. Falava-lhe de sua mulher, que detestava fazer aquilo. Achava nojento e, quando cedia, tinha dentes que arranhavam, ao passo que Marcia era efetivamente a rainha. Ele nunca pedira à sua mulher para sodomizá-la, quando se conhecia Emiliana a própria idéia da coisa parecia impossível. Marcia está aqui para isso, meu querido, sussurrava-lhe Marco.

Eusebio fora recebido como um filho. Ficou para jantar e pernoitar, o que lhe economizara as diárias da missão. No aparador, Alicia mostrara-lhe todas as fotos de Marco como marinheiro. Era impossível não vê-las, estavam em toda parte, fotos que Marcia fizera com fundos em *trompe-l'oeil* num fotógrafo de Iquique. Um marujo emprestara-lhe seu uniforme e ele posava diante de um templo hindu, um pagode, havia um com a estátua da Liberdade, em geral era um casco com uma âncora e um nome, *Amsterdam*, *Yokohama*, *San Francisco*. Por amor à mãe, chegara à torpeza de fazer uma foto com duas moças, dois travecos como ele abraçando-o. Uma delas beijava-o na face e Marco exibia um sorriso de macho saciado. Alicia confessou a Eusebio que ficara com um pouco de ciúme das duas mulheres e que a foto ficara durante muito tempo numa gaveta. Eusebio, boquiaberto, esboçou um sorriso de incredulidade que Alicia tomou por de admiração, o que em todo caso era um pouco verdade. Mostrou-lhe tudo, seu quarto intocado desde sua partida, seus poucos brinquedos, entre eles uma coleção de bonecas espanholas com vestidos com pregas de todas as cores, a bacia na qual ela lhe dava banho, seus cadernos escolares com seus primeiros desenhos e poemas, que Marco escrevia em versos de rimas cruzadas, o que era muito mais delicado, como Eusebio houve por bem convir. Foi obrigado a admirar os cartões-postais de uma volta ao mundo virtual e a ler as cartas de Marco descrevendo viagens impossíveis, uma das quais tinha o lacre e os selos da África do Sul e dava inúmeros detalhes sobre a rota dos vinhos e das flores, com uma lufada lírica sobre o cabo da Boa Esperança, a travessia do Transkei até Durban no KwaZulu-Natal e os contrafortes do Drakensberg, tudo descaradamente copiado de um guia turístico.

Eusebio tinha ido se deitar, esgotado, em meio aos vestidos espanhóis, rezando para que o café-da-manhã fosse mais tranqüilo, e foi, Alicia tendo passado o tempo na cozinha a fazer crepes e tortinhas de maçãs que Marco adorava e que Eusebio levaria para a viagem com uma garrafinha de pisco.

Ele voltara para Marcia impressionadíssimo com a imaginação que ela empregava para enganar a mãe. Dizia ter ficado um pouco incomodado ao ver sua mãe tão feliz por seu filho estar na Royale chilena, enquanto ele dava uma de puta e fazia felações. Simpatizara muito com Alicia, que o paparicara como filho. Sentia-se culpado e cúmplice do mal, ele, Eusebio, que era de uma família muito católica e devota por tradição. Voltou para seus boquetes grátis e desapareceu como o poltrão que era. Marcia conhecia os homens e sua covardia, aquilo lhe era indiferente. Só sentia falta das amostras de perfume que ela testava com os outros clientes. Enquanto isso, Eusebio se cagava de medo de reencontrar Emiliana.

Um ano antes, Marco-Marcia apaixonara-se por um marinheiro francês que estava dando a volta ao mundo num barco da Royale. Tive que rir, tão minúsculo é este mundo. Qual era a probabilidade de eu encontrar um travesti num bar da costa chilena que tivesse um caso ardente com um marinheiro francês navegando a bordo de uma cumbuca na qual, 25 anos antes, eu havia como ele transposto as longitudes? Por que está rindo? Porque naveguei dois anos nesse barco, há muito tempo. Não posso acreditar, respondera Marcia, a boca entreaberta e os lábios tentadores. Conhece então Valparaíso? Foi de lá que eu vim, logo depois da morte do meu pai. Eu tinha dito à minha mãe que ia fazer o concurso dos oficiais. Resumindo, dar para os oficiais, ela me disse rindo. Dissera isso sem vulgaridade alguma. Assumia a estranheza do seu personagem com uma evidência deliciosa. O que devia ter agradado ao jovem marinheiro, e que me agradava também. Decepcionado pelo paraíso que julgara encontrar, dera um tempo antes de voltar a bordo. *Valle Paraíso* ou vale paraíso, o sonho de todos os marinheiros da terra. A rua dos bordéis era rapidamente esquadrinhada e o bairro, mais tépido que quente, era um porto como os outros, mas a cidade em terraço nas colinas era bonita.

Marcia tomava um café com outra moça. Era a pausa entre dois programas. Ele acreditara na moreninha petulante que lhe sorria. Eu também. Marcia deixou-se conquistar para outro café, depois por uma pequena corte ridícula, que não a desagradava. O copeiro era sexy, com seus olhos azuis. Você também tem olhos azuis, ela me disse com um adorável sorriso. Adorava olhos azuis e marujos baixinhos. Não declinara a identidade e seguira o francês até uma rua escura onde ele a beijara, longos beijos cujo gosto ela jamais esqueceu. Ela descobrira rapidamente como desabotoar a braguilha da calça e ele gozara em sua boca, o que ela nunca aceitava. Ela havia inclusive conservado o esperma um tempão antes de o engolir. Achara aquilo bom, ele também. Ele tentara pegá-la um pouco mais tarde num pátio que fedia a ranço, peixe seco e mijo. Ela recusara e queria um quarto de verdade. Ela realmente "caíra".

A coisa deu uma desandada lá no alto, em seu cafofo róseo e florido como ela gostava, que ela alugara na colina de Bellavista, ao dizer à locatária que era garçonete numa pizzaria da plaza Aduana. O francês, que chamavam de Ange, terminara por enfiar a mão no vestido de Marcia. Estacara, como um cão de caça, petrificara-se em todo caso, e pusera-se a latir como se lhe houvessem pisado no rabo. Poderia tê-la matado, chegara a tentar um estrangulamento, mas Marcia tinha a expressão tão desolada, tão triste, e parecia tão disposta a morrer ao vê-lo horrorizado daquele jeito que ele terminara por se acalmar, sobretudo depois que um sujeito berrara que ia avisar à polícia se aquela sacanagem continuasse. Encerraram a explicação sussurrando, o que não deixava de ter seu encanto. Ange achara-a comovente e fora ele quem terminara por lhe pedir desculpas. Era a primeira vez que uma bicha lhe fazia um boquete. Viu alguma diferença? Ela bem que queria que ele a comesse, mas estava acima de suas forças, parece. Mesmo sem pagar, como ela dissera.

Haviam falado muito e ele dera seu nome e endereço a bordo para que ela lhe escrevesse cartas para sua mãe e ele as postasse em Manila, Veracruz e Marselha. Ele acrescentaria um cartão-postal do lugar com um coração chorando e em letras de imprensa escreveria *Yo te quiero, mamma*, com um M de Marco. Ange passara a noite tagarelando sobre a vida da putinha que era Marcia. Haviam optado por uma mescla de línguas, um espanhol escolar para Ange e um pouco do francês *charmant* que Marcia aprendera na escola das irmãs de Santa Lucía de Puerto Montt. Com o dia, recuperara um pouco de seus traços de rapaz. O cansaço deixara-lhe marcas, mas nenhuma barba significativa nascia em seu queixo ou na face. Parecia uma moça um pouco masculina e extenuada. Olhava para Ange com grande ternura. Ninguém a escutara daquele jeito, sem julgá-la, com paciência. Ele fizera várias perguntas e Marcia sempre respondera com franqueza, sem pudor, com a evidência de uma vida escolhida nas coerções de uma natureza caprichosa. Fizera a mesma coisa comigo.

O francês alistara-se na Royale para uma volta ao mundo e depois, caso não continuasse lá, o que era provável, dedicaria a vida a viajar e talvez trabalhasse com causas humanitárias. A bordo, prosseguia seus estudos com os oficiais. Lia muito. Marco também gostava de ler, histórias de amor, naturalmente, mas também biografias de artistas e grandes aventureiras. Gostaria de ter a biografia de Karen Blixen, porque era uma grande apaixonada. Marco contara longamente a paixão que sentia pela mulher de Pedro de Valdivia, Inés Suárez, que seguira seu conquistador até os Mapuches e corajosamente pegara em armas contra eles quando haviam atacado a pequena guarnição espanhola, ao passo que Pedro combatia a uma certa distância, atraído para uma armadilha. Ange conhecia bem a história do chefe araucano, Lautario, que, feito prisioneiro, evadiu-se e tornou-se chefe da rebelião araucana. Venceu o indomável Valdivia, a quem condenou à morte fazendo-o engolir seus sonhos, ouro derretido.

Marco, por sua vez, conhecia a vida de Marilyn Monroe de cor. Era daquele jeito que ela devia terminar, ele murmurava, as pálpebras abaixadas, ainda comovido por aquele luto. Era artista demais, sensível demais. Era uma mulher dilacerada pelo amor. Tenho certeza de que não gostava do seu corpo. Precisamos amar nossos corpos. O que acha do meu corpo, Ange? Já tenho seios bem bonitos. Ficara nu em pêlo para mostrar. Eram dois peitinhos de adolescente. Enfiara entre as coxas o pau com os colhões para escondê-los, e, assim, sobrava apenas um triângulo escuro, como uma mulher. Você é linda. Feliz, fizera café. Eu queria ter sido maquiadora. Um dia, fizera figuração num filme para televisão. Estava sempre enfurnado com o maquiador, que lhe prometera um estágio, mas ela o perdera de vista, devia ter mudado de número. Veja bem, o showbiz está uma caretice só, então talvez seja melhor do jeito que está. O figurinista me detestava, um enrustido que não suportava as mulheres. Aquilo me fazia rir, se ele soubesse, a pobrezinha.

Ange dera-lhe um pouco de dinheiro, que ela a princípio recusara, e ela o acompanhara até a porta do estaleiro. Apesar de tudo, Ange hesitara, mas ela havia posto um pouco de ordem em sua feminilidade e ele só temia a burrice. Sabia que oficiais do seu navio vieram mexer comigo? Sério? Pois é, e gostaram muito do cuzinho da Marcia. O ar estava ameno, quase frio. As ruas já estavam alegres. Marcia sorria. Queria dar o braço para o seu grumete, mas não se atrevia. O navio da Royale ficaria uma semana. Ange não estava de serviço no último dia e viria jantar com Marcia. Ela deixara-o escapar no recinto militar tentando vê-lo o máximo de tempo possível, mas ele logo sumira por trás de uma grande embarcação em direção a um portaló invisível. Ela não sentia muita saudade da navegação, não era feliz a bordo, com o estômago revirado e os sucessivos estupros.

Dois dias depois esperava por Ange, em todo caso um pouco disfarçada. Era a hora da folga e ela não queria que os três veados de oficiais que haviam trepado com ela a reconhecessem. Não era por ela, eles haviam sido generosos, mas por Ange. Este havia sido surpreendido, mas acabara orgulhoso por estar com uma garota bonita no braço, pois ela lhe pegara o braço e ele observava se os outros marinheiros olhavam para eles. Um pouco de inveja não era pecado, e, depois, aquilo alimentaria as intrigas das coxias durante a travessia. Divertia-o saber o que sabia. Haviam devorado enormes ouriços-do-mar no mercado de peixes ouvindo um cantor popular que arranhava um violão plangente acompanhado de um acordeão azul constelado de estrelas douradas. Ela entregara-lhe algumas cartas antecipadas, para postar onde ele bem entendesse, sem se esquecer de comprar, no local, um cartão postal com: *Yo te quiero, mama.* Assinado M.

Fizeram passeios em Valparaíso, nas colinas, ao sol poente. Marcia dizia que pareciam um simpático casal de namorados, que estava feliz por ter conhecido Ange, que a vida às vezes podia ser bela, simples e bela, e chorara. Iriam escrever-se, prometido. Ange, pela primeira vez, acariciava-lhe o rosto para consolá-la. Ela dissera obrigado e Ange ficara comovido. Não voltariam a se ver, era provável, mas Marcia, que se maquiara esplendidamente para aquela noite de exceção, erguera seus cílios como duas borboletas para lhe perguntar, amorosa, se ele voltaria. Ange não precisou responder. Marco tinha 25 anos e, de volta a Arica, continuava a escrever como marinheiro, cartas para sua mãe, claro, mas sobretudo cartas para Ange, cartas de amor, recatadas, romanescas, como a rosa que ele era.

Era a hora do número de Marcia no Eldorado. Quer assistir? Aceitei. Assisti a uma parte do espetáculo. Sem comentários. Vulgar e de uma tristeza infinita. Havia por lá alguns homens sozinhos, casais que berravam insanidades para os nus que se exibiam sobre um palco minúsculo, num porão sórdido cheirando a cigarro e cerveja quente. Subsistiam apenas os agudos da sonoplastia, os playbacks eram dilacerantes. As luzes vomitavam cores pistache que tornavam cadavéricos os corpos dos artistas e reviravam os estômagos dos fregueses. Em meio a tudo isso, somente Marcia escapava do massacre. Conservava um frescor desconcertante e uma beleza que fascinava. Tinha alguma coisa de incompreensível que nos fazia esquecer logo a tumba na qual se produzia. Em homenagem a Ange, antes do seu striptease, ela cantava "Mon amant de Saint-Jean":

Comment ne pas perdre la tête
Serrée par des bras audacieux

Car l'on croit toujours
Aux doux mots d'amour
*Quand ils sont dits avec les yeux.**

Não assisti ao número seguinte. Uma gorda leitosa que soltava grunhidos imbecis anunciava os artistas, entre eles uma loura de smoking com voz de baixo. Evitei uma bolinação insistente e a mão perdida de uma montanha para quem sorri superficial e covardemente antes de me safar em direção à saída, não sem náusea. Voltei até a birosca do nosso primeiro encontro, onde ela devia juntar-se a mim. Era uma hora da manhã, oito na França, eu tinha uma possibilidade de contactar Camille. Antes que pudesse obter ganho de causa junto ao gerente para telefonar para a Europa, Marcia interveio. O que você quer? Telefonar para minha mãe na França. Por que será que eu disse mãe? Certamente porque também devia ligar para ela, que já estaria de pé.

Marcia olhou para o gerente como uma garotinha que sabe como se comportar para que nada lhe seja recusado. Fidel, meu amigo queria falar com a mãezinha dele, é aniversário dela. Você não pode impedir que ele beije a mãe. Fidel, um sujeito de gomalina, dançarino de tango depressivo que parecia nunca ter conhecido no rosto um sorriso de felicidade, desenhou subitamente uma vírgula no canto dos lábios e alçou uma sobrancelha. *Seguro, para la mama*, convinha dizer. Telefonei então para la mama e voltei para junto do dançarino para dizer que a linha havia caído e que

*Em tradução livre: "Como não perder a cabeça/ Apertada por braços audaciosos/ Pois acreditamos sempre/ Nas doces palavras de amor/ Quando são ditas com os olhos." (*N. do T.*)

ele me desse outra. O que ele fez. Camille ainda estava no trabalho, como sempre. Queixava-se da coluna nos últimos tempos e eu queria que ela evitasse passar as noites explorando a Amazônia. Ralhei com ela como ela gostava. Ao passar novamente diante do balcão, Fidel me disse: você tem duas mães? Ri, ele não, ou talvez sim, mas com as sobrancelhas, Fidel sorria com as sobrancelhas. Marcia me esperava com impaciência.

— O que achou de mim?

— Soberba.

Tomamos um cafezinho pingado, e, até as primeiras horas do dia, um tanto opaco, ela continuara a me contar sua vida. Encontrei-a três dias seguidos, para fazer algumas imagens e anotações mas ao mesmo tempo perturbado pela criatura estranhamente sedutora que era Marcia. Era puta e loucamente apaixonada por seu marinheiro francês, que não podia, por inclinação, partilhar sua paixão. Não compreendia minha reticência em fazer amor com ela. Eu mesmo não tinha certeza de nada, e apenas alguns tabus ainda arraigados me haviam segurado. Mas eu tinha prazer em estar com ela e badalar pelas ruas de Arica, como o seu Ange em Valparaíso, sob os olhares invejosos dos homens. Ela era meiga e de uma sensualidade perturbadora. Vivemos todos aqueles dias realmente felizes. Eu compreendia o marinheiro francês. Paguei-a pelo tempo que ela passava comigo. Filmei-a, o que ela adorava. Marcia era espirituosa, e sua risada, a de uma adolescente. Prometi ao meu amor de Saint-Jean voltar para vê-la quando descesse dos Andes. Eu alugara um carro e, na véspera da minha partida, me despedi.

— Eu estava começando a me acostumar com você, veja só, você é delicado, não zomba de mim e, embora pudesse ser meu pai, ainda dá para o gasto.

Ri de sua franqueza.

— Por que não quer?

— Não sei, Marcia, não gosto de homem.

— Você nunca provou. Certo? — Ela me olhou, depois ficou de perfil. — Acha que sou mesmo um homem?

Uma lágrima escorria.

— Não, você é uma linda mulher, e sabe disso.

— E então!

Debruçou-se na minha direção e depositou um beijo no canto da minha boca. Peguei sua cabeça e beijei-a de verdade.

14

Diego estava à minha espera, ansioso para me encontrar, eu também. Marcia me falara de La Tirana, uma aldeia do deserto aonde ela costumava ir em peregrinação. Com um pequeno desvio, estava no meu caminho. Cheguei à noite com uma neblina violeta e, apesar da beleza, sentia frio. Dia calcinante, noite glacial. Nada permitia imaginar a loucura do carnaval, as fantasias, as máscaras suntuosas, as danças frenéticas, pagãs e cristãs, que deviam invadir as ruas de La Tirana. Todos os anos, em julho, Marcia vinha com suas amigas para rezar. Rezar para ser mulher e ter o dinheiro necessário para a cirurgia. Rezar a La Tirana e a todos os santos, acender velas, dar a mão para invocar Jesus, render graças e regressar ainda mais corajosa com uma virgem de suvenir e pequenas máscaras de diabo. Faziam sempre essa peregrinação e o longo percurso da Cruz de Maio até o altar, na praça de La Tirana. Vestiam-se de homem com maquiagem de mulher e arrastavam-se de joelhos e cotovelo dizendo rosários de Ave-Maria, Pai-Nosso, murmúrios inconfessáveis e preces mudas até a igreja, onde almas caridosas davam-lhes cobertura para que assistissem às missas.

Todos os homossexuais faziam isso com muita coragem. Aos insultos e risadas dos héteros, respondiam com piscadelas, línguas passadas nos lábios que lhes faziam engolir suor e poeira. Tinham orgulho de ver os homens, os machos, chorarem de dor, joelhos e cotovelos esfolados, ao passo que as loucas, os *maricones*, avançavam sem nenhuma queixa pelo caminho da *Cruz de May*o, sob o olhar admirativo das mulheres que se precipitavam para remover pedras e entulho da frente dos que se mortificavam. Dormiam em barracas em meio a uma profusão de lonas coloridas fincadas no deserto em volta de toda a aldeia, pequena para receber a multidão. Era possível reconhecer os redutos dos veados porque eles vendiam água-de-colônia para homem, batizadas naturalmente. Reciclavam os perfumes a eles oferecidos pelos marinheiros de passagem por Arica ou os vidrinhos dos quartos de hotel quando o cliente tinha recursos e com isso fabricavam lotes de frascos baratos para vender no acampamento. O balanço das vendas não valia a trepada, mas a venda quase sempre levava à trepada.

De volta da procissão da Cruz de Maio, feridas cicatrizadas, elas continuavam a trabalhar sem descanso. A demanda era grande, e Marcia enchia seu cofrinho com os pesos do amor. Havia noites incendiárias, em que os homens teriam trepado até com cabras. Marcia era ouro. Havia uma noite recreativa, apenas pelo prazer de ser uma mulher como todas as outras, sem a bestialidade dos homens, ainda que esta pagasse bem. Nessa noite, Marcia e suas melhores colegas vestiam-se para "sair". Iam ao baile das *kullacas*, o baile das irmãs, onde nenhum homem era admitido. Era preciso tempo para a maquiagem, o penteado e o vestido. O acampamento não era confortável e era difícil concentrar-se nos chistes de alguns e no assédio dos outros, e o segredo devia ser preservado.

O baile das irmãs era dedicado a uma dança muito antiga, provavelmente pagã, perpetuada pelas pastoras de roupa típica com fitas multicoloridas, rosários de esguios grãos vermelhos e colheres de prata no peito. Marcia e suas companheiras haviam conseguido arranjar saias de tecido atacamano que haviam remendado com todos os adereços, bem modestos, que abrilhantavam o conjunto. A tarefa era delicada, para que ninguém as visse enquanto se vestiam e sobretudo suspeitasse dos homens sob os vestidos. Iam então tomar uma sopa na cantina mais próxima com a roupa numa sacola de plástico. Trocavam-se nos banheiros do pátio, pouco convidativos nesses dias, mas discretos, e escapuliam por trás. Dali, dirigiam-se ao local dos prazeres para encarnarem as pastoras e dançarem em torno de uma estaca que as mulheres seguram juntas, "como um grande cacete", me dissera Marcia.

Era uma dança supersensual, e, a exemplo das danças das Saint-Louisiennes do Senegal, extremamente sugestiva. A luz fraca facilitava a trapaça, e a felicidade de Marcia sendo mulher em meio às mulheres deixava-a ainda mais bonita. Algumas fêmeas meio rabugentas, com um sistema piloso desenvolvido que alguns homens teriam invejado, careteavam de inveja. Marcia e suas colegas regozijavam-se por serem as mais belas pastoras de Atacama. Apenas três homens, músicos — um tambor grave e duas flautas agudíssimas —, eram tolerados, contudo sem risco, uma vez que fazia tempo que o grupo oficial das *kullacas* era composto de dois gêmeos cegos, que acompanhavam um velho tambor maneta de maxilar quebrado. Terminado o serviço, os dois irmãos agarravam um ombro do velho e o trio desaparecia na noite.

Deixei La Tirana sem vida. Prometi voltar um dia para ver o que Marcia vivera. Havia um bar aberto no local, paredes pintadas, uma das quais com montanhas, as que podiam ser vistas ao longe por cima dos telhados da cidade e onde morava Diego. Numa pequena quitanda, tinham grafitado uma dançarina e uma grande garrafa de Coca-Cola. Todos os anúncios eram grandes afrescos murais bem alegres. Eu encontrara um quarto sem dificuldade, jantara sem apetite numa cantina e dormira sem sono. O proprietário tinha orgulho de suas fotos de família, um pai operário na mina de Humberstone tocando numa orquestra de jazz. O vilarejo mineiro do deserto tinha uma igreja, um teatro e uma escola. Após o fechamento da fábrica, todos haviam ido para La Tirana. Os jardinzinhos estavam ressecados, a poeira de Atacama reconquistara seu reino e a aldeia não passava mais senão de uma cidade fantasma que fazia a alegria dos turistas e do cinematógrafo.

Eu saíra da pensão de madrugada após um *café con leche* com gosto de areia. Havia deixado Marcia sem pegar um número de telefone, sem outro endereço senão seu cabaré sórdido, e imaginava-a aqui, à noite, na efervescência da festa, entre as máscaras, a beleza das fantasias, os transes e às vezes a selvageria animal.

Gostaria de ter filmado tudo isso, os archotes, os foguetes, o álcool nos olhares, a fé dos humildes prosternados em soluços sobre crucifixos elétricos, as crenças pagãs gestuais servindo-se das cinzas para proteger os corpos perdidos das fumaças alucinógenas. Eu teria pilhado rostos em êxtase, a ingenuidade das virgens, os tabus abolidos e o gozo das santas em espasmos sem fim. Os homens que entravam na barraca de Marcia saíam de lá perplexos, esvaziados, mudos, capturados como que por uma aparição.

Amo as auroras, e atacava o grande *salar* de Atacama antes que o sol nascesse sobre os vulcões da cordilheira andina. Antón dirigia. Vi, como nos westerns de John Ford, casebres de tábuas, portas batidas pelo vento, um velho e sua velha, à sombra de uma chapa de zinco, sentados sobre caixotes, observando uma galinha a ciscar migalhas. Sorrisos desdentados, mas, ainda assim, sorrisos. Estavam fora da estrada, fora da vida, enfim, da nossa. Eu não entendia nada. Como imaginar possível uma vida naquele lugar, sem terras para cultivar, sem água senão galões, sem vida senão a poeira e as lembranças. Parei para filmar, pilhar o que restava da história daqueles velhos, cacos de história, fragmentos dispersos. O zinco chorava em cima das sombras e uma delas pendia como uma guilhotina. Eles não entendiam meu interesse apaixonado pela pobreza. E me ofereceram um café.

Fui mijar atrás das latrinas ao ar livre de onde era possível avistar o deserto e a estrada no infinito do olhar, de leste para oeste, pela qual passavam raros automóveis, Falcons fatigados, caminhões como grandes insetos negros na contraluz. Havia uma carcaça de carro calcinada com um cartaz "Cuidado com a dama branca". O esqueleto enferrujado de uma *scooter* estava instalado como uma obra de arte sobre uma pequena elevação de areia. "A meu filho." Ao me voltar, percebi uma janela, uma moldura de madeira empenada com uma cortina de filó rasgada levantada por um vento curioso. O véu indiscreto revelara fugazmente uma grande cama com uma colcha florida de cores desbotadas, rosas implausíveis naquele país, rosas apagadas. Havia uma virgem de plástico policrômica, um chapéu, um vestido preto, um espelho rachado com uma velha e duvidosa escova de cabelos. Um cristo estava pregado enviesado acima de uma cômoda com um pé quebrado. Uma lata de conservas dava o toque final.

Detive-me longamente na única moldura daquele quarto mirabolante, uma foto em preto-e-branco na qual posava um casal de recém-casados. Ele de terno, ela de vestido branco e véu. Estavam sérios, hirtos diante de uma sacada de pedra Renascença pintada numa tela. Aquela foto era a promessa de um futuro insuspeitado. Aquelas pessoas haviam naufragado ali no fim de uma vida que eu nunca conheceria e cujo epílogo estava louco para filmar a fim de inventar a história que vinha antes.

Devorei sofregamente os lilases dos primeiros contrafortes, recortei rebanhos e rasguei ondas de lã tocadas por pastores de roupas típicas. Eu imaginava Marcia em seu vestido de baile das *kullacas* e me alegrava ao contar tudo isso para Diego. Não falei nada sobre Antón, meu guia, que eu arrastava comigo desde Arica, homem taciturno que parava em todos os calvários, persignava-se diante de cada igreja e beijava fervorosamente a cruzinha que balançava infindavelmente na ponta de um terço enrolado na haste do retrovisor. Antón era crente... Convivência penosa, que só terminaria quando chegássemos lá no alto, em Irina. Eu rezara muito para não encontrarmos nem igreja nem calvário nas inúmeras curvas que nos esperavam, mas os precipícios, os vazios e as quedas de barreira provocaram em Antón um pânico sudorífero que o lançava ora para trás, com um "Ave-Maria cheia de graça", ora para a frente, para beijar a cruz que ele tentava agarrar como o rabo do Mickey no parque de diversões que lhe escapava de tanto chacoalhar. O estado lamentável da pista não facilitava sua tarefa. Ao cabo de uma hora desse circo, tomado por um acesso de loucura, arranquei o terço e a cruz brincalhona e atirei-os no colo dele. Ele ficou congelado, como que fustigado por um chuveiro frio, deu uma freada brusca numa nuvem de poeira e apertou o objeto sagrado no coração murmurando *gracias*. Confisquei-lhe o volante e terminamos a viagem em relativa segurança.

Eu havia recuperado meu olhar de criança e me maravilhava com tudo. Após uma dança que parecia infindável, surgiu um vale elevado e algumas casas: Irina. Eu estava nos cueiros do meu amigo, sua terra, sua música. Estava fascinado pela nudez, pelo isolamento em meio aos vulcões, pela poeira como valsas. O azul instalara-se com uma pincelada sobre os telhados. O silêncio era como um muro, a paz também, uma paz de enlouquecer. O vento brincava de quatro cantos e eu me perguntava como o urbanóide Diego, apaixonado pelas salas enfumaçadas, pelos pequenos efeitos de luz, que gostava de caminhar ao longo do cais e sentar o rabo na Pont des Arts, que amara Paris mais que Santiago, podia viver ali, num umbigo de pedras. Eu, que amava os desertos, com o infinito dos vestidos minerais, sabia impossível refugiar-me naquela austeridade. Observava, subitamente esgotado, aquela beleza fatal. Não via senão índios reclusos, taciturnos, gestos de outra era. Entretanto, alguma coisa o agarrava e intimava a abrir os braços para o sol. É preciso ser subitamente poroso para amar. A terra se oferece. Quando rechaça, é porque fechamos alguma coisa em nós.

Quis esticar até um despenhadeiro, a pé, sozinho, e, lá, admirei a grande floresta em panorâmica. Do cume dos Andes, onde eu estava, eu não via nada se mexer, nada daquela Amazônia remota aonde eu levara Michel.

Diego ensinava música numa escola e estudava a tradição oral. Além disso, pretendia melhorar a agricultura em altitudes, que nunca evoluíra. Meu amigo ainda tinha fé. Esta terra é um slide contrastante que expele lágrimas quentes, ele me dizia. Aqui, a única sombra é a do pássaro, o único vestígio é o do vento. A história dos homens é escrita sob a lava. Diego preservou a fisionomia de seus ancestrais, pulverizados por deuses impacientes. Ama as estrelas de sal sobre o vermelho incandescente. Seu coração é assim, de neve e fogo, com estrias de ouro sobre suas feridas, como os cumes andinos.

Passei mais de um mês a quatro mil metros de altitude com meu companheiro, que me recebera no umbral da escolinha como se eu fosse um náufrago. Fiquei três dias, acamado com o *soroche*, como previsto. E então, uma manhã, também como previsto, me senti leve e fizemos uma caminhada pelo dorso dos Andes, à beira dos lagos e vulcões, contando histórias. Eu, a de Marcia, que me obcecava um pouco, e ele, as dos índios aimarás nascidos do lago Chungará. Eles vêm das águas profundas de um vulcão extinto e nós, os gringos, os brancos, do mar. Temos que acreditar nas lendas, apenas elas contam a história dos homens, é assim. Sobre os desfiladeiros, o vento sopra páginas que os índios contam com muito bom-humor e ironia. É com um fogo entre duas pedras que as passagens da bíblia aimará são murmuradas. Niusta, uma princesa inca, banhava-se todas as manhãs, em segredo, numa fonte da juventude. Como não poderia deixar de ser, uma princesa eternamente jovem consome um certo número de maridos. Ela teve 21. O 21º, mais esperto que os outros, não querendo de forma alguma preceder o 22º, seguiu-a, descobriu a fonte e mergulhou nela. Niusta, louca de raiva, esquentou a água e o marido foi fervido. Moral da história, a mulher é eterna, especialmente as princesas.

Filmei as manhãs azuis da fronteira boliviana, lá em cima, a quatro mil metros, manhãs absolutamente nítidas, sem falhas, sem um traço, sequer um véu de alvaiade esquecido pelo pintor. Eu imaginava Che Guevara, com sua moto estacionada, sentado no couro esfregando as mãos no frio e vendo o que eu via. Foi esse céu que deve ter fascinado Pedro de Valdivia, em 1540, queimando seus olhos na travessia das neves, na tormenta do *soroche*. Que febre alimentava sua loucura e que conquista ia ele fazer no deserto de Atacama com um punhado de homens e cavalos esgotados, uma espuma de sal na gola alta? Aqui, tudo arde, a água dos rios ferve e não há, na noite austral, senão essa grande rede de estrelas na qual o conquistador deixou-se aprisionar. Eu bem que gostaria de ter visto Che na sua motoca encontrando Valdivia no seu pangaré. O que procura, Pedro? E você, *amigo*? Fim do diálogo, e eles teriam se ido, um para o sul com a espada sobre a cruz, o outro para o norte com seu diário de bordo e seus sonhos. Eu também queria levantar a poeira do deserto, assim, para ver, e isso me agradou. Era nesses momentos de graça que eu reincidia nesse desejo de infância de escrever ao mundo.

Diego desconfiava de sua "missão" a serviço de um povo que não era mais completamente o seu, um povo que o recebera como um parente distante. Colidira com o silêncio, com as perguntas feitas ao forasteiro. Cruzava sorrisos apagados pela ausência. Ali, era o mensageiro de um conhecimento inútil. Sentia-se daquela terra e, agora, numa poeira de raízes que ele cortara havia muito tempo. Culpa da ditadura. Claro, achava o quê? Teria sido preciso ser um mártir, um herói morto. Você é um herói vivo, desconhecido, isso não interessa à juventude deles. Seria preciso ser uma estrela de tevê. Você seria admirado no aparelho da cantina e cumprimentado com respeito. Você não é mais daqui, portanto não há aqui. Quer ensinar o que a eles? A viver melhor, a lutar com as mesmas armas que os lá de baixo? Eles nunca saem daqui, com seus corações inflados de altitude e não querem descer para beber o álcool e o mar. Você admitiu que não sabia mais, mas que era preciso escolher entre humanismo e ideologia, e que sua ideologia pulverizava-se. Você acredita no que faz, mas o faz tarde demais. O exílio amordaçou-o. Se houvesse ficado, estaria morto, inútil, você fugiu e perdeu o lugar. É difícil para você, Diego, mas você ainda se prende um pouco porque acredita nisso, que existem manhãs únicas, invernos impossíveis, e na professorinha, que enlouquecia.

Você conheceu a dissidência nesse lugar, o que já era um isolamento, e afinal nada mudou exceto a afeição amorosa que você dedicava a essa mulher. Você a ajudou porque sabia o que era o exílio e que ela estava exilada aqui. Você ama o impossível e nada nunca se harmoniza, exceto a música e a poesia. Essa mulher veio para cá para fugir de tudo o que a lembrava do homem que ela acabava de perder. Era um amor bonito, uma felicidade sem percalços até o dia em que ela abrira a porta alegremente. Uma mulher esperava, o rosto sisudo já anunciando o irremediável. As palavras vieram consumá-lo. Magdalena também tentara zarpar. Um amigo lhe sugerira trabalhar em sua região, pedir um emprego numa aldeia isolada. Ela pediu como quem não quer nada. Foi fácil, ninguém deseja uma vida dessas, exceto se você nasceu aqui, se detesta a cidade, as lojas, os supermercados, o mar, o cinema, o teatro, os restaurantes, os amigos, os aniversários, as risadas e o carnaval.

Diego amava uma mulher cujo jardim era aquele pelo qual ela passeava com o outro, uma mulher que era o amor de um outro, de um fantasma. Este a consolara de suas noites insones, e sua expectativa era de que ela dissesse sim. Um dia, o sim veio. Seria um agradecimento à sua ternura, ao seu amor, um agradecimento algo desencantado? Uma espécie de abandono à sua dedicação. Terminara por baixar a guarda, vencida. Era possível amar aquela mulher? Sim, Diego, porque ela era aquela mulher, aquele pescoço, aqueles olhos pousados em algum lugar, alhures, a olhar o outro. Era magnífica em sua dor. Sua graça transtornava-o. Amava-a e ela aceitava aquela paixão como uma amurada para não naufragar, como um ombro, como uma cama profunda onde acabava por repousar. Ele ia viver com essa mulher.

Um dia, durante uma trepada, ela falara o nome do outro e ele o abençoara porque ela se confundira em beijos para ser perdoada. Beijara-o como teria beijado o outro, misturando lágrimas e sofrimento. Murmurava indefinidamente "Eu te amo" pegando sua cabeça como uma garotinha a de sua boneca. Jo tinha razão, ele me disse, eu não amo senão os amores claudicantes. Eu rira. Deixamos um longo silêncio cimentar nossa cumplicidade e ele me deu um abraço. Antes de descer de novo para o Pacífico falamos muito de Michel, sobretudo eu. Eu trouxera algumas páginas de seu caderno, e Diego, o índio aimará, talvez fizesse alguma canção com aquilo. Gostaríamos muito, todos os três, que Babo continuasse a ser uma canção.

15

Deixei meu amigo em sua escola a ruminar um retorno para Santiago com Magdalena. Abandonaria covardemente a reforma agrária e encontraria um estúdio de gravação com a felicidade suprema de um palco. Eu queria que Diego fosse feliz, queria porque ele era meu amigo.

Parti como se faz nesse país, antes do canto do galo, para surpreender a terra em seus primeiros fulgores.

Diego falara-me de uma estação ferroviária em Atacama, Santa Negra, na antiga linha que atravessava os Andes, e da história de seu tio, que fora chefe dessa estação, pregado numa casinhola à beira dos trilhos calcinantes, com um cachorro amarelo manco, uma cabra famélica e um asno pelado. Juan era virgem, ao que diziam. Tinha 35 anos. Fugira da cidade, da mãe principalmente, e da hipocrisia. Não amava aquele Deus da ira, aquele Deus dos dogmas e das leis, aquele que pune, castiga, recusa a desobediência. Aquele que grita olho por olho ou atira pedras sobre a paixão, apedreja, queima os amantes, sacrifica as crianças. Não amava aquele Deus de dedo em riste, aquele Deus do medo dos homens que promete um paraíso pessoal, que ama seu sofrimento, sua devoção e decide acerca do perdão. Não, amava o Deus das luzes, do amor incondicional, aquele Deus de paz, aquele Deus sem outro domínio senão o coração dos homens, outro paraíso senão a paz interior. Amava aquele ofuscamento visível do qual às vezes se impregnava, longe dos rumores urbanos e do fel das picuinhas.

Juan era alto, esbelto, tímido, um pouco apático, e era louco por culinária. Tocava no piano da sala boleros de Lucho Gatica e, ainda mais sofrivelmente, valsas de Chopin para as amigas de sua mãe. Esta última, inebriada de admiração, pedia diversos bis que a platéia era obrigada a escutar e apreciar até o fim. Lia revistas nas quais admirava os belos figurinos e as mulheres elegantes. Tinha medo das que o abordavam na rua, das que olhavam para ele com inveja, das que não olhavam para ele, e até mesmo das senhoras que iam à igreja. Juan vivia um inferno quando uma delas dirigia-se a ele ou quando seus olhos pousavam em sua silhueta. As mulheres o assustavam, pura e simplesmente. O virgem confesso vivia na cidade uma solidão que nenhum amigo vinha remediar, o que dava à sua mãe um poder e alegria devastadores. Precisou de um tempo para captar a amplitude dos estragos e fugir da ditadura matriarcal. Juan, grande emotivo, gostava dos pratos modestos em fogo brando e da leitura dos grandes poemas épicos. Lia também os livros sobre as invenções, a vida dos grandes homens e, sobretudo, a de Darwin, de quem relia com aplicação *A origem das espécies*. Mas seu livro de cabeceira continuava a ser *Martin Rivas*, de Alberto Blest.

Em sua estaçãozinha em Atacama, Juan, afora suas atividades de zelador, de cozinheiro inigualável de quem era o único a apreciar os refogados, fazia a manutenção da cisterna, única razão daquele posto em pleno deserto, além de servir para alimentar a caldeira da locomotiva e, acessoriamente, como escala para necessidades. Tinha tempo de sobra, muito tempo para desfrutar de seu isolamento longe dos homens e das zombarias, da concupiscência das mulheres e das humilhações. O vampirismo materno, admitiu bem mais tarde, chegava aos extremos de ela mesma tirar-lhe a roupa e esfregá-lo vigorosamente no chuveiro, o que fazia desde que ele era bebê. Teve suas primeiras ereções com ela e as seguintes, quando cresceu e ficou mais forte. Ela sorria, admirada diante da vara do seu bebezão adorado, esfregava-o até a eclosão murmurando que era preciso que o pecado saísse e que aquilo fazia bem. Juan sentia efetivamente prazer em ejacular o pecado, e não deixava de recomeçar a operação sozinho, em sua cama ou de preferência no banheiro, julgando que o pecado não merecia outra coisa.

Há um tempo para tudo, e Juan terminou por duvidar da veracidade das afirmações da mãe. Confessou-se um dia ao padre, que espumou de raiva por trás da cortininha. Reconheceu a voz de Juan e intimou-o a parar com as duchas junto com a mãe, que aquilo não era, fazia tempo, mais coisa da sua idade, e que o ato que ele contava era um pecado mortal. Perdoou-o por sua ingenuidade como Deus o faria, mas deixou escapar que seria bem diferente com sua mãe. Saiu furioso do confessionário, o que surpreendeu imensamente Juan, que tinha uma real afeição por aquele padre. O homem, que era meigo e tolerante, mostrava-se todo solícito com ele quando ia à sua casa. Juan ficou ainda mais perturbado quando ouviu o padre atrás da porta da sacristia proferindo insultos para sua mãe. Ele pronunciou nitidamente, Juan jurou mais tarde: "Vagabunda, me fazer isso com o próprio filho!" Nessa época, e levando em conta sua ingenuidade, ele não captou o sentido dessas palavras.

A asfixia, apesar de tudo, prevaleceu, e, para respirar, ele aceitou aquele emprego maluco, no qual viveu alforriado das mãos de sua mãe e do olhar dos outros. Conseguiu finalmente livrar-se dos seus medos e esfregar sua arma sem outra intenção senão o prazer solitário. A leitura, em todo caso, continuava sendo sua atividade principal, e ele encomendava regularmente livros a Antofagasta por intermédio de Octavio, o fiscal do trem, cuja sobrinha trabalhava na livraria da plaza Cólon. Juan recebia os viajantes com galões de água para que lavassem o rosto. Vendia, na época, figos-da-barbária que cresciam atrás da cisterna e, além disso, o que surpreendia as pessoas, tomates bem rijos que cultivava amorosamente numa pequena horta. Mandara trazer sacos de terra, que misturara à do deserto, regara manhã e noite as sementes preciosamente conservadas, e Deus, o bondoso, o da compaixão e da tolerância, abençoara aquela minúscula horta.

Um dia em que o trem partia, uma mulher surgiu do "banheiro" berrando de desespero. O comboio que se afastava com uma lufada preta não tinha intenção de parar e só voltaria a passar dentro de um mês, uma quinta-feira como aquela. Ficou cinco anos por lá. Foi assim que Juan conheceu o amor, lá em Santa Negra.

Ana, desaparecido o trem, voltara-se, perplexa, para a estação, onde Juan, petrificado, os braços largados ao comprido, parecia fincado no chão, emparedado. Ela berrara, correra ao longo da via férrea como uma louca, depois, muda, diante do impossível, imobilizara-se na beira dos trilhos, envolvida numa auréola de poeira, como uma madona. Juan acreditara por um segundo numa aparição, sua mãe teria confirmado isso para ele. O sol ofuscara-o por um instante e o vento saciado de mistério repousara o véu de luz aos pés da dama que estava como nua em seu vestido de lã cinza, chapéu na mão, uma mecha de cabelos morta sobre a testa como um arranhão. Juan já tinha visto a dama branca do deserto, a que perturba os caminhoneiros da noite quando estes dormem ao volante, que se desnuda de seus véus e atrai o solitário para a perdição na imensidão estéril. Devia ser meio-dia, o calor estava terrível. O cachorro, em nada perturbado pela situação, dormia dentro de um pneu. Ela fitava a estátua de Juan, e assim permaneceram um tempo que lhes pareceu infinito. Foi ele que, com uma vozinha de chefe de estação iniciante, pediu-lhe para cobrir-se a fim de não ficar doente.

Ela observou mais uma vez aquele deserto que ela já odiava, insuportável de planura até os remotos contrafortes dos Andes, onde devia serpentear bufando a locomotiva negra. Não a perdera de vista até o esgotamento do olhar, que lágrimas haviam embaçado. Uma tempestade de areia engolfara-se em sua cabeça: um turbilhão de imagens com La Paz dançando na outra ponta da linha, onde a esperavam. Sua bagagem havia permanecido comportadamente sobre o banquinho de madeira, produtos de higiene, suas coisinhas essenciais, como um pente, seus lenços, seu vidrinho de licor de hortelã para as náuseas, o espelhinho de sua irmã, seu caderno, onde ela anotava tudo, os endereços, os nomes, orações. Ah, meu Deus, sua bíblia, seu missal e seu grande rosário. Que o Senhor seja louvado, ela estava com o de pérolas negras no pescoço. Não dispunha de nada para se trocar, era terrível. Fitava Juan e a ridícula estaçãozinha de tábuas, um pardieiro, um casebre dos bairros populares que era seu futuro imediato. Senhor, não abandonai vossa escrava, exclamou de repente.

Juan, após essa frase de uma precaução essencial, terminara por derrubar sua estátua e começava a refletir, mas em quê? Havia uma enfiada de conseqüências para aquele aborrecido episódio. Seus pensamentos, como borboletas enlouquecidas, não conseguiam pousar e tudo se misturava ao suor que brotava abundantemente de seu pescoço. Como se não bastasse, parecia transpirar do cérebro, pois tinha a sensação de ser uma chaleira. A calma entretanto voltou quando ele tomou consciência de sua responsabilidade e da tarefa que lhe incumbia. Afora seu pavor de estar na presença de uma mulher da qual precisava cuidar, tinha que chegar a uma solução, um consenso. Que ia fazer com *aquilo*, aquela mulher sem bagagem, aquela cabeça de pardal que deve ter ido se aliviar no banheiro, apesar de pouco afeita àquele exercício? O caminhão-pipa que chegava ali penosamente viera fazia apenas dois dias antes da passagem do trem, e só voltaria dali a três meses.

Não havia lugar para onde ir senão aquele deserto, e longe, muito longe dali, era um longe inatingível até mesmo para um homem-camelo. O burro e a carroça que ele possuía não serviam senão para vigilância das vias marginais, de uma ponte que atravessava uma pequena ravina, e para se certificar de que os possíveis desmoronamentos de rochas sobre os trilhos em fogo não haviam danificado estes últimos. Um ano antes, num dia de feira, insistira com Grison para que o levasse até um antigo lago de sal, que sugeria miragens de cidades brancas, com grandes árvores flutuantes, mas o burro quase morrera e tinham voltado ambos esgotados. Em suma, não era possível levar aquela dama para lugar nenhum a não ser para debaixo da marquise de Santa Negra. Seriam necessários vários dias para alcançar uma hipotética aldeia, esperar um hipotético caminhão que tomasse uma direção temerária, que tinha poucas chances de ser a pretendida. Nunca mandaria para a morte uma mulher, nem mesmo uma inconseqüente, que já perdera tudo e que devia estar num desespero sem fundo.

A atmosfera estava densa, carregada por uma profusão de pontos de interrogação aos quais seria preciso responder. Ela voltava titubeando, como um escaravelho ferido, assomada pela evidência, branca, com o peso de uma imensa solidão. Ela própria era o vazio, um abismo sem fim. Não havia mais lágrimas para isso. Deus só tinha que arrebatá-la. Juan fugira da mãe, da religião e das mulheres, e eis que ia cuidar de uma dama desconhecida, perdida naquele deserto e sentindo-se mais nua que qualquer Eva. Ela sentou-se, ou melhor, despencou, aniquilada, à sombra da marquise sobre um banco de madeira encerado pelos diversos traseiros dos viajantes que a haviam precedido. Juan olhava fixamente para as botinas empoeiradas da dama e para o acabamento em cinza do seu vestido cinza. Uma graciosa fita cinza sublinhava a severidade do resto. Se Juan ousasse subir um pouquinho mais, teria então adivinhado uma blusa branca suja, estudadamente dissimulada sob a uniformidade do cinza, com uma rendinha escapando por entre dois botões. Mas ele estava ausente, destituído de qualquer pensamento, uma vez que não encontrara nenhuma solução. Não via nenhum futuro para aquela situação que lhe confundia a mente.

Juan, portanto, continuava obstinadamente absorto no nada. A dama não mexia senão uma das mãos, que manipulava mecanicamente o laço do seu cinto cinza. Aquilo durou uma eternidade, uma vez que a sombra da estação, que, ao meio-dia, reduzia-se ao próprio quadrado da edificação, alongara-se agora consideravelmente do lado leste. O sol que escorregara sob a marquise lambia a dama até a cintura. Juan resfolegou, voltou à realidade, e se mexeu. As tábuas gemeram com seu peso e a dama estremeceu. Ele foi pegar um copo d'água, que lavou conscienciosamente antes de enchê-lo e ir oferecê-lo à sua hóspede. Esta aceitou tartamudeando um provável obrigado, examinou a limpeza do recipiente e bebeu. Ele olhou para ela como para um animal estranho. Tinha o narizinho arrebitado, maçãs do rosto altas e salientes, olhinhos pretos e sempre aquela mecha morta na testa. Ele observou, enquanto ela bebia com seus beicinhos, um queixinho sobre um pescocinho. Tudo era pequenininho mas sem feiúra. Não obstante, ela perguntou, com uma voz de garotinha desesperada:

— Ele volta quando, o trem?

Juan, petrificado, não respondeu. Estava diante do inimaginável.

Murmurou que ia tentar falar com Antofagasta e La Paz para assinalar sua presença, mas a linha estava quase sempre caída ou defeituosa e quase nunca havia comunicação. Volta quando? Juan desaparecera em seu "escritório" de chefe para rodar vigorosamente a manivela do telefone. A partir desse momento, ela não comeu durante seis dias, malgrado os esforços do chefe de estação. La Paz terminara por responder que a bagagem da dama havia sido encontrada e que seria despachada no próximo trem, no fim do mês. Ele lhe cedera seu quarto após uma minuciosa faxina e colocara tudo que possuía à sua disposição, isto é, pouquíssimas coisas. Ela refugiara-se ali, saindo apenas para dirigir-se ao local que esteve na origem de seu desespero.

Juan utilizou o cantinho que era seu escritório como seu novo quarto. Cozinhava para dois e comia por dois, já que ela recusava toda comida, rezava copiosamente, gemia e soluçava de um jeito esquisito, grunhindo como uma ratinha. Ele jardinava, cuidava da manutenção, verificava, mantinha o diário de bordo com um fervor inusitado. Nunca ficara tão preocupado, à espreita de qualquer ruído, de qualquer manifestação que pudesse alertá-lo. Receava acima de tudo que aquela mulher caísse doente e porventura, "poupai-me disto, Senhor", morresse em sua estação. Não ousava imaginar os detalhes daí decorrentes. Sua tranqüilidade, sua paz achavam-se afetadas, mas ele percebia confusamente que um pouco de vida entrara em Serra Negra, uma vida que ele vigiava atentamente.

Todas as manhãs Juan fritava ovos com bacon, fazia seu pão, enfim, uma espécie de crepe grosso, crocante, que cheirava bem e que ele devorava com apetite e suspiros de satisfação. Às vezes acrescentava uma gota de flor-de-laranjeira. Ao meio-dia, punha cebolas para refogar num pouco de óleo, acrescentava tomates frescos, batatas, uma pitada de alho, ervas aromáticas, alecrim, salsa, cerefólio, sálvia às vezes. Tudo da sua preciosa horta. Juan tinha uma reserva de vinho de Concha y Toro, um buraco profundo que conservava o frescor da noite. Confeccionava *empanadas* de todo tipo, que recheava com legumes e toucinho defumado. Seu triunfo continuava a ser a *cazuela*, uma espécie de sopa divina servida com carne-seca. Poderia ter aberto ali uma maravilhosa e reputada cantina. Os motoristas de caminhões-pipa e os fiscais de passagem sabiam alguma coisa sobre isso, o cachorro também. Sua reputação estava consolidada tanto em Antofagasta quanto em La Paz, mas a mãe de Juan, que não sabia onde seu rebento desaparecera, não podia supor que o cozinheiro de Atacama era seu filho. A estação achava-se permanentemente envolvida em aromas apetitosos, refogados deliciosos, perfumes estarrecedores escapados dos pratos preparados com ternura. Juan tinha seu plano. Precisava salvar aquela mulher que não declinara nenhuma identidade, a quem chamava de dama, ela, ou a outra, e que definhava a cada dia. Ele ouvia o grunhido enquanto comia.

Certo dia em que ela não saía do banheiro e ele preparava uma caldeirada de favas na banha de porco derretida polvilhadas com tomilho, ouviu umas pancadas. Deixou em fogo brando e saiu para ver a outra de joelhos batendo no peito e salmodiando "mea culpa, mea culpa. Senhor, perdoai-me pois pequei, pequei muito". Haviam trocado poucas palavras, e a bondade dele rivalizava com a devoção dela, mas a comunicação era lapidar. Ela monologava em murmúrios, e, às perguntas breves e tímidas de Juan, respondia sim ou não com acenos de cabeça. Ele tinha propensão a gaguejar um pouco tanto a presença feminina o fazia perder a desenvoltura, e ela abaixava a cabeça como uma muçulmana para não cruzar com o olhar do homem. Ele observava-a esfolando os joelhos e, quando ela mergulhou na prece, ele teve a audácia extraordinária de lhe dizer que o único a pecar ali havia sido seu Deus, que a abandonara, e que não adiantava nada rezar para ele, nenhum milagre podendo acontecer a não ser por ela mesma e por isso ela precisava continuar viva. Ela observou-o pela primeira vez e plenamente. Juan estava calmo e atencioso. Ela estava esgotada e respondeu que estava com fome, que desejava mais que tudo aquele pão com perfume de laranjeira que a lembrava dos domingos e da festa dos santos, que aqueles cheiros da cozinha eram uma tortura e que ele era um monstro sem compaixão ao lhe impor aquele suplício. Ela fizera um juramento, uma promessa, após a partida do trem, a de jejuar até sua libertação, e pecara por gula.

— Nada retém a senhora, a senhora não é prisioneira de ninguém, muito menos de mim. A senhora está enclausurada em si mesma. — Ela olhou para ele estupidamente. — Se Deus for bondoso, e acredito que seja bondoso, irá perdoá-la por este pecado, sobretudo este, de continuar viva e amar o que ele lhe oferece. A senhora deve simplesmente comer, madame. Levante-se e venha dividir esta refeição.

Falava como um padre, de repente, e ele próprio espantava-se com isso. Não dissera tantas palavras em seguida desde uma eternidade. Ela recusou, obstinadamente, mas sua vontade enfraquecia. Ele tirou proveito dessa vantagem para lhe dizer que era o patrão ali, naquela estação, a mesma coisa que um capitão. Patrão depois de Deus, decerto, mas, como Deus havia visivelmente desertado ou feito de maneira a lhe atribuir a responsabilidade de decidir, ele gritou-lhe como jamais gritara em sua vida que não a deixaria morrer naquela ilhota e que ela deveria partir caso se recusasse definitivamente a engolir sua parte. O cachorro amarelo claudicou até o pneu para se refugiar, aterrorizado. Juan apontou teatralmente para o deserto e disse-lhe gravemente:

— Ninguém morre no meu barco sem ter provado da minha cozinha, portanto pegue suas coisas e siga em frente.

A despeito de sua fraqueza, diz-se que esboçou um sorriso. Enfim, foi ela quem, mais tarde, confessando-se à sua família e na véspera de morrer, contara tudo isso. Quem é a senhora, madame, para ser tão orgulhosa? ele berrou da cozinha. Ela permanecera como um fantoche sem cordão, não sabendo mais se convinha flagelar-se também por aquele novo pecado ou se aquele homem tinha um fiapo de razão. Bateu debilmente no peito, murmurou perdões, levantou-se e foi juntar-se a Juan, que já a servira. Estava com tanta fome e tudo aquilo era tão bom que devorou. Ele não se atreveu a adverti-la de que, depois daquele jejum, ela deveria comer pouco e lentamente. Ela caiu doente, ele cuidou dela. Continuou então com aquele regime. Cada dia fabricado por Deus via chegar à mesa novas receitinhas, uma rivalizando com a outra. O imaginário de Juan em matéria culinária ia além do entendimento da pecadora. Ela disse-lhe seu nome, Ana. Tiveram tempo de conter-se, observar-se, escutar-se. Ela ganhou vida, cor, um pouco de alegria sob a austeridade aparente e uma impetuosa autoridade doméstica.

Arrumou a estação, isto é, organizou, limpou, transformou e pediu a Juan para lhe fazer uma cruz e um altar sob a marquise. O que ele fez com velhos sarrafos de madeira sobre os quais pintou um cristo sumário mas belíssimo nas palavras de Ana, com uma coroa de espinhos de figos-da-barbária cravada na testa lívida. Acrescentou uma lamparina a óleo, o conjunto sobre um esfregão que fora branco emoldurado por conchinhas do deserto que Juan colecionava com paixão, prova, dizia ele, de que o mar estava ali, uma vez que ele chegou a identificar um fóssil descrito em *A origem das espécies*. Ela rezava regularmente diante daquele tesouro religioso, mas, absorvida pelas tarefas, encurtava a prática. Lavava sua roupa de baixo e conservava o vestido, sob o qual Juan não podia imaginar que estava nua. Nunca vira uma mulher nua a não ser em pintura de museu ou fotografia preto-e-branco. Ele instalara um sanitário e uma reserva de água suficiente para que ela lavasse certas partes do corpo nunca trazidas à baila e para as quais, contudo, a coisa havia sido pensada. Apesar de desajeitado, nunca deixara de ser atencioso. Podia-se dizer que eram amigos, ou, mais exatamente, irmão e irmã.

Um dia em que ela observava dois escaravelhos um em cima do outro, perguntara o que eles faziam. Ele gaguejara antes de deixar escapar penosamente que estavam copulando. Que horror, ela dissera, e ele se ouvira dizer: não sei. Ela olhara para ele de uma forma bizarra. O trem voltaria a passar um dia e era compreensível a aflição de Juan, que pela primeira vez apreciava uma presença feminina, e a decepção secreta de Ana, por não mais saborear assim pecados de gula que não o eram mais, e, mais secretamente ainda, por abandonar o cheiro de um homem que a salvara.

No dia da chegada do trem, estavam ambos muito nervosos. Saiu tudo errado, até mesmo a comida foi medíocre, ao passo que ele pretendia superar-se. Ela quebrara um copo, só restavam dois, e rasgou a camisa de Juan, tão brutalmente a esfregou. Houve silêncios e até mesmo um grunhido, que ele ouviu nitidamente. Então, lá longe, bem lá longe, a fumaça preta como luto subiu entre duas colinas e a locomotiva ocupou seu lugar no deserto, seguida por um rosário de vagões. Permaneceram imóveis diante daquela seqüência que não terminava de fazer chegar aquele trem. Não ousavam olhar-se nem mexer-se. Estava tudo pronto, ela não tinha nada para levar a não ser um farnel preparado por Juan e um livro de poesia, presente dele. Ela, por sua vez, nada tinha para lhe oferecer e simplesmente tratara de arrumar sua roupa em silêncio. O trem parara numa nuvem de poeira, uma chuva de fagulhas de carvão e rangidos infindáveis. O fiscal pulou sobre as tábuas com bagagens que eram milagrosamente as de Ana. Que belo país e que pessoas corretas, obrigado Senhor! Essas bagagens são suas, madame? Sim, cavalheiro. Não houve mais nenhuma pergunta, nenhum comentário da parte dele, o responsável pelo comboio, sequer um "Sinto muito não ter verificado se havia alguém no banheiro", ela teria ficado vermelha de vergonha, mas aquilo teria sido preferível àquela indiferença diante de um episódio no fim das contas pouco banal e de que ela era a heroína.

Tudo se desenrolava como se o trem nunca houvesse partido e aqueles trinta dias não houvessem existido. Ela observou as pessoas desembarcarem, caminharem, agitarem-se. Vieram informar-se com ela acerca das comodidades. Perguntaram-lhe se não era muito duro viver ali, isolada no meio do Atacama. Aqueles viajantes não sabiam nada acerca do drama de Atacama. Ninguém em Salta afligira-se com sua ausência. Nenhum padre da missão evangélica perguntara por ela. Nenhum aviso de busca fora lançado, apesar da mensagem de Juan, que transmitira: "Mulher branca esquecida em Santa Negra, avisar igreja evangélica de Santa Ágata, nome: Ana Pavez." Ela se sentia perdida. As caldeiras de água da cisterna foram abastecidas e duas horas depois o apito soou seguido pela trompa a vapor. A partida estava próxima. Ana fizera o inventário de seus pertences e só faltava um pequeno broche, talvez extraviado. Deu sua bíblia de presente para Juan. Ele subiu as bagagens no trem, providenciou um bom lugar para ela e voltou a sair. Ela foi ao banheiro verificar se não havia ninguém e não voltou. O fiscal impacientava-se, Juan resolveu ir até lá bater nas tábuas que serviam de porta. Chamou, pediu para Ana se apressar a fim de não atrasar o trem. Nenhum som chegou até ele, sequer um grunhido. Agachou-se rapidamente e viu apenas as botinas.

Levantou-se preocupado, divisou o deserto, gritou sem eco e voltou impotente até o fiscal. Octavio, que fumava um cigarro na sombra da marquise, disse-lhe que vira a dama embarcar no vagão e que ele podia dar o sinal de partida. O que Juan fez com uma bola na garganta. Ela ficou com medo, ele pensou, ou vergonha. Subiu até a locomotiva para cumprimentar os maquinistas. Era um pretexto para tentar avistar Ana. Estava com o apito na boca e nenhuma nota saía dele. Octavio, debruçado na portinhola, perguntava-se o que Juan podia estar tramando. Decerto fazia uma vaga idéia, mas não ousava pensar nisso. Ele, com a dama da missão, quase uma boa irmã, era demais, e ninguém acreditaria naquilo. Um silvo anêmico chegou ao maquinista-chefe, seguido por outro, lamentável, arfante, quase inaudível, próximo do soluço, depois o próprio soluço. As janelas sujas desfilavam com rostos carmins e ele vislumbrou sombras que mil vezes julgou serem as de Ana. Agarrou a maçaneta de uma porta na passagem, correu alguns metros para tentar pular no estribo sem conseguir e terminou por desistir, esborrachando-se no balastro.

Octavio não acreditava em seus olhos. Berrou. O que pretende, Juan, quer morrer? Nem por uma boa irmã, nem por isso! Sentiu-se ridículo, aquele magrelo, alto esparramado como um trapo velho sobre os espinhos e a terra branca. Estava acabado, e principalmente ali, no peito, onde aquilo pulsava, ali onde nunca pulsara por uma mulher, sequer pela mãe. A locomotiva cuspiu sua tinta. Um véu negro recobriu-a, ergueu-se como uma manzorra diante do sol e escureceu a terra por um instante. Ele se levantou com dificuldade, lívido, e voltou para a estação, uma estação sinistra, já fantasma, e que ele ainda tinha que habitar por um mês. Juan fez um curativo em suas escoriações, exceto uma. Foi então, quando olhou para seu rosto no espelho rachado da cozinha, um rosto sujo de giz que lhe dava o aspecto de um palhaço, que ouviu um grunhido. Jamais conhecera tamanha felicidade diante de um grunhido. Aquele era o mais belo, o mais maravilhoso dos grunhidos. Ela prestou-lhe socorro. Tinha ido recuperar suas bagagens e esperara que Octavio fosse fazer outra coisa para voltar ao banheiro e esconder-se ali. Você entende, Juan, esse trem ia para Antofagasta e não para La Paz. Julguei preferível esperar seu retorno em vez de fazer uma viagem desconfortável e inútil. Eu ainda tinha trabalho aqui.

Deitou perto dele e pegou sua mão. Não fizeram amor por três razões: a primeira, nenhum dos dois sabia como agir, a segunda, estava muito calor àquela hora para encetar uma ginástica incerta sem temer uma indisposição, e a terceira, de fato a única válida para não se atirarem um em cima do outro como animais, era que fora do casamento aquilo era um pecado mortal. Não eram casados e o pecado, daquela vez, não escaparia a Deus. Ambos esconderam-se para prazeres solitários e inconfessáveis. As rezas redobravam e só faziam aumentar o desejo. O calvário durou, mas no 45º dia Deus recriou o homem, a mulher, a árvore, a maçã, a serpente, tudo tal e qual no início. Ficaram rapidamente nus e não tiveram de se fazer perguntas, a alquimia fez seu trabalho. Atracaram-se, abriram-se, devoraram-se, e, finalmente recompostos, mostraram gratidão. Rezaram e pediram perdão. Consumado o pecado, recomeçaram a experiência para se conhecerem melhor. Uniram suas mãos sobre a bíblia e agradeceram. Para cúmulo da felicidade, o trem seguinte trouxe a paz com um pároco recém-ordenado que ia assumir a paróquia. Ele os abençoou. Octavio e o maquinista foram arrebanhados como testemunhas. Juan preparara uma refeição e os passageiros pegaram suas cestas para se juntarem à boda. O trem partiu com duas horas de atraso, mas foi uma bonita festa. Houve até mesmo o acordeão do mecânico com a voz de Octavio num tango que dizia "*para un amor loco en la pampa*, um amor do deserto, das mãos da poeira e do ouro do sol, eu te amarei, a despeito das pedras e dos espinhos, te amarei com um amor inconsútil".

Foram cinco anos em Santa Negra para os amantes do pampa. Um dia, pelo trem de quinta-feira, receberam o substituto e, no mês seguinte, instalaram-se com suas magras bagagens no vagão de primeira classe que Octavio, sempre presente, reservara para eles. A costa pacífica não os esperava, mas Juan acumulara cinco anos de soldo, conseguiu um emprego na estação de Antofagasta, a mais bela estação do mundo, e Ana organizava festas de caridade com sua confraria evangélica.

O que se segue é testemunho direto de Diego, na época com 10 anos. Tinha aulas de piano na casa de sua tia-avó, que possuía um meia cauda, fechado desde a partida de Juan. Ela abrira o teclado para seu sobrinho, e Diego tinha aulas com um professor na escura sala de jantar de Augustina, madeira encerada, veludo marrom e várias imagens devotas. Havia diversos cristos pintados em tela, tecidos, cartazes e porcelana. As cortinas eram puxadas, um gato bordado dormia na almofada do genuflexório acima do qual velava uma santa virgem de gesso dentro de uma guirlanda elétrica. A chama da vela que ardia pela alma do finado marido e a lamparina a óleo no presépio eram as únicas coisas que pareciam vivas a Diego.

O presépio havia sido confeccionado por Grisha, pai de Juan, de origem russa, que morrera subitamente no dia de Natal, e nunca mais Augustina permitira que removessem aquela pequena obra-prima de funcionário que encenava uma natividade sobre a neve, agora um pouco suja, com tróicas, magos de gorro de pele, uma isbá de toras de madeira e bétulas douradas. Essa obra-prima era a razão pela qual Diego suportava aquele lugar com uma tia-avó acima de tudo seca em todos os aspectos, autoritária, com um quê de víbora e que teria tranqüilamente lugar na *conquista* espanhola.

Uma tarde de julho, Diego pelejava em cima de uma sonata de Scarlatti quando ouviu o sino da entrada. Era possível ver duas sombras através do corredor e da porta envidraçada. Felicíssimo com essa distração, foi abrir para uma dama que parecia uma ratinha e reconheceu vagamente seu tio, que podia ser o retrato sobre o piano. Cumprimentou e fez a dama entrar, enquanto o tio permanecia atrás. Este último não podia saber que ele era seu sobrinho e nunca viria a saber.

— Você toca muito bem, cheguei a identificar um estudo de Bach.

— De Scarlatti, senhor.

— Então você já toca como o grande Juan Sebastián, bravo.

Sorrira com ternura lançando olhadelas irrequietas para o interior. Quando Diego foi sentar-se perto do professor, a tia-avó, tendo ouvido o sino, quis cumprimentar as visitas. Olhou para Ana, que tentava um esgar em forma de sorriso e subitamente percebeu Juan, seu filho, que permanecia atrás da porta envidraçada, na contraluz decerto, mas terrivelmente reconhecível pela mãe. Veio o terremoto, o piano vibrou e os copos tilintaram. Augustina soltou um uivo demente que petrificou tudo que se movia:

— Quem é esta mulher?

Por trás do vidro, ouviu-se Juan responder com uma voz grave que sua mãe não reconheceu:

— É minha mulher, mamãe.

Ela arrancou sua cruz e a brandiu diante dela cuspindo imprecações de que Diego só guardou Lúcifer, ladra, meretriz, assecla de Satã, predadora, fora da minha casa. Com a outra mão, segurava revistas da missão católica, que agitava como que para expulsar os espíritos. Avançava para Ana, armada com o crucifixo, os olhos vermelhos, à beira de sufocar, e só parou no momento em que esta, pálida de raiva por ser recebida daquele jeito, sacou de seu decote a cruz de marfim de sua confraria evangélica e apontou-a como um gládio para Augustina. Encararam-se, sob insultos, depois Ana grunhiu num agudo insuportável que ela jamais voltaria a rever seu filho, deserdado de seu coração, pois Juan agora era inteirinho dela, que ela era uma mãe incestuosa e que sentia muita pena por ela morrer em breve sem conhecer o amor. Deus não irá perdoá-la, foi dito num último grunhido, um dó soprano ralo que fez o professor estampar uma horrível careta. Juan não se mexera, e já dava início a uma retirada altamente estratégica e precavida em direção à saída saudando com seu chapéu como teria feito o grande Caruso antes de deixar o palco. Augustina sentiu um mal-estar e desmoronou na primeira poltrona.

— Eles me assassinaram — repetia.

Antes que Ana atravessasse o umbral, Augustina agarrou o retrato do filho e atirou em cima dela. O postigo da porta de vidro já se fechara, o rosto de Juan atravessou a vidraça e caiu numa chuva de luz. É vidro fosco, pensou Diego, isso traz felicidade. Nunca mais ela viu o filho, como Ana pressagiara. Foi assim que Diego assistiu ao retorno dos amantes de Atacama e a única vez que viu seu tio. Mais tarde, depois da morte de Juan, a ratinha, já bem idosa, aceitara encontrá-lo e contar-lhe sua história.

16

Fiquei um longo tempo em meio aos destroços, contemplando o que Juan e Ana haviam visto: o Atacama até os Andes nevados, com os tornados de poeira e as miragens. Não vi a da cidade grande e das árvores suspensas, assim como nunca vi a dama branca do deserto. Montei o filme na minha cabeça, a vida do casal naquela minúscula estação. Encontrei sob uma chapa de zinco terra preta que não encontramos em lugar nenhum a não ser em Santa Negra e na qual antigamente cresciam tomates e cebolas.

Aqui de onde estou, parece-me que posso tocar essa singela estação, basta esticar a mão para ela e vê-la como uma parte da minha história. Está tudo ali, no caderno dos dias e das noites da minha memória.

Desci novamente para a costa do Pacífico, para Arica, não sem uma certa impaciência, a fim de me despedir de Marcia. Reencontrei-a no Eldorado. Paguei, como todo mundo, para ouvir *Meu amante de San Juan*, com suplemento erótico, e era sempre a mesma surpresa quando Marcia se virava. Gritos e assobios. Mas alguma coisa embaçara o olhar de Marcia, e ela perdera o que a tornava única, a evidência. Ficou feliz ao me ver, uma alegria melancólica. Instalei-a confortavelmente e esperei um longo, um longuíssimo silêncio.

Um dia escuro em que pensava na mãe, Marcia resolvera fazer a viagem. Era impossível voltar a ser Marco com um rosto já trabalhado, sobrancelhas depiladas, cabelos nos ombros, orelhas furadas e unhas tratadas, quando, para Alicia, ele pertencia ao corpo da marinha chilena. Nada tinha de um rapaz, com aquelas maneiras e aquele andar que fazia os homens se voltarem. Possuía um coração de moça atrás dos seus peitinhos que esperavam o silicone e seu sexo que em breve iria desaparecer. Marcia via-se um pouco desencorajada diante do impossível, mas sentia saudades da mãe e uma necessidade física de vê-la, beijá-la, abraçá-la com força, ela que a amava tanto. Iria como mulher.

José, sua melhor amiga, fora operada dois anos antes e conhecia Marcia desde as docas de Valparaíso. Voltara para Arica com Marcia, que juntava cada centavo para a cirurgia. Ambas trabalhavam por telefone, exceto sábado e alguns dias de festa, quando os índios desciam das montanhas com os das minas e aldeias de Atacama. Havia os turistas da Panamericana e também os da cidade, naturalmente. Era uma proeza, mas às vezes valia a pena uma a duas semanas de trabalho de quarto. O Eldorado era pela arte, não pela grana, e ela realmente prezava o seu número. Marcia não compreendia por que, agora que era mulher, José não largava a prostituição por um trabalhinho num hotel ou noutro lugar qualquer.

— Você me vê ganhando três pesos por mês? Como é que eu pago o pó, queridinha? E, depois, gosto de ser enrabado, quer dizer, contanto que eles paguem.

Assunto encerrado. Aliás, tampouco Marcia sabia se conseguiria largar. A coca não era muito sua viagem e ela temia a dependência, José dava-lhe medo às vezes. Estava nisso desde a escola. Vai acabar com uma overdose, a saia levantada em cima do rabo. Bonita morte, minha filha. Não diga besteira. O fato é que José era sua amiga e que falava certo quando se tratava dos outros.

— Vá até lá, Marcia, para ver com seus olhos. Uma moça com esses olhos e essa boca não é mais filho dela, ela talvez não o reconheça, ou então como uma filha ilegítima do seu Ernesto indo pedir um reconhecimento de paternidade.

Marcia, trêmula, pegara o ônibus até Inca de Oro. Carregara um pouco na maquiagem. Comprara óculos escuros que lhe faziam um mal do cão e aplicara amora-preta nos lábios, uma novidade de Ana Gloria. Usava brinquinhos de madrepérola, um sutiã verde-maçã e um vestido amarelo-claro que ela pusera no ônibus em cima da minissaia. Ao chegar, amenizara um pouco a amora-preta para pedir carona, era melhor assim. Esperava na estrada de terra que levava até San Bernardo, o sol a pino, com sua bolsinha estampada no ombro contendo uns trocados e um par de sapatos de salto, pois sentia-se um pouco desajeitada em seus pequenos tênis brancos, que não eram tão pequenos assim, 42, mas para o campo era o mais apropriado e confortável, uma idéia de José, obrigado.

Já estava ali fazia uma boa hora sob um sol escaldante com um lenço de seda na cabeça para proteger seu *make-up* sem que nenhum veículo resolvesse pegar aquele desvio. Finalmente, ouviu-se um rosnado rouco sem fim, um caminhão bufando na subida. Ganhou velocidade, diminuiu e, milagre, saiu do asfalto. O imenso cargueiro vermelho levantou turbilhões de terra preta num impressionante concerto de eixos maltratados. Os cromados reluziam. Atrás do pára-brisa, uma silhueta escura era sacudida, maltratada pela besta que rugia. Os respingos no vidro cegavam Marcia. Tinha grandes esperanças de que aquele imenso táxi a levasse até San Bernardo.

Marcia ergueu uma mão tímida. O sujeito deve tê-la visto no acostamento, uma bela garota, parecia-lhe, perdida no mineral das colinas com um vestido amarelo e um sutiãzinho verde. Diante daquela aparição, parou de cantar "Por una cabeza" e trombeteou como um demente, bufando por um instante; então, animal ensinado, erguera as patas após gemidos abafados, subjugado, deixando escapar longos grunhidos. Marcia estava superabalada com o monstro.

A porta abriu-se sozinha para uma sombra na contraluz. Foi içada até a boléia, subitamente capturada por uma mão poderosa que a instalou no assento de napa verde. Com o coração parado, ela balbuciara obrigado, depois fechou a porta diante dos olhos pasmos de um homem que ela não se atrevera a fitar. Aonde vamos? Aquilo a lembrava de certo tipo de cliente que, após o eterno "Quanto é?", perguntava "Aonde vamos?" Estes eram apelidados de *quantoés* ou *aondevamos*. Vou a San Bernardo. Ele fizera o peso-pesado arrancar sem dizer nada, com um sorriso antes simpático. Marcia respirava melhor agora, fazia frio na cabine com o ar-condicionado e aquele perfume de lírio. Duas, três horas e veria sua mãe. O motorista estava calmo. Apenas perguntara o nome de Marcia e ela, o dele, por educação, Fernando. Ela olhava para as montanhas áridas, seus grandes vestidos roxos e os cactos aninhados nas pregas. Era bonito, mas de uma tristeza estranha, *canto a la pampa, la tierra triste*, uma pura desolação que fora a juventude de Alicia e que Marcia só conhecera por ocasião da morte de Ernesto, quando sua mãe quisera voltar para a região. Ela conhecera seu marido em Puerto Montt, quando fora visitar uma velha tia afastada pelo trabalho e quando ele, Ernesto, era marinheiro pescador. Era no início, na seqüência ele aceitara um emprego num rebocador, era menos penoso, mas Ernesto achava tudo penoso. Terminara por cafetinar e patrocinar duas ou três garotas, foi assim que morreu, mas Alicia sempre acreditara em seu marinheiro, mesmo quando ele "rebocava à noite". Marcia deixara-se arrebatar por uma doce sonolência e sorria pensando em Alicia, que nunca soubera de nada. Foi quando Fernando arriscara uma abordagem colocando a mão na coxa de Marcia. Mas ela estava grudada do outro lado da cabine, a cabeça apoiada no vidro, e ele tivera que largar o volante para ir até lá. Marcia não reagira instantaneamente, visto que cochilava e que ser bolinada era seu cotidiano, um reflexo profissional, em suma. O outro, encorajado, parou o veículo sob o olhar perplexo de Marcia, que supunha que o sujeito queria mijar.

Porém, uma vez desligado o motor, houve apenas o silêncio do deserto, um pouco opressivo, e uma imobilidade inquietante para alguém com uma vontade urgente. O tempo parara e Marcia observava um zangão morto, seco, esmagado atrás do limpador de gelo. Subitamente, Fernando deitara-se sobre ela sem avisar. Pega desprevenida, Marcia berrara: não, por favor, sou noiva de um cara da aldeia e vamos nos casar. Saíra-se desse jeito. Crucificada contra a porta, mordia o beiço esperando a reação do macho. O estradeiro, mais gentil que estuprador, sorrira e perguntara quem era o feliz eleito naquela aldeia premiada onde ele conhecia quase todo mundo. Então, desfavorecida por uma imaginação irrefletida, respondera sem recuperar o fôlego que ia se casar com Marco Enruez no mês seguinte na catedral de Iquique porque era devota, fiel no amor e nunca poderia fazer aquilo antes do casamento ainda que achasse muito gostoso. O sujeito caíra na gargalhada, soluçando:

— Marco, o veado? Está brincando? A boneca do Pacífico, o chupador dos oficiais? Não, estou delirando, você não vai se casar com aquele marujo enrabado, bonita desse jeito! Ninguém lhe deu a dica? Ele não pode tocar numa mulher e não lhe fará nada, Marcia. Não me diga que trepou com ele?

— Não, já disse, sou virgem.

O sujeito arregalava olhos imbecis.

— Está doida? Você tem pelo menos 20 anos.

Uma lufada de felicidade, tinha 25.

— Sou quase virgem, trepei muito pouco, apenas com um colega de classe e um primo numas férias em Valparaíso, que era marinheiro a bordo do *Pedro de Valdivia*. Sempre tive medo de fazer amor.

O outro estava hipnotizado.

— Então nunca chupou?

Marcia abriu sua boca generosa e perguntou com a inocência assustada daquela que julga pressentir o horror sugerido: chupar o quê? Em todo caso, estava exagerando. Um caralho, minha filha. Meu Deus, em seguida explodiu em soluços. Ele, por sua vez, quisera consolá-la, beijá-la, mas ela protestou, *pro forma*. Achava-o de fato simpático, mas aquilo a esfriara, todas aquelas sacanagens que ele dissera sobre Marco. Não era muito lisonjeiro para ela, que poderia efetivamente ser sua noiva. Era maldoso e indelicado, merda. E depois, receara que ele descobrisse a verdade e a espancasse como uma piranha. Já levara muito na cara, o que era bom. É verdade que os caminhoneiros que percorriam a Panamericana nem sempre eram muito seletivos, havia inclusive os que só gostavam disso e Marcia não os contava mais, mas isso não estava escrito na testa daquele ali e uma surra no deserto de mijar sangue sob o sol, a bunda para fora, cheia de porra porque ele a teria de toda forma enrabado, nem que fosse de raiva e sem camisinha, o burraldo, então, não, era pagar caro demais por uma pequena alegria. Arriscado demais, minha querida Marcia.

Ele, por sua vez, voltara à estrada, atarantado, murmurava que não podia acreditar naquilo, não, não podia acreditar. Não nos vimos muito, é verdade, tentava explicar Marcia, que se sentia totalmente ridícula. O outro concentrava-se na estrada, ia comê-la, ela e a estrada, mas era um bom sujeito, então prestava atenção na pista e pelo retrovisor na poeira que levantava. Na realidade, estava tendo uma grande ereção, e aquilo o incomodava, merda. E depois, em todo caso ela era uma gata estranha, meio sem peito, mas afinal... Marcia havia sentido seu desejo antes rijo, quando ele viera sobre ela e aquilo lhe agradara, mas era preferível que ele brochasse agora, se ela quisesse chegar à casa da mãe. Fernando começara a cantar "*Por una cabeza*" sem convicção quando o caminhão deu uma derrapada e quase atirou a dama branca no fundo de uma ravina. Brochou. O restante do trajeto foi na verdade calmo. Marcia retocou os lábios com amora-preta nos lábios.

— Ela vai me ouvir, a velha Enruez, a respeito do seu filho — disse ela irritada —, obrigada, ele que vá se catar.

— Finalmente, consigo lhe prestar um favor.

— É, pode-se dizer que sim.

Riam. Marcia cantarolou para ele sua canção de palco predileta:

Comment ne pas perdre la tête
Serrée par des bras audacieux. *

Acabavam de alcançar a última colina de San Bernardo, adormecida nas figueiras-da-barbária. Na entrada da aldeia, ele parou delicadamente seu táxi. Obrigada, sussurrou-lhe Marcia com uma voz suave. Desembarcou, digna, ofuscada pelo sol. Com certeza iam paquerá-la, uma garota como ela, ali, naquele buraco. Remexeu na bolsa e pôs os óculos escuros. Fernando admirava-a, um sorriso simplório estampado na cara suada. Achava um tesão aquela putinha, e tão misteriosa agora com seus óculos Clara Mendes, uma estrela da TV brasileira que ele adorava. E depois, aquela garota era incrivelmente simplória para ter trepado com um veado como Marco Enruez. Pena que ele tivesse um sorriso de cretino, pensou Marcia, mas um homem que baba por um cuzinho tem sempre a cara um pouco estúpida. Ia bater a porta quando Fernando perguntou-lhe se ela voltava no dia seguinte para Inca de Oro. Com a graça de Deus, não vou mofar nesse sertão, na casa da minha ex-sogra. Se quiser, posso te pegar amanhã por volta das oito. Para mim, está bem. Ei! Pense em mim. Bateu a porta. O caminhão rosnou, deu um pulo e afastou-se na direção da

---

*Em tradução livre: "Como não perder a cabeça/ Apertada por braços audaciosos." (*N. do T.*)

mina de Potrerillos, lá em cima no azulado dos Andes, uma mina abarrotada de nitrato branco com duas chaminés gigantescas que dia e noite vomitavam uma nuvem de fumaça acre e verde que o azul tinha dificuldade em digerir. Meio aturdida, Marcia continuava olhando, na névoa do calor e da poeira, a grande bunda vermelha do caminhão.

Marcia tinha um tio que trabalhava lá como capataz. Ele sempre lhe contava histórias. Marcia lembrava-se da princesa Huanapa, que tinha um marido muito ciumento e, não sem razão, era leviana. Para fugir dele e correr mais rápido, ela largava diversas anáguas bem pesadas no meio do deserto. O tempo petrificou-as e foi assim que nasceram as montanhas de Potrerillos com longas vertentes pregueadas como a lingerie de Huanapa. Seu tio-avô, que era malicioso, dizia que era por essa razão que havia tantas jazidas, que eles vasculhavam incansavelmente sob suas saias para encontrar seu tesouro, e o que o levava a trabalhar com tamanha obsessão e por um salário de miséria.

Ele havia levado Marcia para ver as grandes formigas vermelhas nos vestidos de Huanapa, caminhões como o de Fernando ao assalto do poente, os homens de rosto aturdido no incêndio do dia. Nunca voltara a encontrar esse tio, que morrera sufocado sob uma caçamba de salitre após uma manobra desastrada.

Ela sentia calor e sede mas ele continuava durão. Ela passeou um olhar fugaz pelos arredores, vislumbrou olhos escuros um pouco por toda parte. Cumprimentou educadamente o velho Benicio que puxava sua mula. Não reconheceu Marco, o índio já estava um pouco tocado pelo pisco, ainda vivo, sem idade e silencioso desde o nascimento do mundo. Nada mudara ali, estava tudo congelado, pintado na pedra, como ele. O mesmo cheiro de fritura, de esterco, de carvão de lenha. Subiu uma ruazinha, estreita, sufocada por casas baixas, as dos Torres, dos Montaldo, sobrados com uma sacada sevilhana, casa de ricos para pobres. Caminhava do lado da sombra, roçando os muros. Duas pernas transpunham uma porta com duas mãos nos joelhos, duas manzorras de camponês ou garimpeiro. Marcia teve um sobressalto. O sujeito fitou-a por um momento, depois levantou o chapéu com uma lentidão infinita. Ela cumprimentou. Sergio, o farejador de ouro, repousou seu chapéu com a mesma lentidão e um som vindo da profundidade de um veio chegou até Marcia, um "senhorita" rouco envolvido em ouro, uma vez que se tratava dela. Ele não a reconhecera, e ela, ainda trêmula, agradeceu-lhe de coração. Ele dissera *senhorita*, ela palpitava.

Tinha afeição por Sergio, que permanecera uma semana no fundo de sua mina, com o filho, bebendo a água que exsudava pelo tubo do compressor, uma toca de rato, vedada por um desmoronamento numa profundidade impossível. Lá em cima, haviam furado como toupeiras durante seis dias e seis noites, sem mais esperança de encontrá-los vivos. A mãe queria os corpos para que estes tivessem um autêntico túmulo cristão, não uma entrada de gruta com uma virgem. Então haviam continuado. A mãe rezava por um milagre, e o milagre aconteceu. Lá embaixo, pai e filho escavavam alternadamente como doentes, rechaçando a terra e a rocha para trás, no escuro às apalpadelas, seguindo o cabo e a cinta de segurança que enviava um pouco de ar para não morrerem, o inferno. Haviam berrado horas naquele duto minúsculo, arrebentando a voz sem que ninguém respondesse. Entretanto, se o ar passava, a voz também, a voz sobe, meu Deus, mas nada, nunca compreenderam. Não se agüentavam mais, o jovem ia enlouquecer e morrer antes do pai. Na sexta noite, ouviram batidas abafadas, estavam encolhidos um contra o outro, o braço do pai no corpo do filho, que já tinha a boca cheia de terra. Não podiam nem recuar nem avançar, nem sequer se levantar. Apenas a cabeça aflorava, os olhos fechados, inchados pela poeira. Esta caía como uma chuva salvadora. Os outros haviam detectado na luz mortiça do acetileno uma mão esticada que era preciso pegar e apertar para que os dois abaixo não morressem. Apesar das precauções, a terra desmoronara e cobrira os rostos. Quase haviam morrido sufocados, ali, na hora de sair.

Os salvadores, como arqueólogos, haviam raspado lentamente com os dedos até fazerem aparecer os cabelos, depois a testa e finalmente as duas máscaras inertes, que haviam puxado o mais rápido possível para cima, jogando água em suas caras para limpá-los e fazê-los cuspirem a terra que lhes assoreava os pulmões. Os objetos do milagre não tinham mais voz na saída, daí aquela escura rouquidão do *senhorita* dirigido a Marcia. Estavam mudados, a despeito da felicidade de reverem o sol, nem sempre ameno por ali. Tinham visto a dama branca e nunca é bom ver a dama branca no fundo, aliás em lugar algum, o filho matou-se um mês mais tarde numa hipnotizante reta do deserto de Atacama. Nenhum poste, nenhuma árvore por causa do deserto, nada, então baubau. A dama branca atravessara a estrada, sucessivas capotadas e dança do fogo por uma ninharia sob a lua cheia. Como para os demais, haviam colocado uma cruz, a placa do carro e uma coroa de rosas de plástico, tendo como fundo um escaravelho calcinado. O pai revendera a mina por pouca coisa, visto que não se achava muito ouro e que o desmoronamento, noticiado na imprensa local e até mesmo nacional, dava-lhe má reputação. A glória não compensava. O comprador, um ano mais tarde, encontrou uma pepita de seiscentos gramas, uma fortuna. Sergio nunca se recobrara e dizia que a dama branca o havia esquecido, enquanto ele passava horas, sentado, mãos nos joelhos, à espera dela.

Marcia enxugou uma lágrima por causa do rímel e fez o sinal-da-cruz. Era observada por trás de uma cortina de náilon trançado. Não estava tranqüila. No meio da ruazinha, Marcia fingiu vasculhar a bolsa, ler um papel, depois olhou à sua volta como se procurasse um endereço. A cortina se mexera. Ines Alba observava Marcia. A irmã do padre era antipática, nada solícita e ressequida por carência de esperma. Era a opinião de Marcia, que ruminava que envelhecer assim, sem amor, sem caralho, sem prazer, com uma boceta ácida como uma alga seca, devia ser um horror. Enfrentou o futuro com grande coragem e foi grudar o narizinho na vidraça. A velha Alba abriu. Marcia declarou altivamente que era sobrinha da Sra. Enruez e que não estava encontrando a casa dela. Alba, antes de responder, considerou aquela beldade da cidade, perdida numa ruela poeirenta de San Bernardo, mas não a reconheceu, salva. Marcia tinha liberdade, ali também, para ser mulher. Alba sorriu, o que não era seu costume. Talvez houvesse virado sapatão com a idade. Fingida, definitivamente não se sabe nada da vida dos outros. Aquilo fez Marcia bufar. Acompanho a senhora. Só faltava essa. Alicia é uma amiga. Mentirosa. Marcia recusou educadamente sob o pretexto bem sincero de fazer uma surpresa à sua m... à sua tia.

No alto da rua, depois da última casa, à esquerda, há uma figueira-da-barbária e um muro de pedras irregulares, siga-o, a casa de Alicia fica no fim. Marcia agradeceu-lhe abundantemente. Três passos, e Alba disse-lhe que ela se parecia muito com seu primo. Disparo do coração. Voltou-se com um esboço de sorriso estudado. Marco? É, já me falaram muito que poderíamos ter sido gêmeos. Não, a senhora é mais jovem. Divina, a velha Alba, que gracinha, merecia um beijo. Três anos de diferença, acrescenta a sirigaita afastando-se. A nós, mãezinha. A figueira, a mureta e no fim da trilha de cascalho a casinha de um andar, enfim, meio andar para dormir. Fazia cinco anos que partira. No pé da trilha, Marcia vacilou sob o calor. Era a emoção. Sua mãe amava tanto seu Marco, seu filho único. Era um amor sem limites, sufocante, devorador, obsessivo. Sofria tanto pela ausência dele. Eu te amo, mamãe, mamãezinha, *mamita de amor* que me cantava canções de ninar, me afagava com *"Perro pequeño"*, você, que me ensinou a costurar os vestidos das minhas bonecas. Se soubesse que desenhei, escolhi o pano, cortei e confeccionei meu figurino de cena, você teria orgulho do seu Marco. Desculpe, mamãe, foi você que me fez menina com um pau inútil entre as pernas, e, apesar do seu amor, você não entenderia. A vida é estúpida, merda. Eu lhe teria apresentado Ange. Estou apaixonada por ele. Ele não gosta de rapazes, mas, quando eu for uma mulher, talvez aceite.

Marcia sentara-se sobre a pedra branca que delimitava o jardim estéril. Retocou a beleza, um pouco de batom e base para o suor. Tremia, como se estivesse com frio, sim, era uma pontadinha de frio, lá no peito, com calafrios na espinha. Não vá ficar doente, Marcia, diga que é apenas medo. Mas que estupidez ter vindo. Era melhor viver com a lembrança, a foto dela. Devia contentar-se em olhar a foto de vocês dois na balsa de Chiloé, no embarcadouro de Puerto Montt, com você abraçando sua mãezinha, apoiados no verdugo do tombadilho superior. Teria feito melhor vivendo como se ela estivesse morta. Mas ela está ali a cem metros, com seu único amor emoldurado em todos os estilos e um coração grande batendo pelo seu futuro belo oficial. Você não vai embora de novo. Se o reconhecer, talvez ame-o assim mesmo e este será o segredo de vocês dois. Recompôs-se, pesada, já esgotada, e começou seu calvário. Cada metro era um sofrimento para seu coração descontrolado. Calma, Marcia, avance lentamente, respire. No retângulo de luto da porta, Alicia apareceu de avental azul. Deve ter percebido pela janela. Usava uma das mãos como viseira para tentar discernir a silhueta que se detivera mais uma vez no caminho, uma mulher jovem, forasteira, isso era certo. Marcia tinha vontade de se precipitar em seus braços, mas, felizmente, estava paralisada. Você parece cansada, mamãe, eu também, de repente. Alicia observava aquela criatura belíssima, um pouco vulgar, talvez. Talvez fosse o batom que não combinasse, escuro demais aquele batom. Marcia agora estava lá, com um reles e tímido sorriso de circunstância.

— Sim?

— Senhora Enruez?

— Sim.

— Meu nome é Marcia...

E o resto permanecera entalado antes de sair.

— Sim?

— Marcia Rivera, sou amiga de Marco.

— Oh, Marco, meu Deus, entre. Por que não me avisou, é que deve ser tão longe, burrice minha, mas a senhora, que amável, devia ter me telefonado, como está ele, nem imagino o canto do mundo onde ele está nem em que mar, então a senhora é uma amiga, ótimo, viu-o recentemente, estava com a cara boa, come bem, porque ele sempre teve medo de ganhar peso, então ele lhe falou de mim?

Mãe, pare, dê atenção à Marcia, por favor.

— Obrigado por me visitar, em todo caso não veio expressamente para isso...

Ela descarregava as perguntas de uma caçamba de caminhão, aquilo rolava sem parar, o que dava a Marcia tempo para se recompor um pouco. Estava emocionada.

— Sente-se, e eu que não lhe ofereço nada para beber com esse calor. Deve estar esgotada, minha pequena. Foi fácil encontrar? Um buraco para a senhora que vem da cidade, pegue, beba.

Alguém fechara bruscamente as comportas e houve um longo silêncio que revelou um grilo roufenho, única vida animal naquela casa. Alicia emudecera. Observava Marcia, que bebia de um só gole um copo de água fresca examinando a sala com grande curiosidade. Vacilava, mas foi corajosamente em direção à mãe, e as duas mulheres se fitaram. Alicia, após um suspiro profundo, pronunciou "Marco", lentamente, "Marco" de novo. Marcia estava à beira do desmaio, prestes a desabafar. Queria morrer ali, naquele instante. Ia suicidar-se parando de respirar, aliás, já não respirava mais. Marco, repetiu sua mãe, por que não veio me visitar? Sofro muito sem poder abraçá-lo. Te amo muito, filhinho. Fique sabendo, senhorita, isso aqui sem ele é um tédio e gostaria de ficar mais perto de Valparaíso, eu poderia vê-lo nas escalas.

Marcia sentiu uma vertigem, recuperara seu fôlego, um pouco curto, e balbuciou que era uma boa idéia mudar-se para lá. Era uma cidade viva, bonita, onde ela reencontraria a vida de mulher de marujo que conhecera em Puerto Montt com seu marido. Ah, Marco havia lhe contado tudo. Ótimo. Sim, poderiam encontrar-se todos os três, ela lhe mostraria todos os segredos de Valparaíso, ficaria realmente muito feliz. Obrigada, minha filha, não sei nem sequer o seu nome. Marcia, senhora. Marcia, bonito. Vamos, Alicia, por favor. Precisa perdoar Marco, Alicia, que sofre muito porque a profissão de marinheiro arrasta-o para tão longe da senhora. A marinha chilena concede-lhe poucas folgas e as escalas em Valparaíso são muito breves. Além disso, ele tinha seu exame de oficial. Meu Deus, ele é oficial e não me escreveu. Não, estamos à espera dos resultados, mas dessa vez tenho certeza que ele conseguiu. E depois, quando ele retorna ao porto, estou sempre lá, então vir até San Bernardo... A senhora de toda forma não é a mãe dele, isso nem se compara. Não, mas ele me ama, Alicia, me ama loucamente. Oh, Marcia, um filho vai sempre amar a mãe acima de todas as mulheres.

Marco dizia-se que poupara sua implausível esposa de uma bela sogra. Nós nos casamos, senhora Enruez... A velha Alicia quase ficou sem ar. Sentada na cadeira, a cabeça para trás, como se fosse morrer, chorava que não era certo trocar a mãe por outra mulher sem que lha apresentassem, pedissem sua opinião, uma mãe sempre sabe o que é bom para o filho. Desculpe, senhora Enruez, mas nos casamos durante a última folga dele, é duro para mim também, ainda mais hoje, que sou sua mulher. Você quis isso, minha filha. Sim, quis e não me arrependo, mamãe. É simpático me chamar de mamãe. Sou órfã, a senhora é mãe do Marco e agora minha também. Bem que eu gostaria, você pequenininha. Queríamos fazer-lhe uma surpresa com todos os presentes. Fomos muito mimados pelos amigos, todas as minhas colegas, os marujos de bordo e até mesmo pelo estado-maior, que nos deu toalhas com âncoras bordadas em cada canto e correntes na barra. É, eles são muito corretos, observou Alicia com uma expressão austera, quando Ernesto morreu foram muito delicados, disseram-me que ele tinha se afogado no mar, quando na verdade levou uma facada num bar de meretrizes.

Marco ficou estupefato ao saber que sua mãe não ignorava as atividades do marido. O que você faz, Marcia? Trabalho nos escritórios do porto. Vai ter que fazer netinhos para mim. Sim, mamãe. Se for um menino, nada de Ernesto, seu nome será Enrique, adoro Enrique, e, se for menina, Alicia como sua avó. Sim, mamãe. Mas por que Enrique? Alicia fez uma cara de garotinha pega em flagrante, olhou fixamente para Marcia. Hesitava em falar. Marcia, interessada, encorajou-a. Prometa não contar nada ao Marco. Ora, Alicia, mulheres se entendem, não é mesmo, e Alicia terminou por lhe confessar que havia furiosamente, apaixonadamente, amado um Enrique. Foi o que ela disse, *furiosamente*. Marcia ficou estarrecida. Essa segunda confissão abalava todas as crenças e tabus. Marcia esboçava um sorrisinho incrédulo que lhe dava a reconfortante impressão de uma cumplicidade feminina.

Alicia estava vermelha como uma adolescente apaixonada. Parecia aliviada com aquela fervorosa confissão. Brilhava diante da lembrança daquele homem. Nunca Marco vira a mãe tão luminosa. Estava emocionado a ponto de sentir vontade de chorar, o que evitou. Viu-se considerando que uma mulher como ela, aquela nova mãe, talvez estivesse em condições de compreender a história louca do filho. Seria preciso esperar um pouco e, principalmente, saber mais sobre o romance de sua vida. Marcia pisava em brasas, a aventura sugeria-se palpitante, mas Alicia mudara de assunto, estimando ter falado além da conta com a nora. Tarde da noite, após ter-lhe mostrado as fotos de Marco, os brinquedos de Marco, as bonecas de Marco, seus poemas e suas cartas, após ter jantado falando de Marco, Alicia quedara-se silenciosa, perdida, em algum lugar, no braço de Enrique...

Marcia tentava adivinhar se havia sido na juventude de sua mãe ou já bem casada com Ernesto, durante a infância de Marco. Nenhuma lembrança surgia, nenhum indício, nada. Tentava descobrir a pergunta certeira, para não melindrar Alicia ou deixá-la muda para sempre, o que seria uma atroz frustração. Foi Alicia a primeira a murmurar baixinho que Enrique era um homem delicado, elegante, com mãos super bem cuidadas, de uma grande meiguice, que era carinhoso, paciente, que tinha sempre um presente para ela, uma atenção, um cumprimento, um sorriso. Era um argentino de Mendoza, um negociante de vinhos proprietário de vinhedos nos contrafortes andinos. Vinha regularmente a Valparaíso, Santiago e Puerto Montt, mas tinha a saúde frágil e o ar de Mendoza era melhor que o de Puerto Montt. Aquilo terminaria assim. Por que não foi embora com ele? Ele era casado, eu também. Eu estava no pecado, Marcia. Que pecado, mamãe? Você o amava, oh, perdão, estou lhe chamando de você. Imagine, pode me chamar de você, vai me deixar feliz.

Alicia desfazia-se em lágrimas, sem se mexer, uma estátua chorando. Tenho tanta vergonha de mim, eu ia rezar para Santa Rita todos os dias, era um grande sofrimento, ainda que Ernesto me enganasse e eu não o amasse mais, era como uma pedra, pesada, tão pesada que eu quis morrer, embora vivesse esse amor como uma bênção. Escrevi para ele com minha mísera caligrafia de iletrada com a ajuda de uma amiga deficiente que tivera tempo de ir à escola. Um dia, a carta foi devolvida com a menção "Falecido". Senti uma dor imensa, Marcia, imensa, que esburacava minha barriga, confundia minha cabeça, mas, felizmente, havia Marco. Ele me salvou. Ele era tudo para mim, ele era ele. Enrique morreu sem nunca ter sabido de nada.

A terra abria-se aos pés de Marcia, dividida entre a felicidade de ser um filho do amor, a de ter sido enganada sobre seu verdadeiro pai e agora a de ser obrigada a enterrá-lo sem jamais tê-lo conhecido. Estava dilacerada entre a vontade de apertar a mãe nos braços, a de censurá-la amargamente por aquele logro e aquela ainda mais louca de lhe contar, ela também, toda a verdade. Não se arrependia mais de haver acompanhado Ernesto sem emoção ao cemitério de marinheiros de Puerto Montt, Ernesto, que zombava sempre de Marco, de seu jeito de menina, de suas bonecas espanholas. Um dia, ele trouxera duas para seu aniversário, um casal de dançarinos de tango colados face a face, com olhos a pilha que piscavam de amor.

Marco ficara contente daquela vez, e a dançarina tinha um vestido lindíssimo, mas o pai pedira que ele os separasse. Marco descolara as bonecas, o vestido da dançarina escorregara, deixando aparecer o grande sexo luminoso do dançarino com uma glande vermelha que girava como uma sirene. Sua mãe quase o matara. Meu Deus, como sofrera com seu sorriso, com suas palavras e com a vida que ele lhe proporcionara. Uma grande lufada de calor invadiu Marcia. Teve que sair, tomar ar. Deu as estrelas como pretexto. Suas lentes a incomodavam, queria chorar mas continuava seca. Era o excesso, provavelmente.

Por outro lado, gostava do que ouvia, sua mãe apaixonada por um homem que talvez tivesse sido seu pai. Marcia pensava *talvez* porque decerto imaginava Alicia persuadida disso, com vontade de que aquela criança se parecesse a todo custo com Enrique, que fosse a prova de que ela amara apaixonadamente, e não o filho de seu marido, que trepava mecanicamente, durante os acúmulos de seiva, virando-a contra a pia da cozinha e uivando como um animal no cio. Para não viver um inferno e desfrutar de sua relação deliciosamente culpada, preferia a passividade da porca sem grunhido à revolta. Marcia gostava da versão Enrique pai, mas os dois machos estavam mortos e ela nunca saberia a verdade. Alicia vivera aquele amor como nas páginas de uma fotonovela, reinventando sua paixão na ausência do outro, alimentando seu próximo encontro com todas as fantasias, a ponto de imaginar o filho como um presente do céu. Ele chegara, e não lhe passava pela cabeça que pudesse ser filho das violências de Ernesto. Bastava a Marcia decidir-se pela versão conveniente. Por que duvidar?

Contemplava o céu claro vacilando, um céu movente, um mar de estrelas, como uma maré que a embalava e lhe dava paz, nem que fosse por um instante, estava bem consciente disso. Não havia resposta, apenas aceitar, como um alívio, uma alternativa apaziguadora. A algum lugar ela chegaria. No meio da noite, observava a casa, escura em torno do retângulo luminoso da porta, em cujo interior dispunha-se perfeitamente sua mãe sentada sob a luz fria da cozinha. Estava imóvel, como numa moldura, e seria essa fotografia dela que Marcia levaria consigo. Mãe, o que vou fazer de você? De mim, eu sei, já sou o que devia ser. O que iremos fazer de nós? Falar tudo. Uma mulher que conhecera aquele amor podia entender tudo. Abandonou seu oceano de estrelas sob o qual navegara o tempo de uma efeméride e aportou em plena luz.

Alicia não se mexera e parara de chorar. Marcia não teve tempo de dizer nada, a mãe olhava para ela sorrindo e contou-lhe que apenas Soledad, sua amiga deficiente, hoje falecida, sabia do segredo e que apenas Marcia, mulher de seu filho bem-amado que a escutara com infinita compaixão e a quem ela agradecia afetuosamente, compartilhava-o hoje. Obrigada, Marcia, e, que quer que eu lhe diga, estou aliviada, apaziguada, minha criança. Mamãe, eu queria... Sim, obrigada, porque eu tinha muito medo por Marco, você sabe, medo de que ele se desvirtuasse... É verdade que o choquei como uma galinha, mesmo depois que ele deixou de ser pintinho. Eu acariciava Enrique, alimentava Enrique, embalava-o, apertava-o até sufocá-lo. Meu Marco, minha fadinha de amor. Eu o chamava de fadinha de amor. Seu pai, enfim Ernesto, foi tão duro com ele, tão mau às vezes. Seu filho, ele dizia seu filho, como se no fundo soubesse, seu filho não serve para nada, ninguém vira homem brincando de boneca. Estou lhe dizendo, Alicia, para mim seu filho é um xibungo. Oh, meu Deus, um xibungo, eu sentia tanto medo, de tanto ouvir isso, que lhe dava brinquedos de menino, carrinhos, roupas de caubói, até mesmo um estilingue, que Deus me perdoe, para ele matar passarinhos, mas ele sempre preferiu as bonecas, e isso até pouco tempo antes de entrar na Marinha. Tentei fazer com que ele conhecesse meninas, mas elas adoravam suas bonecas e brincavam horas juntos. É verdade que ele tem uma bela coleção, você, viu, Marcia. Um dia, em que ele estava com as irmãs Portillo, vou sempre me lembrar disso, era a festa da escola e Marco havia se fantasiado de menina com as roupas da mais velha, nada de mal nisso, era carnaval. Ernesto, ao chegar, viu-as brincando de mamãe com as bonecas e voltara berrando na minha direção que o meu filho terminaria cabeleireira na casa da Monica ou então que o veríamos, no passeio de domingo, prostituir-se na rua Suárez para fazer um capital e ser operada em Arica como todas essas bicharocas que amputam o cacete para não serem mais homens, mas tampouco para serem mulheres, uma vez que não passam de homens sem cacete, melhor que ser enrabado, enrabados, é isso, seu filho é um futuro enrabado.

Marcia sentia-se torturada. Teria esbofeteado, arranhado até o sangue aquele pai adotivo repugnante com seu bom senso e cultura no assunto. Tive muito medo, Marcia, com todos esses presságios, esses insultos, meu filho um xibungo, eu teria me matado, e a senhora chegou como uma bênção da Virgem, a própria Virgem. Marcia ia acabar morrendo ali, no chão. Rezei tanto para Maria, e para Santa Ágata e todas as que me passavam pela cabeça, que uma delas acabou me escutando. Eu estaria quase feliz não fosse a ausência do meu Marco. Cinco anos sem vê-lo. Eu te amo como minha filha, criança. Os planos de Marcia viravam fumaça. Alicia levantou-se, voluntária, e triunfou com sua decisão, que estava tomada. Irei com você para Valparaíso. Vou reviver, deixar esse buraco. Venderei a casa mais tarde, tenho a pensão do Ernesto e você certamente arranjará um cantinho na casa de vocês. Marco quase não está lá, não irei incomodar e você ficará menos sozinha. Cuidarei das crianças. No fim das contas, Marcia-Marco desmoronara sobre a mesa, que encharcava com soluços irreprimíveis. Rasgava "mamães" infindáveis, a testa sobre os restos, as mãos crispadas no vestidinho amarelo. Desarmada, Alicia resgatou-a nos braços, murmurando infindáveis "conte-me tudo, criança, conte-me tudo". Marcia parou de chorar.

Houve um longo silêncio, entremeado por fungadelas, então ela desvencilhou-se de Alicia, fitou-a com uma ternura veemente, os olhos maquiados de carbono, grandes lágrimas azuis até o queixo e a amora-preta como um bigode. Não sabia mais como assassinar a mãe. De repente, gritou como um animal. Era um grito rouco, viril, o de um ventre dilacerado, uma dor que paralisou Alicia. Marco morreu, mamãe. Não existe mais Marco. Olhava para a mãe, esperando um milagre. Não sabia muito qual, mas pouco importava o que sua mãe compreendesse, ela matara Marco. Alicia, sentada com as mãos no colo, perdera todo o sangue. Encolhera-se ligeiramente e de repente parecia minúscula. Marcia esperava a pergunta. O silêncio era uma ferida aberta, indolor, e o tempo, uma ausência de vida. É você, Marco? Alicia não fez essa pergunta e perguntou com muita calma como seu filho pudera morrer tão jovem com toda aquela felicidade que o esperava. Marcia, no túnel, espreitava a luz. Esta chegou, anêmica. Ele se afogou no estreito de Magalhães durante um treinamento de resgate há duas semanas, seu corpo não foi encontrado. Soube apenas ontem e vim assim que pude. Queria que fosse eu a lhe contar, mamãe, não sabia como falar, era difícil, você sabe. Como anunciar isso a uma mãe?

Alicia levantou-se com dificuldade, pesadamente, com o peso do mundo e das mentiras. Foi até o aparador sob o olhar petrificado de Marcia, acendeu a velinha, beijou o retrato de Marco, aquele em que ele estava aureolado de rosas com uma lágrima escorrendo e sobre o qual estava escrito "Para mamãe, a única mulher que amo". Virou ao contrário todas as outras as fotos e rezou. Marcia ouviu um rosário de "por quês?", depois dos quais foi até Marcia e a beijou na testa, como faríamos com um morto. Adeus, minha criança, adeus, vou esperar aqui que o Senhor se disponha a me fazer deixar este mundo e me juntar aos dois homens da minha vida. Mesmo assim, seja feliz em seu infortúnio. Pegou um crucifixo, o retrato de Marco, e entrou no quarto. Marcia viu a porta se fechar sobre a última imagem da mãe e permaneceu sozinha, imóvel, até a madrugada, olhando as fotos viradas. Levantou-se, desamassou o vestido amarelo e o sutiã verde, contemplou Marco e, no espelho, passou água no rosto, sentiu uma pequena barba pouco visível, que raspou furtivamente com seu descartável, maquiou-se de novo, pegou sua bolsa estampada e saiu no ofuscamento do dia. Tinha tempo, o caminhoneiro passaria apenas às oito.

Eu tinha feito anotações, rapidamente abandonadas em prol de uma escuta atenta. Marcia perdera sua risada e eu estava mal. De volta à França, quem poderia dizer que eu não estava um pouco apaixonado por ela?

Dessa vez, Camille não estava em seu posto. Terminara por consultar um médico, e foi a rotina, radiografia, scanner, diagnóstico, quimioterapia, já era tarde demais. Fui visitá-la muitas vezes, estava magnífica, a própria paz, e eu captava aquela força que ela me dava. Admirava sua fé e sua aceitação do inelutável. A sala de montagem ficava sinistra sem ela. Não fiz nada durante dois meses senão selecionar imagens sem vontade nenhuma de lhes conferir um sentido. Camille partira deixando-me desamparado. Eu não tinha aptidão para ser feliz na cidade, asilando-me na montanha para fugir do rumor e me impregnar de imagens.

Trancava-me para ver tudo, para nada perder do que eu engaiolara. Redescobri nos copiões acumulados as garotas dos bordéis flutuantes no lago de uma floresta devastada, as putas de Calama em Atacama, as dos garimpeiros. No centro de Manila, eu filmara a ferrovia que atravessa a cidade grande como uma lança quebrada, uma cidade de papelão e de caixotes de madeira, casas de papel, canis para os excluídos. A comprida lagarta azul rasga as horas soltando um uivo bárbaro. Tudo é fragmento, e o instante escreve-se apagando o instante que precede. Não há nem passado, nem futuro, nada, apenas uma volta de carrossel. Tenho horas de rostos de mulheres, crianças, homens nas minas de salitre, olhares, alegrias, a miséria nas latrinas, a aldeia de tendas sobre fezes, o fedor que me voltava com as imagens, a mulher grávida deitada numa padiola e que ia parir sobre o inominável. Sua irmã velava por ela, ausente, um cigarro enfiado no canto da boca. Seu filhinho brincava, nu, na merda, dejetos em putrefação com nuvens de moscas a atormentá-lo. Reinava uma luz da noite, bem suave, como uma prova absoluta da beleza do mundo.

Eu podia continuar editando imagens indefinidamente e contando a vida dos homens como se eu mesmo tecesse o mundo. Queria me identificar em meio aos outros, descobrir o caminho pessoal, nem que fosse para me vislumbrar, ir ao meu encontro, navegar na minha luz. Em minha lanterna mágica, ia fazer desfilar aceleradamente todas aquelas vidas amontoadas como um tesouro e entre as quais em vão eu buscava a minha.

Não vi mais Diego, que terminara indo morar em Santiago, e sentia falta dele, assim como de Jo. Nos escrevíamos, às vezes com um pouco de nossas vozes ao telefone. Uma noite, o índio ligou para mim:

— Quer rever Santiago?

— Claro, se você estiver aí.

— Um amigo produtor está preparando uma série sobre prostituição para uma rede de tevê. Mostrei-lhe os filmes, ele quer que seja você. Venha assim que puder.

Encontrei Diego com a felicidade que eu imaginava e nada começou antes de saber tudo sobre Santiago e a vida supermusical do meu amigo. Eu ia para o norte, para Arica, com um pequeno pensamento para Marcia, depois houve Puerto Montt, Valdivia, Valparaíso. Ao voltar para a capital e depois de algumas noites agitadas nos bordéis, deparei-me na calçada da *calle* Gijon com uma mulher gorda e loura, os olhos comidos pela droga, seios colossais tolhidos por um top preto cruzado, saltos desgastados pelo paralelepípedo, carregando na concha do braço uma bolsa estampada. Cambaleava, prematuramente envelhecida, olhos revirados. Marcia estava irreconhecível; porém, apesar da decadência e daqueles três anos, pressagiei-a. Talvez porque pensasse nela durante aquela busca, talvez porque os dois brinquinhos de madrepérola que lhe caíam tão bem da primeira vez que a vi e que ela conservara houvessem me revelado a pequena Marcia que tanto me seduzira com sua história e cujo estranho magnetismo me perturbara. Eu disse "Marcia", ela voltou seu olhar vazio para mim, sem me reconhecer. Repeti "Marcia", sugerindo-lhe que nos havíamos conhecido em Arica. Ela me fitou longamente, terminando por me dizer: você não é meu Ange, vá se foder. Foi tudo que conseguiu articular. Insisti. Os palavrões choviam. Marcia começou a berrar. De repente recebi uma garrafada nas costas, houve um estrépito de vidros quebrados, cacos voavam. Dois sujeitos surgidos do nada encorajaram-me a bater em retirada. Meu assistente estava no volante de um carro, o motor estava ligado, fugimos com um vidro estilhaçado.

No dia seguinte, voltei numa caminhonete para filmá-la. Eu tinha pouquíssimas imagens dela, o olhar morto, o suor sulcando a maquiagem, o peito inchado, represado por um sutiã enorme e um decote do qual irrompiam carnes estufadas. Mais tarde, com a paciência dos caçadores, entre duas doses e com um pouco de grana para a coca, ela aceitou falar comigo. Recuperava a memória e lembrava-se vagamente daquele sujeito em Arica a quem ela contara sua vida. Mencionei o marinheiro francês. Ela olhou para mim, como se procurasse alguma coisa atrás do meu rosto. "Eu disse para você que o amava? É mesmo! É verdade. Amei-o como uma louca. Chorei muitas vezes com o retrato dele perto do travesseiro. É bonito, um amor impossível. Eu lhe suplicara que me enviasse uma foto, e um dia, numa carta bastante amistosa, ele mandou uma em que escrevera 'À minha amiga, a sublime Marcia'. Soube então que ele também me amava. Era um amor puro, só coração. Nunca fiz amor com ele." "Sei disso, Marcia." "Fui eu que rompi quando já era mulher de verdade. Enviei-lhe pétalas num envelope com 'Meu amor, não me escreva mais, morri'." Após ter anunciado a própria morte a Alicia, fizera uma cirurgia e engordara sem parar. Marcia estava despedaçada, carcomida aos 28 anos. Terminara agarrando-se à droga sem volta possível e terminaria como José, com uma derradeira picada.

Eu já me via órfão dela, abalado com o naufrágio. A história chegava ao fim. Passei a última noite com Diego nas boates de tango. Uma mulher acompanhava-o, parecida com ele aliás, e bebia muito. Antes de tomar o avião no dia seguinte, passei pelo seu estúdio. Eu não queria que ele fosse ao aeroporto. Ficou atrás do vidro com seu violão no colo. Houve um sorriso, me acenou, e vi seu rosto apagar-se nos reflexos dos outros. Temos que nos ver de novo, Diego. Tomei o avião com o coração em frangalhos.

17

Depois de deixar Marcia na *calle* Gigon, eu ia montar sua história com outras, travecos filipinos, garotas de Calama, Arica, Valparaíso. Uma moça substituíra a insubstituível Camille. Tinha um belo nome que tinha dificuldade em assumir. Aurore levantava-se bem tarde e sempre parava de trabalhar antes do anoitecer. Fiquei sozinho com meus instantes, meus rostos, o de Marcia, magnífica aos 25 anos, e o do desastre daqueles últimos meses. Concluído o filme, voltei a vagar pelas camas frias, espelhos deformadores, para acreditar que prosseguia a viagem, que era livre.

Eu sabia, como o marinheiro bêbado que fora, que me perdia, e entretanto continuava, para aparecer, ou talvez morrer. Era assim com os portos, um nomadismo almejado, a buscar outros portos, outros cais, outras camas nas quais todos os rostos se parecessem, mas de onde às vezes surgisse aquele que não mais esqueceríamos e era por este que eu continuava, por todas estas histórias que construíam a minha. Eu pensava em Michel e na melodia dos povos siberianos, naquela nota perfeita, inerente a cada um de nós e que precisamos encontrar sob pena de não passarmos de um acorde desafinado. Eu não estava desesperado, estava irascível.

Amava, porém, a harmonia, a beleza que dava paz, as montanhas fincadas nos vales de sombra. Fora das filmagens, continuava a tentar desencavar um lugar excepcional onde pudesse me impregnar da unidade, casar com o resto do universo. Eu poderia organizar uma horta, transformar um simples assentamento num paraíso. Continuava a querer harmonizar. Assim julgava eu, porque o paradoxo era que eu queria incessantemente pintar mais rápido que a própria natureza. Eu queria essa harmonia a todo custo, domá-la, ao passo que era preciso apenas mudar o olhar e pressentir as energias a reunir. Era grande a impaciência para viver a felicidade. Eu estava dilacerado entre o querer fazer e o fazer, entre a busca e a paz, entre o desejo e o abandono. Eu era, dessa forma, dois a lutar comigo. Vivi por procuração as vidas dos outros, sonhei-as, guardei-as na lata, e procurava minha história.

Então vim aqui para esta montanha a fim de contemplar os azuis-escuros dos lagos, os olhos das mulheres, e filmar o caos vulcânico às margens do oceano Índico, a alva cabra sobre a lava negra, o rosto da anciã no raio de luz. Aqui também filmei com uma bulimia incompreensível. Um dia, desembarcado nessa aldeia do sopé por um velho 4x4, no fim do rolo e cansado de nunca terminar comigo, subitamente compreendi a inutilidade do meu frenesi. Captei-a em olhares indiferentes à morte da máquina e à desolação de seu dono, na elegância dos gestos das mulheres e sobretudo nos sorrisos perplexos das moças vendo-me utilizar a câmera como uma arma de repetição com a intenção velada de fixar o impossível. Deixei esse olhar estreito pender na ponta do meu braço como uma prótese, em seguida enfiei-o no fundo da minha bolsa com a curiosa sensação de que ali permaneceria definitivamente e que minha liberdade começava naquele momento. Olhei como nunca o fizera e surpreendi outras leituras nos olhos dos homens e mulheres que estavam ali. Foi então que me instalei aqui em cima.

É um assentamento deserto no flanco de uma colina, na orla de uma vegetação densa, arbustos torturados pelo solo rochoso. Na primeira manhã, descobri o que a noite me escondera e fiquei a contemplá-la. Dia imóvel sob os rios de seiva incessantes, como a efervescência de uma impaciente primavera. A paz, enfim. Pousar o olhar no dia deslumbrante, fitar o invisível, horas a fio, instalado em cada galho, cada pétala embriagada. Impregnar-se dos perfumes, não fazer nada senão ser o momento, sem futuro, sem garras do passado, ser agora, inundado de luz matinal, sem travo na boca. Não ter que respirar senão o silêncio, a aragem sutil como um murmúrio, com a seda de uma brisa marinha acariciando a pele, beber o sol lentamente como um leite de ouro. Até mesmo as sombras são solares, sobretudo as sombras, uma vez que desenhadas pela luz com azul e restos de noite. Admiro um cacho de folhas, um leque que se debruça para o capinzal alto e frágil, gramíneas elegantes e altivas balouçando sob a libélula atenta.

Abraço o vale inteiro com o olhar. Posso fechar os olhos e tudo presumir do meu domínio. Assim permaneço até o canto, a voz da aldeia do sopé. Não abro os olhos para a lava pedregosa do caminho senão após haver resistido longamente ao desejo, o único que houve sobre esta terra neste dias, de ver a pequena silhueta subindo, seu fardo na cabeça, equilibrada sobre a terra quente. Ela passa da sombra para a luz. Um passo de balé ao som de um acalanto. É preciso tempo para escalar essa encosta, e fico a observá-la sem que ela me veja. Ela às vezes desaparece atrás de um buquê de eufórbios e não vejo senão seus pés descalços, prudentes, e a parte de baixo do seu pano. Quando ela desaparece por mais tempo, meu olhar detém-se na forquilha da acácia na qual seu rosto irá ressurgir.

Ela executará aquele gesto, sei muito bem, de afastar o galho e reacomodar seu fardo. Chama-se Croyance, como num romance de Depestre. Vem um dia a cada três, não é regular, naturalmente depende daqueles lá de baixo e das necessidades do dia-a-dia. Às vezes, é Djamil, ou Mara, a quem a Bíblia qualifica de amarga. É feia comparada à beleza das mulheres dessa região, mas dulcíssima, com uma expressão tocante de desolação por ser assim, como uma desculpa. Recebeu o nome de Mara ao nascer sem manifestar a feiúra do bebê. Talvez porque houvesse nascido perto de um lago salgado, um lago amargo em alguma parte do norte. Que conhecia a significação desse nome para ela: Mara a amarga.

Croyance evita os galhos com fintas de pugilista, uma elegância e graça inauditas. Continuo com vontade de filmar, é inevitável. Croyance, que retrato de mulher. Fala pouquíssimo francês, mas não se preocupa com sua falta de vocabulário nem com o fato de eu não compreender sua língua quando ela decide me explicar alguma coisa. Isso me é propício. Tenta apontar um passarinho, me contar uma história que a faça rir, e, diante dos meus olhos de coruja espantada, vai embora como uma cachoeira e eu a sigo. Aproxima-se da beira de um penhasco diante do promontório e senta-se. Está longe, de repente, a coluna reta, o perfil imóvel, apenas os cabelos perturbam-se com a brisa. Não vemos as asas negras que surgem atrás de nós no topo da montanha, o pôr-do-sol nos hipnotiza. Há de repente uma valsa de relâmpagos, uma dança frenética, tochas de água de vozes tonitruantes. Croyance não se mexe, ao passo que eu grito para que se abrigue na choça. Ela, tão vivaz, demora e acaba por levantar-se e juntar-se a mim, no abrigo onde acabo de acender uma fogueira. Croyance está feliz com aquela violência súbita do tempo. Está encharcada. Esquente-se. A noite chega bruscamente. O céu está escuro, em convulsão, e derrama-se sobre as montanhas espremidas, contritas, pasmas, árvores vergadas, fustigadas, despedaçadas.

No umbral da porta, contemplo o dilúvio. Há uma goteira perto do colchão, embaixo do qual guardei minha bacia de toalete. Na crepitação da lenha seca, no martelar da chuva sobre o zinco e no rugido da tempestade, Croyance me pergunta se pode ficar. Segue-se um longo silêncio. Ela repete: posso ficar? Naturalmente, não vai descer agora. Quero ficar. Entendi, sem problemas. Não, quero ficar com você. Apoiado no portal de acácia, continuo a observar a cólera de um deus traquinas. Deixo a coisa acontecer sem buscar explicação. Ouço-me dizer: se você quer. De toda forma, ela teria passado a noite aqui, ou com um outro. Refugia-se atrás de um mosquiteiro cuja particularidade é ter brechas que permitem aos mosquitos entrar, mas não sair. Volta com o cobertor açafrão habilidosamente enrolado que a faz parecer um monge budista, um belíssimo monge... É realmente imprevisível, essa chuva. Não, responde Croyance refugiada nos meus braços, eu sabia. Fiz rápido para estar aqui. Estava com medo de que ele se fosse, mas ele me ouviu. É doce esse amor sem amor senão o de dar e receber, as carícias, a pele, o bafejo. Ela não diz: voltarei esta noite ou amanhã, apenas pôs os dedos na minha boca para que eu não dissesse nada.

Croyance parte antes do amanhecer. Afasta-se sem ruído e desaparece atrás da colina. Espero o sol. Sinto-me bem, lambido pelas primeiras labaredas.

Durante um inverno francês, eu estava em Madagascar numa aldeia como esta do sopé. Estava descendo um rio, o Manguk. Filmava com alegria as margens arenosas, a alegria das crianças à nossa passagem e o que eu admirava mais, que era minha fascinação, o escoar do tempo através dos olhares serenos, a mulher surpreendida em sua tarefa, o rosto do canoeiro. Esse tempo, esse tempo livre que eu acorrentava numa latinha e filmava sem jamais vivê-lo. Ao chegar à aldeia, eu continuara a filmar, esgotando as baterias. Passei uma semana à espera de um assistente, que devia trazer material para terminarmos o filme. Estava louco de raiva porque havia sempre cenas surpreendentes, únicas. Em geral, é assim. Consolava-me a olhar e escutar os homens e mulheres jogando conversa fora, dando risadas. Havia uma luz viva, uma luz de labaredas que fazia dançar corpos e sombras, não a luz morta da incandescência elétrica que congela a claridade. Era uma felicidade viver sem nada fazer senão ser.

Uma noite, fiquei com um grupo em volta do fogo. Havia uma mistura de palavras misteriosas, mas eu percebia que apostavam, que se divertiam uns com os outros, entre eles eu, muito naturalmente, com uma alegria comunicativa. Um tal de Momo traduziu para mim que estava resolvido, uma concordava que eu a levasse para a França. Risadas travessas. Ninguém temia os olhares na penumbra. Os últimos reflexos terminavam de dançar nos saiotes que roçavam, sem inocência senão a da noite, os corpos dos homens sentados. Os homens afastavam-se furtivamente.

Aquela com quem eu devia "casar" ficticiamente escondia a boca em seu lenço e tilintava as pulseiras. Passado um tempo, entoava um canto cuja história eu jamais viria a conhecer. Eu adivinho, minha linda. Outra garota, invariavelmente em silêncio, visivelmente tímida, intrigava-me. Escondia-se sempre no escuro, com as mãos no rosto.

— Por que se esconde? — eu lhe perguntara.

— ...

— Não vou te comer, ora essa.

Ela respondera em seu dialeto e as pessoas à minha volta haviam dado risadas batendo as coxas.

— O que ela disse?

— "Que pena!"

Eu ficara aturdido. Ela nunca olhava para mim. Eu a fitava, um pouco seduzido em todo caso, e ela continuava o jogo. No dia seguinte passei perto dela.

— Então acha uma pena não ser comida?

— Sim, já que você me agrada e eu te agrado.

— E se eu te comesse, então?

— Talvez fosse uma pena também.

Às quatro horas, a pequena silhueta claudicante de Mara busca o equilíbrio sobre as pedras. Tem uma perna ligeiramente mais curta que a outra e portanto um ombro mais baixo. Vou ao seu encontro, ela carrega, além do cesto, um fardo de água mineral. Está em bicas e procura a respiração. Segue-me até meu outeiro de luz, descansa o cesto, senta-se e bebe a água que lhe ofereço. Olha para mim com uma grande delicadeza. Está um pouco curvada, os ombros comprimindo dois seios incipientes. Tem uma boca pequena, ao contrário de Croyance, que tem lábios carnudos, sensuais. Tem olhos bonitos, com grandes cílios. Suas orelhinhas são de abano e exibe um pescoço bem rijo. Canta com graça. Escuto-a com prazer, ela fica feliz com isso. Mara não veio tarde e não houve nenhuma tempestade, o céu está liso. Sorrio. Ela observa isso e uma sombra atravessa seu rosto. Ficamos assim um longo momento até que ela se levante para ir embora. Pequeno aceno de mão, obrigado, Mara. Ela claudica, evita uma pedra, segura-se num galho para não escorregar e começa a descer.

Penso de repente em Croyance, na perfeição de seu corpo, sua graça. Quer ficar? Ela se volta, petrificada. Repito calmamente: quer ficar? Eu não saberia dizer o que me sussurrou para lhe perguntar isso. Não sei se espero um não ou um assentimento. Ela agarra-se ao galho e não se mexe mais. Morde o lábio, e creio que uma lágrima escorre em sua face. Volta lentamente, ajoelha-se e me diz que não, tenho um marido. Desculpe, eu não sabia. Croyance também tem um marido, mas ele está na cidade. É uma beldade. Por que me quer além dela? Não sei, Mara, gosto quando você canta, amo seus olhos. Não compreendo nada do que digo, do que faço, sinto-me completamente estúpido. Mara levanta-se. Quer uma mulher como eu? diz ela, tentando soerguer-se para me mostrar seus peitos achatados. Quer uma mulher como eu? E anda, acentuando a claudicação, a coluna arqueada. Representa o palhaço triste com uma raiva serena. Em seguida, depois de arremedar a sua própria deformidade, planta-se à minha frente. Quer? Respondo que sim porque de repente sinto uma vontade real. Vontade daquela beleza, daquela meiguice sofrida, daquele corpo que se defende como pode, daquela música dentro dele, de sua voz e das lágrimas que Mara enxuga como uma vergonha. Levanto-me e a pego nos braços. Aperto bem forte aquele passarinho e ficamos colados até a noite. Ela me beija e se precipita pela descida.

Amo essa proeminência relvada como um púbis dourado pelo fim do dia, é meu altar, o santuário do despertar. É daqui que lhes escrevo, há semanas. "O que escrevemos já está escrito. Somos carnes fechadas, crispadas sobre nossos amores, nossos sofrimentos, escrevemos à criança que somos, que grita no escuro e a quem ninguém responde. Temos que ser permeáveis. A doação é a própria fonte do infinito, uma maré de ternura na eternidade", escrevia Michel.

Observando os desenhos na casca, entre meus dedos pairados acima da lenha quente, começo a enxergar. Sou isso, um canto de pássaro, um inseto devorado, esse vestido de sombra sob a árvore da paciência, todos esses vestidos de sombra para um baile solar. Vejo-me perante a vida dentro da qual existe uma, a minha. Leio esta manhã como evidência as linhas de um livro terminado, sereno, linhas milagrosas que desaparecem por entre os dedos de luz. Há frases de livro que gostaríamos de copiar, reter como o essencial do sentido, do momento, desse instante de vida, linhas que engolimos ávidos, com uma alegria intensa e que nos pousam acima dos homens. Esta manhã não é este livro. Ela é o grande livro, aquele que não deciframos e nas páginas do qual eu sou. Naquela ânsia louca de querer beber a terra, eu expunha a chama preciosa da vida à agitação e aos tormentos. Foi um desgaste prematuro, e foi aqui, antes que ela se apagasse, que compreendi por quais estradas ilusórias eu por tanto tempo caminhara.

Algumas noites e dias mais tarde, arrumei minha mochila para descer de novo para o oceano.

Amélie, você foi uma mensageira, um guia que reconheci sem ter consciência. Você abriu a porta para mim e permaneci por muito tempo no umbral. Criei-a com os olhos da infância, os primeiros desejos, a parte animal. Jo dizia que é preciso aprender a pronunciar as palavras que o coração deixa escapar e que os lábios retêm. Não é de você que me despeço, Amélie, é de minha infância, de minha ingenuidade e desse longo silêncio desde que você não existe mais. Não é um rompimento, não rompemos com o que foi amado, afasto-me, já que há muito tempo largamos a mão um do outro. Não faço senão me revirar no nosso sono, sem o saber, para voltar um pouco para minha casa, sem você. Você foi esse amor que quebra espelhos com delicadeza, que despe com uma carícia invisível o coração encouraçado, e que me dá essa leveza, como uma âncora que sai do fundo desvencilhando-se de uma placa de sílica. Permiti que você se desviasse, mas agora sei que só eu para reunir tanto amor.

Agarrar a felicidade é querer aprisionar uma borboleta na mão ou capturá-la com uma rede, dizia a velha Hélène do pântano, que deslizava sobre as águas escuras junto com o tempo. Você joga sua rede sobre ela e a danifica, é uma felicidade estragada. Se for uma felicidade ágil, não se pode aprisioná-la e corremos infindavelmente, é uma agitação inútil, a borboleta se foi. Às vezes ela se deixa capturar incólume, não se debate e fica bem-comportada, um pouco tímida, sob a rede. É uma felicidade frágil, cansada, doente talvez. Se você agarrar uma bela felicidade, uma borboleta rara, sem danificá-la, se a pegar na palma de sua mão e fechá-la para aprisioná-la, resta apenas poeira de felicidade em seus dedos, se você a espetar na madeira ela morre. Convém ser como a árvore de borboletas, pronta a receber a felicidade, e você verá, ela um dia pousará no seu ombro. Foi um dia de grande cansaço, fechando os olhos, que eu vi.

Poderei terminar o único verdadeiro filme da minha vida com as imagens que jamais filmei.

Agora estou pronto, posso escrever ao mundo e sei o que lhe dizer.

Este livro foi composto na tipologia Adobe Garamond Pro,
em corpo 12/15,3, e impresso em papel off-white 80g/m²
pelo Sistema Cameron da Distribuidora Record
de Serviços de Imprensa S. A.